文学巨匠丛书

雨果

灵魂的呼喊

袁子茵 著

河海大学出版社
·南京·

图书在版编目（CIP）数据

雨果：灵魂的呼喊 / 袁子茵著. -- 南京 : 河海大学出版社, 2025.3. --（文学巨匠丛书）. -- ISBN 978-7-5630-9519-3

Ⅰ. I565.064

中国国家版本馆 CIP 数据核字第 20250L6C83 号

丛 书 名	文学巨匠丛书
书　　名	雨果：灵魂的呼喊
	YUGUO：LINGHUN DE HUHAN
书　　号	ISBN 978-7-5630-9519-3
责任编辑	彭志诚
文字编辑	管　彤
特约校对	李　萍
装帧设计	未来趋势
出版发行	河海大学出版社
地　　址	南京市西康路 1 号（邮编：210098）
电　　话	（025）83737852（总编室）
	（025）83722833（营销部）
经　　销	全国新华书店
印　　刷	三河市元兴印务有限公司
开　　本	660 毫米 ×960 毫米　1/16
印　　张	20.5
字　　数	283 千字
版　　次	2025 年 3 月第 1 版
印　　次	2025 年 3 月第 1 次印刷
定　　价	89.80 元

◆世界文学之窗向我们打开……

引 言
INTRODUCTION

维克多·雨果（1802—1885）是19世纪法国浪漫主义文学的领军人物，是蜚声世界文坛的文学泰斗。其创作历程长达60多年，在诗歌、戏剧、小说、文艺理论、政论等方面均有非凡的建树，为全世界人民留下了极其丰富和宝贵的文学遗产。

雨果的生命历程几乎贯穿了整个19世纪，他经历了法国大革命过程中所有的重大事件。19世纪法国社会历史发展的不同时期在雨果创作的作品中都留下了印记，他创作的作品是19世纪法国重大历史进程和文学发展进程的缩影。

雨果是一位真诚的爱国主义者，是一位伟大的、充满人文激情的、捍卫人道主义的社会斗士。他继承和发扬了法国大革命以来的资产阶级进步思想，坚定地站在共和主义立场，通过写作和参与政治活动，宣传资产阶级民主主义思想，树起为人道主义斗争的大旗，勇敢地揭露与反抗黑暗的专制势力，义无反顾地争取和维护被压迫被损害的劳动人民的利益和尊严。

雨果的一生是创作的一生，是战斗的一生。作为诗人，他发表了26部诗集，约22万行；作为小说家，他写了20部小说，

雨果画像

其中长篇小说5部，字数达300余万字；作为剧作家，他写了10多部浪漫主义剧本。此外，他还写了3部政论作品、3部游记，若干部见闻录、文学评论，等等。

雨果的创作生涯大致分为四个时期：

第一个创作时期（1822—1827）：雨果早期创作的思想受到消极浪漫主义的影响，后来逐渐摆脱。这期间，他发表了第一部中篇小说《冰岛凶汉》四卷本；出版了第一本诗集《颂歌集》，该诗集后经汇集整理成《新颂歌集》和《歌吟集》，这两部作品也相继出版了。

第二个创作时期（1827—1840）：这是雨果创作最丰富的一个时期，也是浪漫主义文学的繁荣期。这期间，他创作的作品揭露了社会的不公平、控诉了封建专制的罪恶，显示了浪漫主义文学的实绩。雨果发表的诗歌《旺多姆广场铜柱颂》，表明了他与保王主义的决裂；他发表的剧本《克伦威尔》及其序言，成为他文艺思想转变的鲜明标志，标志着他进入了文艺创作的浪漫主义时期并成为浪漫派领袖人物；他出版的诗集《东方集》，歌颂了为民族解放而斗争的希腊人民；他的中篇小说《一个死囚的末日》，发出对不人道的法制社会最后的呼喊。他的浪漫主义剧本《欧那尼》，抒发了反对专制暴君的激情，引发了剧场观众的两种思想和两派势力的争斗，成为当时文坛上的重大事件；他的著名的长篇小说《巴黎圣母院》，刻画了中世纪法国宫廷与教会狼狈为奸压迫人民的丑行，呼唤着人道主义和自由主义思想，是浪漫主义作家的一部现实主义作品。

从剧本《国王取乐》《吕克莱斯·波基亚》《玛丽·都铎》《安日洛》《吕伊·布拉斯》中，从诗集《秋叶集》和短篇小说《克洛德·格》中，都能听到人民反抗暴君的强烈声音，都能听到人民对自由和幸福的渴望。这些作品都反映了雨果的民主主义思想，都体现了雨果鲜明的时代精神。

第三个创作时期（1840—1847）：这时期，雨果在思想上既同情人民的苦难，又对"七月王朝"存在幻想。他拥护君主立宪政体，他寻找资产阶级民主政体与君主政体相结合的政治制度。他的剧本《城堡里的伯爵》首演时被观众喝倒彩，他想创立一种既雄心勃勃又平民化的戏剧风格的愿望破灭了。他的札记《莱茵河游记》，记载着莱茵河的传说、现状，他对莱茵河历史开始了追述和思考。这期间，他创作的作品数量较少，但其作品的批判性达到高峰，他的现实主义思想更加明显。

第四个创作时期（1851—1870）：这时期，雨果的创作在思想和艺术方面有了新的突破，其创作的作品对社会变革起了积极的促进作用，该时期是雨果创作的高峰期。他的政论纪实作品《一桩罪行的始末》《小拿破仑》，揭露了路易·拿破仑·波拿巴政权对法国人民犯下的罪行，他号召人们进行革命的反击；诗集《惩罚集》，讽刺、揭露和抨击了拿破仑三世的独裁统治。长篇小说《悲惨世界》，全面展示了从1815年到1832年这一时期法国社会的全貌，深刻地批判了当时社会的政治经济制度、伦理道德观念，鞭挞了反人道的法律制度，揭露了司法机关的黑暗和腐败，阐明了仁慈、博爱才能拯救社会的思想。长篇小说《九三年》描写了法国大革命的一个历史场景，反映了革命力量与反革命力量之间的生死较量，表现"在绝对正确的革命之上，还有一个绝对正确的人道主义"，体现了雨果的人道主义思想。政论篇有反天主教的《教皇》、批判君主制的《高尚的怜悯》、谈论宗教的《宗教信仰和宗教》等。

此外，雨果创作了描写劳动者同大自然进行斗争的小说《海上劳工》，创作了反映17世纪末至18世纪初英国宫廷内部的斗争和社会矛盾的小说《笑面人》，创作了人类从黑暗走向光明的史诗《历代传说》以及表达人们对美好生活向往的诗集《静观集》。

　　雨果的诗歌数量巨大，内容深广，成就斐然。他的抒情诗取得了很高的成就，诗中充满对人类未来的热切憧憬，对自由的向往，对爱情、友情、亲情的眷恋。他的诗有着瑰丽的色彩，充满了无限的想象空间；有着绝妙的诗韵，严格的诗法，营造出优雅、精美、雄伟、朴实的艺术境界。如《做祖父的艺术》，表达了诗人浓浓的亲情和对未来的一种美好的期盼。

　　雨果经历了法国历史上最动荡的时代，经历了从帝国到共和的几经起落。那些重要的历史事件、法兰西的兴衰过程在他的诗中都有体现。如《惩罚集》表达了诗人对暴政的愤怒与憎恶，引发了极大的社会影响；《历代传奇》写出并阐述了人类社会发展进程中的事件及意义，作品内容丰富，气势宏伟，被称为世界文学史上的巨型史诗。

　　雨果的戏剧在19世纪的法国剧坛占有相当重要的地位，他是步17世纪戏剧家高乃依、拉辛和莫里哀之后最著名的戏剧家。从1827年写的第一个剧本《克伦威尔》起，到1882年写的《笃尔克玛达》止，雨果创作戏剧十余部。他以丰富的想象、强烈的情绪、无边的气魄、隽永的台词营造出强烈而矛盾的戏剧效果，打破"三一律"，反对古典主义、伪古典主义的戏剧原则，扩大艺术表现范围，完成从古典主义到浪漫主义的过渡。他提出了丑、美的对照原则，创作了悲喜交加的浪漫情节，强化了戏剧的艺术效果。因为雨果，法国浪漫主义戏剧在当时的舞台上占了上风，他的十几部戏剧独占法兰西舞台长达10多年之久。到了20世纪，雨果的戏剧还在法国国家剧院不断上演。

　　雨果的戏剧以开拓性的作用与轰动性的效应而著称，不论在创作内容上，还是在社会反响上，都具有巨大的戏剧性和引领性，他是浪漫主义戏剧的领袖。

　　雨果的小说享誉世界，堪称不朽之作。他融合了现实主义与浪漫主义的文学手法，创作出一部又一部情感深沉、气势磅礴、震慑人心的文学巨著，写出了社会形态和人间百态。他以丰富的情感、敏锐的观察，描绘了社会现实，反映了社会问题。正如他在《悲惨世界》序言中所说："只要本世纪的三大问题——贫穷使男子潦倒，饥饿使妇女堕落，黑暗使儿童羸弱——还得不到解决；只要在某些地区还可能发生社会的毒害，换句话说，同时也是从更广的意义来说，只要这世界上还有愚昧和困苦，那么，和本书同一性质的作品都不会是无用的。"（见陈周方著，《雨果》，辽宁人民出版社，1980年版，57页）

　　雨果的5部长篇小说《巴黎圣母院》《悲惨世界》《海上劳工》《笑面人》《九三年》，字数有300余万字。其中，《悲惨世界》《巴黎圣母院》作为独立的鸿篇巨制，不论就其篇幅规模还是在全世界流传的范围而言，都令同时代者与后来人难以望其项背，这无疑使雨果成为文学史上资产阶级民主主义的卓越代表。他超越了同时代的浪漫主义作家，与那些名垂千古的文学巨匠比肩而立。

　　在散文、游记、政论方面，雨果一直受到大家的称赞。特别是在流亡期间，他的政论作品水平达到了创作的顶峰。他针对路易·拿破仑·波拿巴政变写的小册子《小拿破仑》，在全世界发行100万余册。

　　雨果的一生经历了一个世纪以来各种文学潮流和政治动荡的冲击，他以写实的笔触为我们留下了人类历史和文化进程中的史诗和史料。他的作品崇高而伟大，激励着一代又一代热爱和平和自由的人们；他的作品长存不朽，创造了世界文学史上的一个又一个奇迹。他的那句"世界上最宽阔的是海洋，比海洋更宽阔的是天空，比天空更宽阔的是人的胸怀"成为激励人们勇往直前的永世名言。

雨果是法国的，同时又是属于全世界的，他的不朽作品是全人类共同的精神财富，他的人道主义与人文精神在今天仍然具有现实意义。他的小说被拍成影视作品，跨过了世纪，今天还在广泛流传。

罗曼·罗兰对雨果的评价是："在文学界和艺术界的所有伟人中，他是唯一活在法兰西人民心中的伟人。"

托尔斯泰说："维克多·雨果把他的心灵袒露在你面前。"（见[苏]尼柯拉耶夫著，夜澄译，《雨果》，新文艺出版社，1958年版，75页）

目 录
CONTENTS

第一部分 生命历程

一、出生与家庭（1802） 003
1. 未接受洗礼的婴儿 004
2. 父母的婚姻有些传奇 005
3. 不同政见的父辈们 008

二、幼年和童年的迁徙生活（1802.8—1813） 009
1. 地中海的科西嘉岛和厄尔巴岛 010
2. 回到巴黎 011
3. 意大利——阿维利诺省大理石府第 012
4. 再回巴黎：读在私塾，玩在斐扬底纳 013
5. 西班牙之旅 015
6. 又回巴黎：崇拜维吉尔、伏尔泰的读书郎 021

三、少年时代——文坛上新星初现（1814—1820） 024
1. 拿破仑退位，波旁王朝重掌政权 024
2. 寄宿学校里的小诗人 026
3. 颂诗获奖，小荷已露尖尖角 032

  4. 父母离异 与兄长一起创办《文学保守者》周刊　　034

  5. "百花诗赛"上的翘楚　　036

  6. 初恋——既美妙，又苦涩　　037

四、葬礼与婚礼（1821—1822）　　040

  1. 母亲去世　　040

  2. 结婚　　042

五、早期创作（1822—1827）　　043

  1. 变化的时局，激荡的时代　　043

  2. 苦乐参半，第一部小说《冰岛凶汉》面世　　045

  3. 创办《法兰西诗神》杂志　　046

  4. 父亲的形象高大起来　　049

  5. 查理十世的加冕典礼　　050

  6. 结识新朋友　　052

六、浪漫主义文学创作期（1827—1840）　　054

  1.《旺多姆广场铜柱颂》，保王主义立场的转变　　054

  2.《克伦威尔》——浪漫主义宣言书　　057

  3. 父亲离世　　059

  4.《一个死囚的末日》，要尊严！要人道！　　060

  5.《玛丽蓉·德·洛尔墨》遭禁演　　062

  6.《欧那尼》之战　　064

  7. 七月革命，年轻的法兰西　　067

  8.《巴黎圣母院》——反封建！反教会！　　072

  9. 婚姻有点烦　　074

  10. 金融贵族和银行家的"七月王朝"　　076

  11. 对社会不公正的抗议——《克洛德·格》　　077

12. 巴黎六月起义——《悲惨世界》中的场景　　079
13.《国王取乐》被禁演风波　　080
14. 初识朱丽特　　082
15. 走入低谷　　084
16. 里昂工人起义——不要君主，要共和　　085
17. 当选法兰西学院院士，进入政坛　　087

七、创作进入低潮（1840—1847）　　091
1.《城堡里的伯爵》演出失败　　091
2. 痛失爱女　　092

八、走向共和（1848—1851）　　096
1. 二月革命，建立法兰西第二共和国　　096
2. 六月起义——无产阶级与资产阶级的第一次战斗　　097
3. 路易·拿破仑·波拿巴上台　　100
4. 决裂　　101
5. 路易·拿破仑·波拿巴恢复帝国，政变夺权　　104

九、流亡生涯，创作高峰期（1851—1870）　　106
1. 布鲁塞尔　　106
2. 泽西岛　　107
3. 盖纳西岛　　110
4. 流亡者的人道主义情怀　　111
5.《悲惨世界》诞生　　114
6.《莎士比亚论》　　115
7.《海上劳工》　　117
8. 阿黛尔病逝　　118
9. 反对普鲁士侵略巴黎，维护新生的共和国政权　　121

十、回归祖国，以笔作战的勇士（1870—1880） 123
   1. 凶年岁月 124
   2. 巴黎公社 128
   3. 多事之秋 131
   4. 人道主义老战士的欣慰 134
十一、人生迟暮（1881—1885） 137

第二部分 创作特色

一、小说 143
二、戏剧 151
三、诗歌 156

第三部分 雨果作品在中国

一、最早翻译雨果作品的人 176
二、雨果作品在中国的传播 177
   1. 晚清和辛亥革命时期，雨果作品在中国的传播 177
   2. 五四运动以来，雨果作品在中国的传播 180
   3. 中华人民共和国成立以来，雨果作品在中国的传播 183
三、雨果作品在中国的研究 187

第四部分 主要作品介绍

《欧那尼》 193
    1. 创作背景 193
    2. 剧情梗概 194
    3. 赏析 207

《巴黎圣母院》 210
    1. 创作背景 210
    2. 故事梗概 213
    3. 赏析 231

《悲惨世界》 240
    1. 创作背景 240
    2. 故事梗概 244
    3. 赏析 269

《九三年》 274
    1. 创作背景 274
    2. 故事梗概 277
    3. 赏析 291

附录

雨果生平及创作年表 300
参考文献 310

第一部分 ｜ 生命历程

思想家问新生儿：子从何处来？
问弥留之际的人：子向何处去？
那新生儿啼哭，
那弥留之际的人颤抖。

一、出生与家庭（1802）

1802年，注定在历史上留下重重的一笔。

这一年，风云变幻，古老的欧洲大地上还燃烧着法国大革命留下的火焰，各国帝王的宝座岌岌可危，旧的封建关系正在崩溃中。

这一年，法兰西共和国颁布《共和十年宪法》。法国议会做出"全民决定"，宣布拿破仑为法兰西共和国终身执政。法兰西共和国为使新生政权免遭其他国家联合武装干涉，"蓝衫"战士踏出国门为革命而战，欧洲一片涂炭。

这一年，伟大的法国空想家圣西门（1760—1825）发表了他的第一部著作《一个日内瓦居民给当代人的信》。他主张按照公正的新原则改造世界，尽管对未来的道路他还很模糊。

这一年，俄国伟大的革命先驱者拉季舍夫（1749—1802）自杀了。他是最早的出身贵族的革命家、唯物主义哲学家、经济学家、启蒙运动作家，他反对旧思想，支持新思想，是主张"自由、平等、法制"的第一人。他受尽了沙俄政府的迫害，长期的流放，以致他悲观绝望，最终服毒自尽。

这一年，在德国魏玛，歌德与席勒正在畅谈自由、人性的话题。他们谈论着席勒的《奥尔良少女》，讨论着剧本和现实、民族与战争的问题。

这一年，在巴黎的一处民宅里，年轻的法国歌谣诗人贝朗瑞（1780—1857）和朋友们聚在一起，为"没有皇帝的法兰西"干杯。在英国，年仅14岁的拜伦在吟诵自由的诗句。

这一年，俄国文学之父普希金刚刚3岁，现代法国小说之父巴尔扎克也3岁,他们在世界的不同角落成长着。

这一年,俄国化学家赫斯出生。后来的他指出任何化学反应过程中的热量,不论该反应是一步完成的还是分步进行的,其总热量变化是相同的。这就是举世闻名的赫斯定律。

这一年,法国作家大仲马出生了。后来的他参加了1830年的七月革命,成为高举浪漫主义文学大旗的作家。

这一年,维克多·雨果诞生了,人类历史的长空又多了一颗耀眼的星星。

1. 未接受洗礼的婴儿

1802年2月26日,维克多·雨果出生在法国东部与瑞士接壤的贝桑松城的一个军官家庭。家中有两个哥哥,大哥阿贝尔,二哥欧仁,他排行第三。

刚出生的维克多·雨果瘦弱不堪,哭声微弱。他无力地躺在母亲身旁的一张大安乐椅里,小得可怜,只有那高高的前额很抢眼。医生们认定这个孩子很难养活。母亲看着自己的孩子,很是心疼。由于母亲的悉心观察、昼夜照料,他才得以生存下来。

小维克多出生后,并未接受洗礼。这是因为他的父亲对天主教会抱着无所谓的态度,他的母亲对神甫也没有什么好感。

小维克多生在一个行伍之家。祖父约瑟夫·雨果年轻时参军,在轻骑兵中任司务长,军衔为骑兵少尉。后来他离开军队做了一名木工,在洛林省的南锡城定居。第一位妻子为他生了七个女儿,后来去世了。第二位妻子为他生了五个儿子。维克多的父亲莱奥波德·西斯吉拜尔·雨果排行第三。这兄弟五人在法国大革命中同时加入共和国军队，其中两人战死，三人升为军官。这是一个拥护共和的革命家庭。

维克多的父亲莱奥波德于1773年11月15日生于南锡，曾就读于南锡中学。他15岁时参军，最初是拿破仑手下的一名普通军官，参加了1789年法国资产阶级大革命后，转战南欧各国。1792年，19岁的莱奥波德成为上尉。1793年，保王党分子煽动旺代地区的农民武装反对大革命建立起来的资产阶级政权，史称"旺代叛乱"。20岁的莱奥波德因镇压旺代叛乱有功，升为营参谋长。他是一位坚定的共和主义者。

维克多的母亲索菲·特雷布歇于1772年生于法国西部海口南特。年幼时，她的父母相继离世，后跟姑母洛班一起生活。姑母是个保王党分子，她把自己的思想灌输给了自己的侄女。索菲后来成为一个坚定地拥护皇帝、反对拿破仑的保王主义者。

政见不同的父母是怎样走到一起的呢？这样的家庭对维克多·雨果有什么特殊的意义呢？

2. 父母的婚姻有些传奇

莱奥波德·雨果相貌英俊，有着一头蓬松的头发，大大的眼睛，扁塌的鼻子，厚厚的嘴唇，他微笑起来很迷人。在作战中，莱奥波德举止敏捷，性格粗犷，十分勇猛。在平常的日子里，他为人善良，性格温和，在军队中人缘很好。

在一次战斗中，莱奥波德率领的军队把叛乱的朱安党人打得四处离散，剩下的妇女、老人和孩子成了革命军的俘虏。在俘虏的队伍中，他看到一个只有几个月大的婴儿在哭。他将婴儿抱起来，

莱奥波德·雨果

在被俘的人群中找到一个奶妈来照料这个婴儿。这场战斗结束后,莱奥波德将这群俘虏全部释放,还发给他们一些粮食。

还有一次,莱奥波德的部队抓住了两个手执武器的旺代人。这两个人被认定参与叛乱罪。他们是叔侄俩,小的只有10岁左右。在执行枪决的时候,莱奥波德救下了这个孩子。他认为孩子身上不存在主义之争和反叛之意。他抚养了这个孩子7年,并为这个孩子安排好日后的生活。

莱奥波德仁慈的行为,不仅让他在部队中留下了美名,他的宽厚仁德的名声在叛军中也广为流传,还因此有了一桩奇特的姻缘。

索菲·特雷布歇是南特人,是当地一位商船船长的女儿。她有着一双褐色的大眼睛,俏丽的面庞。她性格刚强,凡事很有主见。不幸的是,她年幼时父母双亡,是祖父抚养她长大的。1784年,索菲开始跟随洛班姑母一起生活。姑母已经60岁了,是一个公证人的遗孀。因姑母家道寒素,由此她学得了俭省,姑母最爱读书观剧,她也养成了读书的习惯。姑母是个保王党分子,她的思想影响着索菲。

索菲的少女时代是在读书中度过的。她特别喜欢读伏尔泰的著作,认为一切应顺应自然,包括人的自由。她不信上帝,认为人是平等的。在她的眼里,蓝军到处讨伐就是实施残酷的暴行,是自然世界秩序的破坏者。

1793年,姑母为避战乱带着家人离开南特,迁回小镇夏多勃里安居住。这里有特雷布歇家的200年来的领地——雷诺第耶庄园。

在夏多勃里安市郊，索菲经常帮助那些反对新宪法的人，营救那些被革命军追捕的旺代分子以及不向宪法宣誓的神父。有时她也会在雷诺第耶庄园里，幻想国家的命运和个人的幸福。

1796年的一个夏天，索菲骑马返回夏多勃里安的时候，遇到了莱奥波德率领的一支小部队。当时这支部队正在执行搜捕叛乱分子的任务。索菲为营救那些被围困的人，勇敢地将这支疲惫不堪的队伍领进了雷诺第耶庄园。她安排这些军人休息，为他们提供饭食。

就这样，索菲结识了比自己小一岁半的莱奥波德。

索菲喜欢莱奥波德的幽默和风趣，和他在一起她感到快乐。在谈论这场战争时，索菲明确表明自己的政治立场，认为革命军反对朱安党人的战争是非正义的。莱奥波德喜欢索菲的聪明和勇敢，和她在一起时自己的心跳加快。但在政见上，他不赞同她的观点。他表明自己拥护共和，他的家族和自己为共和国军队效力，是不惜牺牲生命的。因此，他们经常在一起辩论，慢慢地，爱情在这两个持有不同政见的年轻人身上发生了。

不久，莱奥波德随部队回到了巴黎。被任命为军法会议的检察员，并得到了市政厅的一套房子。

在巴黎，莱奥波德对索菲的思念日益加深，他给姑娘写了大量的信，热烈地表达了自己对姑娘的思恋，希望她能来到他身边。

1797年11月25日，两人在巴黎忠诚区第九区区政府登记结婚。1798年索菲生下了他们的第一个儿子阿贝尔，1800年生下了次子欧仁，1802年于贝桑松城生下了维克多·雨果。

婚后六年的时间里，两人的感情还和恋爱时一样，丈夫出征莱茵河畔的时候，不断地给留在家里的妻子写信，心中满是多愁善感。

妻子的性情虽然比较冷静，但对丈夫却是竭尽忠诚。这段时间，可以说是他们最幸福的岁月。

3. 不同政见的父辈们

在那个动荡的年代，莱奥波德和索菲对时政都有自己的看法并为之奉献着自己的青春。尽管他们已经有了三个可爱的孩子，但两个不同政见的人，还是开始了在乱世中的分分合合。这让小维克多和哥哥们有了不一样的童年。

父亲的同事、军法会议的书记员皮埃尔·富歇也是南特人，而且与母亲的特雷布歇家族有些关联。父母与皮埃尔·富歇的关系很自然地友好起来。皮埃尔·富歇结婚时，父亲做他的证婚人。在婚礼上，父亲的祝福词中有一句祈愿的话，后来两家真的成了儿女亲家。皮埃尔·富歇是保王主义者，父亲是共和主义，但这并不影响两家的友谊。

小维克多生来比较瘦弱，父母为他请了教父。教父的名字叫维克多·拉奥里。维克多名字就来自教父。

教父维克多·拉奥里是母亲童年时代的朋友。母亲结婚后，他自然也成了父亲的朋友。早在1793年，拉奥里还得到了当时是少尉的父亲的帮助。

1797年，新婚后的父亲和母亲与已是上校的拉奥里在巴黎爱丽舍大街上相遇，从此两家人开始了密切的往来。1799年12月，升为少将、总参谋长的拉奥里要去巴尔上任，他邀请并推荐时为少校的父亲同去莫罗将军麾下工作。

当时莫罗是莱茵军团总司令，拉奥里和莱奥波德共同效力于他。

莱奥波德因作战勇猛，甚得总司令的赏识，升职为营长。拉奥里被约瑟夫·波拿巴委托为奥法和平谈判的代表，莱奥波德也作为奥法和谈的法方代表之一，并被任命为吕内维尔城防司令。由于拉奥里的关系，母亲索菲也得到了约瑟夫·波拿巴的赏识。

拉奥里本是革命军一员，但在他身上有一种贵族气派。他风度翩翩、雍容典雅、学识渊博、通晓诗文，是一个不折不扣的理想主义者。1800年左右，莫罗将军与拿破仑有了矛盾，拉奥里也因此受到拿破仑专制政府的迫害。他的立场发生了转变，开始反对执政者。

拉奥里在1812年被抓捕枪决时，莱奥波德正远征西班牙，被西班牙国王约瑟夫·拿破仑册封为西班牙伯爵，升职为将军了。两个曾经志同道合的热血军人就这样走向了不同的人生道路。

教父拉奥里对拿破仑的态度影响着小维克多，他的保王思想也曾一度影响着小维克多。他向小维克多讲了很多有关人类自由的故事，这对维克多产生的影响是极大的。而父亲莱奥波德一直在部队中，他与小维克多见面少、交流更少，他的共和思想对小维克多的影响很小。

小维克多眼中的世界就这样展开了，他的人生初始印象渐渐出现了一种倾向，这是后话。

二、幼年和童年的迁徙生活（1802.8—1813）

1801年，父亲本应由城防司令升职为旅长，结果却未能如愿，他便赌气离开了吕内维尔，来到贝桑松任十二团当营长。这时，维克多的降生给父亲增添了许多快乐。

1802年，父亲指责上司旅长的账目不清，反被上级认定教唆部下谋反。此事触动了拿破仑的某根神经，引起了拿破仑的反感。父亲被无故调至马赛。

6个月大的小维克多和两个哥哥跟着父母开始了首次的迁徙。

1. 地中海的科西嘉岛和厄尔巴岛

莱奥波德心里愤愤不平。他让妻子去巴黎请求莫罗和约瑟夫·波拿巴帮忙。没想到，此时拿破仑对莫罗有了戒心，拉奥里也被牵连了。索菲只能求助约瑟夫·波拿巴了。约瑟夫·波拿巴极力帮助索菲，结果反而加重了拿破仑对莱奥波德的惩治。莱奥波德先被遣往位于本国地中海的科西嘉岛。1803年，莱奥波德所属部队又被遣往位于意大利地中海的厄尔巴岛。厄尔巴岛及周围的几个小岛，据传说是代表爱和美的女神维纳斯身上戴的宝石项链跌碎之后，碎片掉入海中而形成的。可莱奥波德的心情并没有因为这个美丽的传说而好转，他一个人带着3个孩子如此辗转，最小的维克多才1岁多，他内心的焦虑可想而知。

妻子索菲还在巴黎为丈夫奔走，同时也在为拉奥里感到不平。拉奥里是索菲的童年好友、孩子的教父，如今，拉奥里被拿破仑认定是莫罗的嫡系，不仅没有让他升任师长一职，反而将其驱逐出军队。索菲本来就是保王主义者，看到这一切非常气愤，她劝拉奥里联合旺代保王党倒戈波拿巴。

1803年8月初，在丈夫的催促下，索菲终于来到丈夫和孩子们的身边。索菲在这个家生活不到4个月，就感觉到这里的外在环境对孩子们的健康不利，政治环境也不利于孩子成长。夫妻之间也产生了一些矛盾。诸多的原因，让倔强的索菲带着3个孩子离开厄尔巴岛、离开军营奔回巴黎。

2. 回到巴黎

1803年11月，索菲带着3个儿子离开厄尔巴岛，回到了巴黎，从此这对夫妻开始了分分合合的生活。

索菲本想着巴黎的朋友多，生活上会有所依靠，但没想到时局的变化太快。她一回来就看见将军府的门上贴着的告示。告示称：保王党的匪徒妄想谋杀第一执政，政府号召巴黎人们协助执政府将他们逮捕归案。维克多·克洛德·亚历山大·法诺·拉奥里就在一长串被通缉的人名里面。失望的索菲只能靠自己了，她在克里希街24号租了一个房子，全家定居下来。

来到这个新的地方，小维克多和哥哥们非常高兴，孩子们不知道动荡的社会意味着什么，但只要有妈妈在，他们心底就有阳光。白天，母亲送他们兄弟三人去上学，放学回来，他们就在院子里玩耍。院子里有一口井，还有一棵高高的柳树。两个哥哥玩得很高兴，他们喜欢冒险。4岁的小维克多则摇摇晃晃地跟在后面，看着，惊讶着。

父亲所在的部队奉拿破仑的命令开赴意大利征服那不勒斯。约瑟夫·波拿巴被弟弟拿破仑封为那不勒斯国王。因父亲骁勇善战，功绩卓越，约瑟夫·波拿巴任命他为科西嘉王家军团上校和阿维利诺省的总督。

索菲带着孩子在巴黎的生活有些困顿，丈夫寄的钱已经不够抚养孩子了。为了孩子们的生活质量，索菲不顾丈夫的反对，决定带着孩子去丈夫身边。

3. 意大利——阿维利诺省大理石府第

1807年10月，这时的小维克多5岁了，他跟着妈妈和哥哥们又迁徙了，开始了意大利之旅。

此时的索菲与丈夫的隔阂已经很深了，主要是政治观点的不同和性格的差异。索菲极端厌恶战争，认为丈夫在异地的作战是一场对人类的残酷杀戮，是一种征服性的行为。她希望这场战争快点结束，她时刻都在幻想人们能获得政治上、生活上的自由。

一路上，他们所乘的车子经过了雨打风吹，也遇见了各种状况。哥哥们总是兴高采烈的，看所有的事情都觉得新鲜，就是路上的撞车事故也愿意去看热闹。

小维克多看到路边树上吊着的尸体、看到绞架和小十字架总是害怕。他问妈妈："妈妈，为什么意大利的树上还吊着人？是谁把他们吊死的，为什么？"妈妈不知怎样回答，小维克多还是孩子，他理解不了战争的正义性与非正义性，理解不了征服与统治的含义。她只好说："那是土匪，他们抢了别人的钱财。"

这些年幼时留下的印象，在维克多以后的记忆里难以磨灭。

车子又穿过了一场大雨，一片蔚蓝色的水域出现在他们的眼前，孩子们顿时欢呼起来。他们下了车子，尽情地看着这辽阔的大海。小维克多呆呆地看着，一时间竟心醉神迷。

到了阿维利诺，他们来到了爸爸的身边，来到了如同仙境的古老的大理石府第。爸爸看到几年未见的儿子们非常高兴，孩子们看到身穿笔挺戎装的父亲很自豪。

孩子们在这里度过了一段无拘无束、自由自在的日子。但是这个地方他们没办法上学，作为占领军的孩子，他们走在外面是很危险的事情，他们只能在居住的庭院里玩耍。这也正符合他们这个年龄的特点，他们上树、捉迷藏、逗玩小动物，玩的花样很多。

在父亲的眼里，孩子是如此可爱。阿贝尔懂礼貌，关爱弟弟们；欧仁活泼热情，做事认真；小维克多长得可爱，不大说话，喜欢安静地玩，很受哥哥们的宠爱。父亲最喜欢小维克多，因为他喜欢思考。孩子们的到来让这位驰骋疆场的人内心无比温柔。

父亲仍旧很忙，平时很少在家。他决定让母亲带着孩子们回巴黎上学。孩子不能不接受正规教育，这对孩子们来说是大事情，关乎他们的未来，况且父亲的军队也要开赴西班牙了。

孩子们最终恋恋不舍地离开了这个美丽的大理石府第。

4. 再回巴黎：读在私塾，玩在斐扬底纳

1809年2月，母亲索菲带着孩子们又回到了巴黎。5月18日，她租下了一套斐扬底纳（Feuillantines）女修道院的房子。

斐扬底纳女修道院是十八、十九世纪法国文学史上著名的三大古屋之一。它建于1622年至1623年之间，到18世纪末法国大革命时，修道院解散了，该古屋归为国有。后来政府将房子卖给个人自主使用。索菲见到这座房子时，园林已经荒芜了17年。索菲决定租用这座房子的一半，这对小维克多兄弟们来说已经是很大的房子了。推开两扇铁门，走过一个大院落，便是正屋，屋内有客厅、餐厅。正屋的后面是一个大花园，长有200米，宽有60米。孩子们雀跃着跑进花园，眼睛都看不过来了：中间是一片杂草丛生的阔地，不远处有大片的果树，一条小路延伸到远处的一片树林；小路两旁有各种花，有一架秋千，还有一处葡萄架。这座带有花园的房子给小

维克多留下了深刻的印象。尽管它在后来的战火中消失了,但在维克多的《一八一三年斐扬派修道院纪事》中,这座房子得到了永生:

> 在我满头金发的童年,唉!可惜太短!
> 有三个老师:母亲,老神甫,一个花园。
>
> 花园深邃而神秘,简直又大得无边,
> 围着高墙,挡住了好奇者们的视线。
> 园中有花朵开放,就像眼睛在张开,
> 红色的小甲虫在石头上跑得飞快,
> 充满嗡嗡声以及模糊的声响一片。
> 花园深处像树林,中间就像是农田。
> 神甫饱读荷马和塔西陀,博古通今,
> 老人家和蔼可亲,母亲——就是我的母亲!

(见程曾厚译,《雨果诗选》,人民文学出版社,2000年版,164页)

孩子们上学了,大哥阿贝尔去了中学,二哥欧仁和小维克多因年龄小去了私塾。

私塾的老师特·拉·里维埃尔曾是教会的教士。在大革命年代,他离开了教会,结了婚。夫妻俩办了一所私塾,教孩子们读书以维持生活。

小维克多和欧仁在老师的教导下,学习拉丁语和希腊语。他们非常聪明,仅一年,他们就能朗读并翻译文章了。

父母的朋友富歇一家经常来家中和母亲叙旧。这样小维克多和欧仁又多了两个玩伴:哥哥维克多·富歇和妹妹阿黛尔·富歇。每到礼拜天，孩子们就高兴地聚在一起，在花园中做游戏、荡秋千。他们最擅长给园子中的各种鸟儿、虫子起名字了。各种可爱的小动物名字在孩子们稚嫩的叫声中显得特别生动。

这期间，被执政府缉捕的拉奥里来到了家中，母亲把他藏在家中后花园深处的小教堂里。小维克多从母亲那里知道了这个人就是自己的教父。

教父拉奥里向小维克多灌输了很多自由的思想。小维克多在教父的影响下，在母亲和富歇的多次谈话中，他对第一执政的印象不好了。

拉奥里在小维克多家中匿藏了18个月，最终还是被抓走了。

拉奥里的被抓是由于他对时局的判断有误，轻信了法兰西皇帝大婚要赦免反对第一执政叛乱分子的传言。结果他暴露了行踪。

教父拉奥里被抓走的那一幕，在小维克多心里留下了一个恐怖的印象。

5. 西班牙之旅

父亲的军队已开赴西班牙。约瑟夫·波拿巴已由那不勒斯国王转任为西班牙国王，他任命父亲为保王团团长。父亲后来逐步升为将军，被册封为西班牙伯爵，成为朝廷显贵，还是3个省的总督。国王赏给父亲和其他一些高级官员每人100万西班牙金币，要求他们在那里置地安居。

1810年10月的一个早上，小维克多的叔叔路易·雨果来到了家中。路易在哥哥莱奥波德的帮助下，在驻西班牙的军队中升职为上校。他因公务回巴黎，特意来看嫂子和侄子们，并劝说他们一家去西班牙安居。小维克多的母亲没有同意，可能她与父亲的隔阂没有消除，也可能是考虑战乱的缘故吧。

叔叔路易走后不久，父亲给母亲寄来了一笔钱，让母亲在巴黎买一处房子。

索菲感觉到丈夫与自己的关系疏远了。为了让孩子能够享受父亲已有的优越的生活条件，她向国王约瑟夫·波拿巴的信使提出随军的要求。因为拉奥里的关系，约瑟夫·波拿巴对索菲的印象很好，这次也不例外。他来信安排她全家去西班牙的行程，并在线路的安全上有了周全的考虑。

为了让孩子们能够在西班牙正常生活，母亲给孩子们购买了西班牙字典和文法书。孩子们仅用一个半月的时间就能说西班牙语了。

1811年3月10日，母亲雇了一辆有6人座位的两厢马车，车上载满了行李，一家人又开始奔波了。

（1）巴荣纳，童年之恋

驿车途经了一个又一个城市，来到了国境线上的巴荣纳。这是一个边境城市，他们要在这儿等待1个月，等待约瑟夫·波拿巴安排的有部队护卫的运输车队。

母亲租到了房子，租期1个月。房东是一个妇人，身边有一个10岁的女儿。女孩长得天真、甜美，像个小天使，她经常来照看比她小1岁的小维克多。

这一个月来，母亲为了孩子们不至于寂寞，也为了让孩子们开阔眼界，她买了长期的戏票，带他们去看戏。刚开始孩子们兴趣盎然，快乐得无以形容。当天演的是小品歌剧《巴比伦的遗迹》，接下来几天还是这个剧目。几天下来孩子们就厌倦了。

孩子们自有自己的乐趣,哥哥们经常去看外面发生的有趣的事情,比如军队的实弹演习。小维克多却愿意与那位小姐姐宅在家中。女孩领着小维克多坐在花园的台阶上,给他读书、讲故事。小维克多总是盯着女孩那白皙洁净的脸,看得入神,没有听讲的是什么。女孩用那漂亮的大眼睛看着他:"你干吗不听?"小维克多的脸红了,心跳也加快了。

后来,成年的维克多在1843年写的一首诗中,这样描述自己的心情:

> 转瞬即逝的童年爱恋,
>
> 无异心的平旦与晨曦,
>
> 抚慰我们的心灵吧,恍惚依稀,
>
> 即是痛苦与黄昏同降,
>
> 仍来安抚我们迷乱的魂灵,
>
> 啊,转瞬即逝的童年爱恋!

(见傅雷著,《雨果的少年时代·傅雷文学集》,中国文史出版社,2017年版,95页)

这样的日子,在小维克多看来过得很快。分别的日子来到了,小维克多闷闷不乐地与这里的一切告别。他放飞了他养的一只鸟儿,告别了他的小姐姐,告别了他的孩童之恋。

巴荣纳在维克多的记忆中留下了深深的印象。和女孩在一起的日子,小维克多感受着亲切、美好和快乐。这种美妙的感觉,藏在了他心底最隐秘的地方。以至30多年后,他旧地重游,寻找儿时那个朦胧的情感和梦境,结果庭院依旧在,只是人去楼空。

（2）欧那尼小镇

1811年5月，小维克多一家终于等来了迎接他们的运输车队。

小维克多一家乘坐的是一辆非常气派的豪华马车，是由6匹马拉的四轮马车。他们的车走在运输车队的前面，小维克多回头望去，一溜儿绿色，望不到车尾，估计有300多辆。车上装载的多是军用物资，车队两边有骑兵护卫。一路走来，要寻求保护的商旅，也跟在了队伍的最后面。

车队走到一个名叫欧那尼的小镇，大家在此休息。

这是一个不大的镇子，看上去没有什么人，只有一些房子伫立在那儿，石质的门楣上刻着古老的徽记，家家的门都上着锁。小维克多凝视着、想着，这里曾经住着的人一定有着优雅的生活。有村庄里袅袅的炊烟、田野上绿油油的庄稼；有场院中人们的歌声、牛羊的叫声；还有天天发生的有趣的故事。可是由于战火连天，这里的一切都呈现出一种忧郁和无奈，还有一种愤怒的情绪。

欧那尼，这个在军旅中路过的小镇，给小维克多留下了深刻的印象，那份阴冷浸透了他的周身。多年以后，这个无名的小镇，因为雨果的《欧那尼》剧本而名声大振。

这一路上，他们还算顺利，虽然遇到小股游击队的袭击，但护送的军队足够强大，没有形成危险局面。倒是在一个瓦砾堆上，小维克多不慎跌了一跤。他的头磕破了，当时就昏了过去，他的额头上因此留下了一个疤。但当他看到美丽的挂满紫色彩霞的高山时，仍旧高兴地指给母亲看。

母亲的压力太大了，她全然没有孩子们的热情。她知道，自己是军人的家属，踏上的是异国的土地，到处都有仇恨的目光，前面等待他们的未知太多了。而在小维克多的眼里，有看到路边被击毙死尸的恐惧，有对被战火毁坏房屋的惊愕，也有对阳光下的壮丽山川的神往。这一切混杂在车轮的隆隆声和战马枪支中，各种感觉时断时续，如同一场梦境。

（3）马德里贵族学校的生活，很难捱

车队终于到了马德里。这次父亲没有像上次那样亲自来迎接他们。因为父亲事先不知道他们母子四人的到来。

来人将他们领进了总督府马斯拉诺宫。管家安排他们住下，还领着他们参观这座宫殿。这里有数不过来的房间，每个房间都那么的华丽、金碧辉煌。小维克多看到这座富丽堂皇的宫殿，有一种说不出的惊讶。

小维克多一家人住进了这座豪华的宫殿，父亲却迟迟没有回来。他知道，父亲正在为拿破仑效力，他们才有机会住进这豪华宫殿，他为父亲感到自豪。可是，他听见西班牙人在背后称拿破仑为"拿破贼"，他知道母亲也痛恨拿破仑。母亲说整个欧洲的战火都是拿破仑燃起的，拿破仑是一个篡位之徒，小维克多很认可母亲的说法。他幼稚地认为母亲带着他们颠沛流离、跟父亲的不和就是这场战争造成的，也是拿破仑造成的。

一个半月后，父亲回来了。母亲和父亲的关系还是那么紧张，几句话合不来，两人就开始争吵。

父亲开始安排孩子们的生活。他认为阿贝尔已经长大了，安排大儿子进宫给约瑟夫当侍卫；他认为欧仁和维克多正处于学习的年龄，安排他俩去马德里中学读书。

到了星期一,母亲带着欧仁和维克多乘坐马斯拉诺亲王的马车,

来到马德里中学。

这是当地的一所贵族学校,因为父亲有西班牙伯爵的封号,他们才有资格来此读书。学校像座兵营,冷冰冰的。他们被安排住在低年级宿舍。宿舍里有150张床,大约只有10张床有人住,住人的床头上挂着耶稣受难的十字架。维克多看到十字架心里就有恶心的反应,旅途中死人的情形深深地刺激了他。

母亲安排好孩子就走了。第二天就要上课了,维克多和欧仁心中空空的,难受得哭了。

教维克多和欧仁的老师有两位,他们都是修士。一个是身材瘦削的唐·巴杰尔,一个是胖胖的唐·马虞尔。两个孩子最开始在低年级学习,结果老师教的知识他们都会。校方只好让他们升级,就这样,他们一直升到修辞班。

这个班里的孩子年龄在15岁以上,他们对这两个法国人心有敌视,但对他们的拉丁文水平却很佩服。

不仅本班的同学对维克多和欧仁有敌意,学校里其他班级的同学对他们兄弟俩都很冷漠。因为当地的同学都是西班牙的贵族子弟,他们都痛恨占领自己家乡的法国人。在这样的敌对环境里,维克多兄弟时常跟同学们打架,欧仁的鼻子被他们用剪刀戳伤了。维克多对这里很厌烦,久而久之,因心情忧郁,也病倒了。母亲来看他们,抚慰他们。困境中的维克多感到了母亲的温柔和温暖。

1811年入冬以后,由于战争,马德里发生了饥荒,学校里的粮食越来越少,取暖也跟不上。欧仁的手脚冻得皲裂了,维克多的耳朵冻得红肿了。

日子一天天过去,法国人在西班牙的势力一天一天地在瓦解。1812年初,西班牙民族情绪高涨,人民反抗异族统治的斗争如火如荼，对于在占领区的法国人，特别是对于孩子们来说，处境更难了。

父母的关系仍然紧张。父亲在外，3个孩子又不在母亲身边，母亲倍感孤独。

母亲向约瑟夫状告父亲。约瑟夫只好把父亲调回马德里任职，强迫他回到马斯拉诺宫居住，把孩子从贵族学校接回，还要给妻子3000法郎的生活费用。

这样的日子没过多久，父亲得知母亲藏匿拉奥里的事情，夫妻从此反目。父亲离开了家，提出离婚。

6. 又回巴黎：崇拜维吉尔、伏尔泰的读书郎

母亲只好准备带着维克多和欧仁回国，阿贝尔留在了国王侍卫队。约瑟夫国王协调将莱奥波德作为王室主管的年薪1.2万法郎，寄给索菲养家用。同时，严令莱奥波德不准离婚。因为作为一名将军要有好的口碑，不能影响军人的形象。

1812年春，母亲索菲带着一家人启程回国。

在西班牙的这段日子里，在别人的国土上，维克多作为占领军方的孩子，总有一种不踏实的感觉。在回归的路上，维克多开始了思考，思考战争的事情。

回到了巴黎，他们仍旧回到了斐扬底纳的古屋。维克多和欧仁继续跟着老师特·拉·里维埃尔学习拉丁文，学习哲学和数学。

里维埃尔曾是教会的教士，思想虽守旧，但是他的学问根基很深。他懂得希腊文也懂得拉丁文，对路易十四时代的文化名人和名著很了解，他的诗做得很规矩、很叶韵。维克多从里维埃尔这里不仅学会了怎样鉴赏古罗马诗歌，还窥见了异教的神话，这于他的灵

智的形成有着极大的帮助。

法国文学一向不十分亲近英德两国的文学，拉丁思想才是他们汲取不尽的精神宝库。维克多热爱拉丁文学，崇拜维吉尔。

维吉尔是古罗马诗人，是荷马以后最重要的史诗诗人。维吉尔幼年在他父亲的田庄上过着农家生活，热爱意大利北部美丽的山川。他到克莱蒙那（Cremona），后来又到米兰和罗马学习。他创作了文人史诗《埃涅阿斯纪》，叙述埃涅阿斯建立罗马国家的故事。故事取材于古罗马神话传说，其结构严谨、故事性强、人物形象鲜明、语言规范，特别是诗歌格律规范优美。维克多在古诗人那里学得运用十二缀音格，学会作诗的技巧，更爱好诗中古老的传说。那些希腊寓言、罗马帝国时代的宏大故事深深地吸引着他，那些描写高山、大海、晨曦、夕阳、星夜的句子，那些叙述田园耕作、战地英雄及人间情感美好的故事，深深地印入童年维克多的脑海里。他幼年的诗文就有这种倾向。1837年时，他在《致维吉尔》中这样感慨道：

啊！维吉尔！啊！诗人！啊！我神圣的老师！
……
你让林中的片片绿叶飘下，就成为
神秘的诗行，犹如天上洒下的雨水；
你，正是你的思想占有了我的梦想。

（见闻家驷编，《雨果诗歌精选》，北岳文艺出版社，1993年版，105页）

课外时间，维克多和欧仁经常到书铺去租书，莫里哀、伏尔泰、卢梭等人的作品是他们的最爱。无论是戏剧、小说、诗歌，还是游记、历险记，他们都有极大的兴趣。哲学、法律、历史方面的书也不放过，往往一看就是几个小时。

母亲从马德里回来后，除了看书，就指挥孩子们侍弄园子。她变得越来越坚强了。这时，拉奥里被关押两年多了，狱中的他参与了反对拿破仑的谋反活动，结果在1812年10月29日被政府重判，直接执行死刑。母亲勇敢地走出来，将她的老友、同乡送到公墓。

父亲在西班牙的战事不顺利。1813年6月21日，威灵顿公爵率领英国、葡萄牙和西班牙组成的7.2万人联军和60门大炮，与约瑟夫·波拿巴国王、法国指挥官儒尔当元帅率领的6.6万人法国军队和152门大炮在维多利西进行了一场战斗。在英西联军的攻势下，法军溃败。这场战役彻底摧毁了拿破仑在半岛的势力，约瑟夫·波拿巴的军队退回法国。父亲带着情人托马斯和儿子阿贝尔也回到了法国。

拿破仑没承认约瑟夫国王赐给父亲的将军官阶，父亲仍旧是上校官阶，被任命为提翁维尔城防司令。

1813年12月31日，母亲又决定搬家了，因为斐扬底纳的花园被政府征用了。要离开这座生活了近4年的古屋，维克多心里有诸多的恋恋不舍。这里的一切，包括晨曦的光芒、晚霞的夕照、风掠过树林的声音、小鸟的啼唱，都深深地印在了维克多的脑海中，启迪着他年幼的心智。他在1815年创作的《别了童年》一诗中，追念了这段幸福的儿时生活。

这次母亲把家迁到了寻南路2号，军阀会议大楼的对面，与老朋友皮埃尔·富歇为邻了。

三、少年时代——文坛上新星初现（1814—1820）

1. 拿破仑退位，波旁王朝重掌政权

1814年3月29日晨，维克多兄弟被一阵隆隆的炮声震醒。母亲告诉孩子们，俄国人和普鲁士人在向巴黎进攻。

早在1812年5月，拿破仑率领57万大军远征俄罗斯，相继获得了斯摩棱斯克战役、瓦卢蒂诺战役、维捷斯克战役的胜利。1812年9月7日，拿破仑率领法军又获得了极为艰难的博罗季诺战役的胜利。9月16日，拿破仑进入莫斯科，未料到迎接他的却是莫斯科全城的大火。城中的粮食、房子等果腹御寒之物化为灰烬。转眼进入冬季，俄罗斯的寒冬，成为拿破仑征战的最大难题。由于法军物资补给不足，俄军迎来重大转机。在几个星期的军事对抗中，法军不是战死就是冻死，最后回到法国的只有不到3万人。

1813年，英国、俄国、普鲁士、瑞典组成了第六次反法同盟，双方在莱茵地区发生多次激战。拿破仑重整旗鼓，勇敢应战，相继获得了吕岑之战、包岑战役等胜利，但是整个战局对拿破仑的压力越来越大。短暂停战后，随着奥地利倒向反法同盟，联军的力量超过了拿破仑法军。8月，拿破仑在萨克森王国的首都德累斯顿获得了德累斯顿战役胜利后，由于缺少骑兵，未能扩大战果。在莱比锡战役中，法军集结了15.5万人，而联军的兵力是法军的2倍。萨克森军队临阵倒戈，加上法军的炮弹也已耗尽，拿破仑被迫撤退。在败退途中，法军遭到联军的重大打击，只剩5.6万的残兵败将。联军向法国开进了。

隆隆炮声中，维克多的心情很紧张，没想到墙上贴着的那些画有戴着毛茸茸的皮帽子、瞪着大眼睛的哥萨克人就要打进来了。

1814年3月31日，巴黎被占领。外国军队开进了巴黎，街头挤满了士兵，到处都是普鲁士人和哥萨克士兵。维克多的家里也住进了军人。维克多再看身边的哥萨克人，不觉得那么可怕了，他们的举止很斯文。

同盟军要求法国无条件投降，同时要求拿破仑必须退位。拿破仑希望让他的儿子罗马王以拿破仑二世的名义继承皇位，但是遭到了反法同盟的拒绝。4月11日，拿破仑宣布无条件投降，并于4月13日在巴黎枫丹白露宫签署退位诏书，法兰西第一帝国灭亡了。拿破仑本人在退位后被流放到地中海上的一个小岛——厄尔巴岛。

路易十八回到了巴黎，波旁王朝重掌政权。维克多一家非常高兴，特别是母亲。战争结束了，他们全家不再颠沛流离了，法国人终于不再流血牺牲了。

巴黎圣母院大教堂举行盛大的国王返国登基典礼，维克多和哥哥们兴高采烈地去围观。国王的车队过来了，胖胖的路易十八端坐在镶着金线的马车上，身边是穿着白色礼服的昂古莱姆大公之女。王室眷属们也全副仪仗和装扮前往大教堂感恩祈祷。波旁王朝复辟了，维克多看着妈妈和周围人的神情，他真的以为法国不再打仗了。

父亲还在提翁维尔当城防司令，他不给家中寄钱了。母亲带着阿贝尔去要生活费，却发现他与情人同居。父母之间的事情闹到了法院，母亲索要3000法郎的生活费，父亲再次提出离婚。后来在他们的老朋友富歇先生的协调下没有离婚，但双方已经形同陌路。

小维克多觉得自己不被父亲所爱了，很难受；看到母亲一人支撑全家的生活，带着自己和哥哥们四处奔波，很心疼。看到坚强的母亲因为父亲的无情在受折磨,他觉得自己也在受折磨。这种内心的痛苦对于一个年幼的孩子来说是何等的残酷。这种心情在他29岁时(1831)刊发的《秋叶》诗集中被这样追述:

年少磨难多,回忆心头锁,

额上皱痕中,往事曷胜数。

(见傅雷著,《雨果的少年时代·傅雷文学集》,中国文史出版社,2017年版,93页)

2. 寄宿学校里的小诗人

1814年9月,父亲赌气回到家中,把长子阿贝尔送到学院读书,把欧仁和维克多送到戈尔迪寄宿学校读书,同时让他们到路易中学上课。他让妹妹马丁·肖皮安夫人照管欧仁和维克多的生活,不让孩子们与母亲见面。孩子们的零用钱由姑母按月分给,甚至母子间的通信都要经过姑母之手。这种做法虽然让欧仁和维克多非常愤怒,觉得这不但是桎梏他们,且是侮辱他们的母亲,但作为孩子只能默默地忍受父母不睦带来的苦果。

父亲安排好这一切,回要塞了。戈尔迪学校坐落在圣玛格丽街,是一幢平房。旁边是一所监狱,还有许多的铁匠铺。空气中烟尘弥

小诗人雨果

漫,还有那一阵阵的打铁声,维克多和欧仁心中很是烦恼。他们过惯了无拘无束的生活,现在到这种寄宿学校,过这种死板的生活,他们心里很不情愿。

维克多比欧仁小两岁,但兄弟俩在同一个年级。兄弟俩的普通功课在寄宿学校学习,哲学课到路易中学上课。

学校的课程安排得很紧张。早上8点到10点开始上数学课,接着是课后的数学补习。下午1点至2点,每个星期有三次的图画课。2点到路易中学上哲学课,5点回到宿舍。6点到10点一般是晚自习,学生们或者做当天的作业或者自修。

校长科迪埃是一位学识渊博的教师,他崇拜卢梭。在课堂上他对学生要求很严,经常用金属的鼻烟壶敲打不用功的学生。校长的助手叫戴科特,他教数学和拉丁文。他对学生更加严厉,认为自己的一切都是对的,对学生们自由的思想和精神一律予以扼杀。

维克多慢慢地适应了这样的学习环境,还结识了一些新朋友。有一次,维克多和欧仁提议在学校里搞演出活动,得到同学们的赞成。维克多和欧仁不仅编剧本,还带领同学们制作道具。头盔、战刀、勋章等是用硬纸板、金银色锡纸等材料粘成的,胡子是用烧黑的木棍描画的,舞台是用书桌拼在一起搭成的。同学们轮流出演剧本中的各色人物,没有角色的就坐在长条凳子上当观众。

维克多和欧仁因主办了学校的业余演出活动,在同学中的威信大增。成了"大王"级的人物。大家纷纷拥戴他俩,并因拥戴不同的头领分成两组:"犬"组,维克多是"大王";"牛"组,欧仁是"大王"。两位"大王"经常开会,研究保护"臣民"、训练"副官"的办法,以维护自己的指挥权威。

1815年2月26日,拿破仑逃出小岛。3月20日,拿破仑回到巴黎时，他已经拥有了14万人的正规军和20万人的志愿军。面对拿破仑的大军，路易十八仓皇出逃。拿破仑重新登上了皇帝的宝座，"百日王朝"开始了。

维克多身边的母亲索菲、教父拉奥里、父母的好友富歇等至亲都是拥护旧政体的，在他们的影响下，维克多恨拿破仑，认定拿破仑是暴君，认为拿破仑的卷土重来又把法国和平的局面打碎了。这时的维克多把波旁王朝看作是国家和平的保护者。只是他不明白为什么父亲坚定地在为共和效力，为什么拿破仑还不认可父亲的功劳，也不赏识父亲的能力。

维克多把自己的这些想法跟年轻的教师费利克斯·比斯卡拉探讨。比斯卡拉比维克多大6岁，是刚聘来的教师。因为维克多有诸多的政见和独立的思想，他们很快就成了好朋友。

1815年6月的一个早晨，比斯卡拉带领着维克多和欧仁悄悄地离开了学校，来到了巴黎大学的顶楼。极目远眺，巴黎市郊美丽的景色尽收眼底。突然，一阵炮声传来，远处两支军队正在厮杀。辽阔的大地上，士兵们的身影那么渺小，像草一样移动，又像草一样倒下。阳光下的这一幕刺痛了维克多的眼睛，他仿佛看到了草地上的一片片鲜血。

维克多愤怒了，他痛苦地思考，人们为什么要为拿破仑和路易国王的争斗去死呢？维克多产生一种写诗的欲望，这种念头很强烈，让他激动不已。

白天的课程很多，写诗只能在夜间。夜深人静，维克多回想着白天发生的事情，思索着他迁徙时看到的那些可怕的场景。想好后，就偷偷地记下。有一次在做祷告的时候，他想到的诗句竟是这样的：

因为在这里受过苦难，到那边就该得到奖赏——
这就是信念对人的安慰。
宗教裁判所在人间开辟了地狱，
就是要直接把我们送往天堂。

（见［苏］穆拉维约娃著，冀刚译，《雨果》，上海译文出版社，1990年版，36页）

这就是维克多心中的上帝和教堂，这也是他对教会统治人们心灵的最初始的印象。

维克多成了一个小诗人。他写的诗题材很广，有叙事诗《最后一位弹唱诗人》，有哀诗《加拿大的女儿》，有寓言诗《贪婪与嫉妒》，还有题诗和短诗。他将这些诗写在一个本子里，珍藏在他书桌的抽屉里。抽屉平时总是锁着，这是他内心的小世界。

维克多对母亲很依恋。每逢母亲的生日，他都不忘为母亲献诗，14岁那年，他这样写道：

妈妈，啊！这些习作虽然是都很渺小，
请你要宽厚地看上一眼；
妈妈，请你要带着母亲应有的微笑，
把儿子的这些孩子接见！……
它们可不是一圈不朽的花环，
拉辛开神仙宴会可用以打扮自己；
这些花就像我的心，简单自然；
妈妈，我向你献上一束花，聊表心意。

（见维克多·雨果的《法语诗稿三集》（1815—1818）。这些作品于1952年由热罗·旺扎克教士先生出版。)

维克多的诗是按照法国诗人、古典主义文学理论家布瓦洛在《诗学》中提出的作诗法写成的。当时的法国文人们都热衷于诗歌创作。可是在维克多就学的学校里，两位老师禁止学生们写诗。至于为什么，维克多是怎么想也想不明白的。

维克多经历了法国当时发生的一系列影响历史的重大事件：1812年9月，拿破仑入侵俄国的60万大军被俄国杰出的统帅库图佐夫率领的军队打败；1814年3月至1814年4月，反法同盟军进入巴黎，拿破仑被迫退位，被流放到地中海上的厄尔巴岛，法国波旁王朝复辟，路易十八返国登基；1815年3月，拿破仑从厄尔巴岛逃出回到巴黎，做了"百日皇帝"；1815年6月，拿破仑的军队在比利时滑铁卢战役中被英、普联军打败，法军全军覆没。1815年7月15日，拿破仑正式投降，法兰西第一帝国覆灭，路易十八再度复辟，拿破仑又被流放圣赫勒拿岛。

维克多接受着两种敌对的政治观点。父亲信仰共和主义，是坚定的共和主义战士；母亲信仰保王主义，是波旁王朝的拥护者。父母曾因意见不合而分居。因维克多生活在母亲身边，耳濡目染，颇受保王主义思想的影响，形成了保守的政治观点。这时的维克多是同情人民、反对暴政的。

母亲喜欢读伏尔泰的作品，对伏尔泰主张的开明君主政治、强调的自由和平很是向往。她鼓励孩子自由阅读，对孩子的教育采取放任个性自由发展的方式。维克多的写作潜能得以发掘，得益于母亲的教育方法。

维克多开始写政治诗。他常常写新近发生的事件，表达自己的观点。他不畏强权的英雄气势开始显露。"滑铁卢战役"之后不久，维克多就写出了这样一首诗。在诗中，他这样指责拿破仑：

> 你狂妄的野心想控制一切，
> 为了巩固它，你反失掉了帝权。
> 但是，拿法国人的鲜血洗涤你的不幸。
> 可痛的是，你的失败也叫我们流泪！
> 啊，滑铁卢，值得纪念的战役，
> 这是叫我快乐又叫我悲伤的一天。
> ……随着你的灭亡，
> 实现了人们对自由的向往！

（见葛丽娟著，《法兰西诗神 雨果传》，河北人民出版社，1999年版，38页）

这时的维克多天真地相信波旁王朝会给法国人民带来和平的日子，还坚信自由的日子快来了。

一天晚上，维克多发现自己的抽屉被撬，诗本不见了。很快，维克多被叫到了校长的面前。科迪埃和戴科特面色严厉，桌子上放着他的那个本子。

戴科特首先发话："禁止你们写诗，这已讲过多次，你为什么不听？"

维克多迎面问道："戴科特先生，谁让您撬人家的锁？"

"你是否希望我把你开除？"

"把本子还我！"

一时间戴科特和科迪埃面面相觑，是呀，私自撬别人的锁，等同于偷盗行为，这事情闹大了也不好收场。

科迪埃冷冷地说："你把本子拿去吧。"然后开始训斥这个诗人，为自己尴尬地解围。

维克多拿回了自己的本子，也争到了自由写作的权利，他不再怕了，也不用再偷偷地写诗了。

3. 颂诗获奖，小荷已露尖尖角

维克多在少年时就显露出了他的文学才华，13岁开始写诗。如今，在寄宿学校里，写诗成了他最大的快乐。他经常把自己写的诗读给他的老师兼朋友费利克斯·比斯卡拉听。

1817年，法国最高学术研究机构法兰西学院发起了题为"读书乃人生乐事"的诗歌竞赛。维克多得知这一消息，决定参加比赛，要和那些真正的诗人比一比。为此，15岁的他写了一首长篇颂歌，共1050句。这首诗是严格按照作诗法写的，诗文充满着古典诗句的韵味。他引用历史上的故事来证明"不论生活多么艰辛，只有读书才能使人的精神高尚"这个鲜明观点。

诗作完成了，怎样将作品交到法兰西学院，这还真是个问题。维克多求助他的教师、大朋友费利克斯·比斯卡拉。

比斯卡拉按学校的惯例带领学生们外出散步。他把学生们带到法兰西学院大楼前，自己则带了维克多跑到学院办公室，见到了一位白发苍苍的老者。这位老者就是接受稿件的工作人员。维克多满脸通红，双手颤抖地呈上了自己的诗稿，并按要求报上了自己的年龄。离开时，他在学院的院子里恰巧看到了哥哥阿贝尔。匆忙间，他向哥哥简单地说明来此地送稿件的事情。

时间一天天地过去,维克多的心情万分焦急。比斯卡拉安慰他,但自己心里也很是着急。他们师生二人有时望着对方,一时无言。

一天,哥哥阿贝尔来了,他带来了好消息。阿贝尔说:"你如果不说自己15岁,你就可能获奖章了,而现在你只能拿一张奖状。"

维克多获得了法兰西学院征文奖,国王路易十八发给他每年1000法郎的助学金。

一个15岁诗人的作品能获得法兰西学院的奖状,在当时是了不起的大事。这个消息上了报纸,全城都轰动了。母亲和哥哥们倍感自豪,比斯卡拉心中激动,戴科特和科迪埃也因为学生为校争了光而满心欢喜起来。

维克多学习在校的课程也很勤奋。他和欧仁上午在寄宿学校学习基础课程,下午在路易中学学习哲学和物理,晚上他们回寄宿学校进行晚自习。维克多的物理课连续6次获得了奖学金。

1817年的暑期到了,维克多和欧仁常常到大哥阿贝尔处。阿贝尔20岁了,父亲给他租了一个房子,他开始经商了。但他一直在写作,他的身边也聚集了一些文学爱好者。每个月的1号,这些人会在艾顿饭店聚会,轮流读自己的作品。

维克多和欧仁也经常参加他们的聚会。

一次,席间有人建议大家写小说,然后收录到一本书中去。约定时间时,维克多说他的小说两个星期内完成。大家不信,于是他和大家打赌。

半个月的期限到了,大家又来到艾顿饭店。维克多开始读他写的小说《布格·雅加尔》。大家听得入神,完全被小说中的故事所打动,人物性格、景色描写给在座的人留下了深刻的印象。小说写的是圣多明各起义事件的故事,文章流露出了维克多同情被压迫者的情绪,他把起义者雅加尔塑造成一位为正义斗争的战士。

维克多打赌赢了,他的文章被大家认为很深刻。

4. 父母离异 与兄长一起创办《文学保守者》周刊

1818年2月3日,法院判决维克多的父母离婚,母亲获得两个孩子的监护权,并且每年从父亲那里获得3000法郎的生活费。8月,维克多和欧仁即将修满学业,由于维克多学习用功,在4年终了时的大会考中获得了数学第5名的好成绩。维克多和欧仁想攻读法律,父亲给他们每人每年800法郎的资助。但是母亲不同意他们学法律,她要他们成为伟大的作家。两个孩子的学费交了,但没有念成。

维克多和欧仁从戈尔迪寄宿学校搬回母亲的住处。

父亲同他的情人结婚了,住在布卢瓦,距离巴黎不太远,但父子的关系已经有了距离。

这一年,欧仁写了一篇颂诗,获得了图卢兹学院"金质金盏花奖",这是图卢兹学院每年一次的"百花诗赛"。

母亲决定让两个儿子从事文学创作。维克多和欧仁很高兴,他们可以从事心爱的文学创作了。但是要维持生活,这也是问题了。母亲为了减少支出,搬出了寻南路,迁居到小奥古斯丁街的一套简陋的房子里。

1819年12月,阿贝尔认识了一些文学界和印刷界的朋友,他决定创办《文学保守者》双周刊。该刊作为夏多勃里昂主办的政治刊物《保守者》的附刊。办刊人员中,除了他们兄弟三人外,还有诗人维尼(1797—1863)等人。维克多成为主要的撰稿人,这一年维克多17岁。

在这里,维克多写了大量的颂诗、讽刺作品、论文和评论,表现出明显的保守主义倾向。据说,夏多勃里昂称他为"卓绝的神童"。

夏多勃里昂(1768—1848)是当时红极一时的桂冠诗人,在复辟时期是一个有影响的作家。他站在保王党和天主教会的立场上,抨击法国大革命后建立起来的资产阶级制度。他出身于世袭的贵族之家,拥护君主制和天主教,是一位消极浪漫主义者。他善于写景,他的散文文字优美,富有诗意。特别是《基督教真谛》一书,独特的音乐美和色彩美,展示了诗意的天主教义,让维克多心醉神迷。少年维克多曾一心要"成为夏多勃里昂,否则别无他志"。

1819年9月,夏多勃里昂在《保守者》杂志上发表了一篇有关旺代的文章。维克多也写了一首颂诗《旺代的命运》,并印制出版。结果,维克多的这首诗在巴黎流传开来,维克多的名气更大了。

这时期的维克多喜欢塔西佗、维吉尔、莫里哀和伏尔泰的作品,还喜欢沃尔特·司各特、日尔曼妮·史达尔夫人的作品,更喜欢英国拜伦的作品。

拜伦是欧洲最早的革命浪漫主义作家之一,他与夏多勃里昂的消极浪漫主义不同的是,他笔下的主人公虽然也有过夏多勃里昂笔下主人公那样的痛苦、失望、孤独的情绪,但并不留恋过去、逃避斗争,而是同斗争、反抗的人们心连心,同保卫祖国抵抗外来侵略的西班牙人心连心,同所有被奴役的人们心连心。

《文学保守者》杂志从1819年12月开刊到1821年3月停刊,其间,阿贝尔写了几篇文章,欧仁贡献了几首诗,维克多在这近16个月中以11个笔名发表了112篇文章和22首诗。

可见,在这期间,维克多的文学观点还未形成。他既想继承传统的旧的文学观，又想有一片自由的写作空间；他崇拜夏多勃里昂，更愿意追随拜伦。年轻的他正在汲取名人作品中的优良的辞藻并试图分辨作品中的观点，正在阅读着革命者的浪漫主义诗作并燃烧着自己的青春岁月。

5. "百花诗赛"上的翘楚

1819年，维克多第二次参加法兰西学院诗歌竞赛，没有收获奖项，他把目光转向了图卢兹学院的"百花诗赛"。

这一年，图卢兹学院的"百花诗赛"竞赛以"亨利四世铜像修复颂"为题。因时间紧迫，维克多向图卢兹学院寄出了以前的诗稿《凡尔登的童贞女》，准备接着写《亨利四世铜像修复颂》。这时母亲突然得了肺炎，维克多和欧仁日夜服侍母亲。等母亲的病情见好了，维克多才想起投稿之事。母亲催促他赶紧写，他竟在一夜之间完成了这首颂诗。母亲对其中这段很满意：

> 整个民族奉献出这尊铜像，
> 为纪念你，啊，骑士，
> 争夺巴雅尔和杜盖斯林荣誉的骁将。
>
> 请从国人的爱慕中，接受这高尚的物证，
> 寡妇献上薄资，孤儿省下分文，
> 才有你，亨利，塑像的诞生。

（见［法］安德烈·莫洛阿著，沈宝基等译，《雨果传》，湖南人民出版社，1983年，80页）

几天后，维克多接到图卢兹学院的信，没想到他的两首诗都获奖了。《凡尔登的童贞女》获得"金质鸡冠花"奖章，《亨利四世铜像修复颂》获得"金质百合花"奖章。"金质百合花"是本次征文的头等奖。欧仁的作品也得到了"金盏花候补奖"。他俩的作品都发表在这一年的作品集里。

6. 初恋——既美妙，又苦涩

早些时候，在皮埃尔·富歇先生的婚礼上，维克多的父亲莱奥波德做富歇的证婚人。其间，莱奥波德曾举杯祝福祈愿：愿你生一个女儿，我生一个儿子，将来我们结为亲家。维克多出生后一年，富歇夫人果然生了一个女儿，取名阿黛尔。1809—1811年，索菲一家住在斐扬底纳古屋的时候，两家是近邻，富歇夫人经常带着阿黛尔来看望他们。大人们在室内谈话，阿黛尔便和维克多、欧仁兄弟俩在园中玩耍。他们一同奔跑嬉戏，一起荡秋千，有时也吵架，就这样，孩子们在你争我吵中发展着童年的友谊。

1812年4月，索菲一家从西班牙回来后仍住在斐扬底纳古屋。富歇夫人仍旧带着阿黛尔来看望他们。但此时的维克多经历了与巴荣纳女孩在一起的美好感受，已经模模糊糊地感受到了女性的美和女性身上散发的魅力，他不再和阿黛尔打架了，两人之间的关系开始变得温纯起来，这是人类爱恋的雏形。当雨果晚年回首这段往事的情形时，曾经说：

我们的母亲教我们一起去奔跑嬉戏，我们便到园里散步……"坐在这里吧，"她和我说，天还很早，"我们来念点什么吧，你有书么？"

　　我袋里正藏着一本游记，随便翻出一页，我们一起朗诵；我靠近着她，她的肩头倚着我的肩头。……

　　慢慢地，我们的头挨近了，我们的头发飘在一处，我们互相听到呼吸的声音，突然，我们的口唇接合了？……

　　当我们想继续念书时，天上已闪耀着星光。

（见傅雷著，《雨果的少年时代·傅雷文学集》，中国文史出版社，2017年版，102页）

　　寄宿学校的四年岁月把他们两小无猜的幸福隔开了，然而他们并未忘记对方。维克多的学业终了时，维克多一家已搬到小奥古斯丁街18号，距离富歇先生一家不远。母亲还经常在晚上到老朋友皮埃尔·富歇家去串门，维克多和欧仁经常陪着母亲一同步行前往。

　　皮埃尔·富歇现在还在军事委员会大楼里任职。他家陈设简单，但很温馨。富歇的卧室很大，兼做客厅之用，壁炉里的火燃着，大家围着桌子坐在一起。在昏暗的蜡烛光线下，富歇夫人和女儿阿黛尔做着针线活，母亲索菲在那个常坐的椅子上织毛衣，富歇先生坐在一角看报纸，冗长单调的气氛让人觉得时光在慢慢地流逝，一切静好。孩子们大部分时间也是安静的，只是偶尔在悄悄地交谈着什么，这一刻的场景是那么美好。多年后，这种景象在维克多的脑海中形成了永久的静止画面。

　　维克多手持一本书，眼睛却看向阿黛尔。阿黛尔是皮埃尔·富歇夫妇的第二个孩子。这一年她16岁，比维克多小1岁。小时候她与哥哥经常和维克多三兄弟在一起玩耍，现在她已经长大了，出落成漂亮的小美女。此时，她也不时地抬起眼睛盯看维克多。

回到家，维克多开始给阿黛尔写信。这样的晚上已经持续一段时间了，他要把每天发生的事情及自己的感受和思考都告诉她。阿黛尔有时会回信，但很拘谨，她怕父母知道她的心思。

1819年4月26日，维克多和阿黛尔相约在卢森堡公园，两个人互相宣告心中的秘密，结果两个人的秘密就是深爱对方。他们偷偷地相爱了，这是他们的初恋。在这甜蜜美好的日子里，两人私订终身。

阿黛尔很忠厚，也很信宗教，觉得欺瞒父母是一件罪过，心中觉得愧疚，她又没有维克多机敏，导致母亲察觉到了她与维克多在壁炉旁的无声交谈，发现了他们之间的秘密。一经母亲盘诘，她就"招供"了。索菲对儿子恋爱的事情竟毫无察觉，被儿子瞒着。

1820年4月26日，恰巧是他们彼此倾诉秘密的周年纪念日。富歇夫妇到索菲家中向她讲明了两个孩子的事情。

母亲突然发现自己的儿子长大了，未免觉得骇异。多年来的独立生活让她的性格更加刚毅。她认为自己的儿子将来一定能出人头地，要找一个有着不一般家庭出身的女孩。尽管阿黛尔爱自己的儿子，但阿黛尔是公务员富歇的女儿，她明确表示不愿儿子娶富歇的女儿。维克多当着大家的面表示了顺从，他爱母亲，不愿拂逆母亲的意愿，可是他爱他的阿黛尔，永远不愿和她分开。他的眼泪在心里流，不知该怎么办。母亲果断地终止了与富歇一家子的任何来往，这大大地伤害了富歇夫妇的自尊心。两家决裂了，大家从此不复相见。

就这样，在两个年轻人私订终身的周年纪念日这一天，他们被拆散了。

四、葬礼与婚礼（1821—1822）

1. 母亲去世

母亲自从上次得了肺炎之后，身体一直很弱，经常呼吸不畅，她认为多看看花草树木就会好些。1821年1月，母亲又找到一个新的住处——美季埃路10号。这个房子虽不大，但有个花园。当时搬家的心情太迫切、太匆忙，房子还没有粉刷，他们就搬了进去。

收拾花园是他们搬进去后要做的事情。要强的母亲带领孩子们辛勤地劳作。母亲的身体有些吃不消了，她太累了，喝了一杯冷水，第二天就病倒了，旧疾复发了。

母亲一夜都在昏睡，维克多和欧仁守在母亲的身边。第二天下午，母亲的身体渐渐冷了，维克多吻着母亲冰冷的额头轻声呼唤，母亲没有回应。母亲去世了，这一天是1821年6月27日。

兄弟三人在几个朋友的帮助下安葬了母亲。维克多面对空荡荡的屋子，他感到了孤苦伶仃，失去了生活的希望。父亲住在布卢瓦，很少见面。欧仁已出现了心情抑郁的病症，阿贝尔还要在外经商。维克多心情烦闷，漫无目的地在大街上走着，不知不觉地来到了富歇家的楼下。维克多望着楼上的灯光，泪水又下来了。

第二天，维克多又来到了富歇家的住处。在花园里，他与阿黛尔相见，他把家中发生的事情告诉了她，两个人不禁相对而泣，继而抱头痛哭。维克多感觉自己一无所有，除了阿黛尔的爱。

夏季来临，富歇一家计划去巴黎市郊避暑。7月15日，他们乘驿车出发。16日，维克多步行紧追他们而去。此时，他太渴望和心爱的姑娘在一起了。善良的富歇先生是不忍心拒绝自己老友的儿子的。索菲的离世已经很大程度地消除了两家的隔阂,富歇先生已经原谅了索菲的做法,况且他一直很看好维克多。富歇先生同意维克多和阿黛尔订婚,但暂时不对外宣布。因为富歇希望维克多从丧母的悲伤中走出,靠个人的能力赚取生活的保障,到时候再举行婚礼。

这时的维克多没有固定的收入,《文学保守者》也已停刊,又得不到父亲的帮助。维克多离开了美季埃路10号的寓所,搬到了龙街30号的一间阁楼上。他开始了创作,他要通过写作来改变目前窘迫的生活状态。

在这贫困的岁月里,维克多衣着随意,不修边幅。夏多勃里昂介绍他去大使馆工作,他不去。街上的人们总能看到维克多沉思漫步的身影。他不介意别人怎样看自己,他要实现自己的文学梦想,不辜负母亲对他的期望,坚信总有一天自己会干出一番大的事业。

维克多把自己的打算和计划都告诉了阿黛尔,有爱情力量的支撑,他要勇往直前。

1822年6月,20岁的维克多在哥哥的帮助下出版了第一本诗集《颂歌集》。维克多看着封面上自己的名字,心情很激动。书陈列在书店的橱窗里,他总是去书店,关注自己的书。

8月底的一天,维克多来到了富歇的家中,他带来了好消息。原来,他的《颂歌集》被送到杜伊勒里宫,诗歌因拥护王室、歌颂保王主义与天主教,贬斥拿破仑而受到路易十八的青睐,获得了国王路易十八的赏金。从此,他每年将得到1000法郎的俸金。富歇先生看着他,赞许地笑了。

2. 结婚

《颂歌集》销售得很好,根据销售数量,维克多得到了750法郎的稿酬。维克多有了收入,他觉得和阿黛尔的婚事可以办了。于是,他给父亲写信,请求父亲准予自己和阿黛尔的婚事。

维克多想与阿黛尔结婚,已经觉得背叛了敬爱的母亲,可如今又因此与父亲接近,心中的滋味难以言说。当父亲了解了维克多的情况后,维克多觉得父亲的表现比母亲索菲所描述的那个人更可亲些。

维克多的父亲很高兴地向富歇先生提婚。富歇先生也很愉快地接受了老友的求婚,并答应给女儿2000法郎的家具、服饰和现金作为陪嫁,允诺让他们小夫妻住在自己的家里,直到他们有能力建立自己的家庭。

当初莱奥波德上校在富歇先生婚礼上的那句话,今天竟然成真。

1822年10月12日,维克多与阿黛尔的婚礼在圣苏尔庇斯教堂举行。维克多的老师兼朋友比斯卡拉从南特赶来参加婚礼。遗憾的是,维克多的父亲尽管赞成儿子的婚姻,却没能出席儿子的婚礼。

富歇先生在军法委员会大楼的大厅举办了婚宴。维克多的两个哥哥出席了婚宴。阿贝尔跟平时一样有说有笑,欧仁却很反常。欧仁的眼神怪怪的,前言不搭后语地说着

阿黛尔

话。见此,阿贝尔和比斯卡拉把欧仁拉走了。原来,这个性情抑郁的青年内心一直暗恋着阿黛尔,久而久之,他觉得自己是受迫害的牺牲品,狂躁的情形经常出现。在弟弟的婚礼上,他的精神崩溃了。

欧仁的病症越来越严重,经常出现幻视,他病了,他患上了癫痫。大家轮流看护了他一个月也不见好,父亲把欧仁带到布卢瓦亲自照顾,欧仁仍不见好。父亲只好回到巴黎,把他送进了由政府负担费用的疯人院。

五、早期创作(1822—1827)

1. 变化的时局,激荡的时代

19世纪20年代是欧洲反动势力猖獗的年代,也是欧洲民主运动和民族解放运动高涨的时期。1820年,西班牙爆发了人民起义,革命军占领了首都马德里,但被法国派去的10万大军镇压下去了。在西班牙革命的影响下,意大利爆发了秘密社团烧炭党人的起义,但被奥地利派去的6万反动军队镇压了。当沙皇俄国在欧洲充当国际宪兵镇压欧洲革命时,1825年,在俄国的彼得堡和南部地区爆发了十二月党人的起义,被沙皇尼古拉一世残酷地镇压下去了。俄、奥、普三国君主结成神圣同盟,镇压各国革命,欧洲经历了历史上最黑暗、最反动的时期。

1821年5月5日,拿破仑在岛上去世。维也纳会议决定,作为战败国的法国赔款7亿法郎;复辟后的波旁王朝恢复了贵族和教会的特权,人民仍然处于被压迫之中。

有压迫就有抗争，希腊人民掀起了反抗土耳其异族统治的斗争。从1821年开始，直到1829年，希腊终于获得独立。

时局每天都在变化，维克多·雨果的思想也在这社会的动荡中、在身边不断发生的事件中变化着。

1821年，法国诗人贝朗瑞出版了《新歌集》。他的《一面旧旗》成了当时革命者的战斗号角。在旧的三色旗下出现了秘密团体，成员中有青年学生，也有白发苍苍的老战士。1821年12月8日，政府当局竟对贝朗瑞进行了审讯，他被法院判处3个月的监禁，并罚款500法郎。

1821年12月，法国西部地区酝酿着一场反对帝制的起义。1822年1月，雨果得悉他幼年的朋友爱德华·德龙参与了这场反对国王的活动，由于起义计划的泄露而被政府判处死刑。当时德龙逃跑在外，政府追拿要犯，情势危急。雨果写信给德龙的母亲，建议德龙到自己的家里来躲藏，但这时的德龙已逃离法国参加了希腊起义军。

1822年年初，巴黎流传着许多关于意大利秘密团体的消息，这些团体自称"烧炭党"。不久，法国也开始出现一些秘密团体。

雨果的保王思想在这时开始发生了变化，父子之间的分歧开始逐渐消除。雨果对帝王时代的看法已经有所改变，他开始思考父亲这代军人的思想和志向。年轻的雨果在《献给父亲》的颂诗中，首次歌颂了拿破仑手下的战士、军人，他还建议父亲写回忆录。

这期间雨果还写了大量充满异国情调的诗歌。这些作品的思想性与艺术性都不成熟，还具有明显的保守主义倾向，但作品中蕴含的人道主义思想表明雨果已经和自己的前辈夏多勃里昂有了分歧。

2. 苦乐参半，第一部小说《冰岛凶汉》面世

1823年7月16日，维克多·雨果夫妇的第一个孩子出生了，这是一个男孩。雨果为他取名为列奥波德。

雨果的写作热情更高了，他要养家，他还要买房子。

这个时期他写过诗歌、剧本和小说。

1823年，雨果创作的情节怪诞的中篇小说《冰岛凶汉》四卷本出版，这是雨果发表的第一部小说，写于1821年。宣传语中是这样介绍该书作者的：诗歌中取得辉煌成就的青年作家。

这是一部充满怪诞的想象的小说，它是受英国浪漫主义文学影响的一部小说，描写了宫廷中两股势力的斗争。全书充满了天真的幻想，故事进展不太流畅，对男女主人公的描写也近乎怪诞。但雨果在对主人公的爱情故事描写中，融入了他自己在现实生活中对阿黛尔·富歇的真实感受，它有别于胡编乱造的黑色浪漫小说。他采用对比的写法，尽管色调重复，却很好地反映了那个时代，展现了人性的善与恶。

这部小说引起的反响可以说是太大了。有人写信给雨果，有人在报纸上表达对这部作品的惊讶和愤怒。只有好友维尼力挺雨果，他对该书的评

《冰岛凶汉》中的奥尔齐涅与艾苔尔

价很高，认为故事"紧张""动人"，自己一口气读完了它。著名的作家、记者诺地埃在《日报》上发表评论文章，谈到了写"神话小说"的英国作家麦修兰对一代作家和读者的影响，批评他的写作风格及内容的恐怖。同时直指雨果，"在新一代的诗人中却出现了一个与上述英国小说家相竞争的对手……不厌其烦地挖掘人类历史上在道德方面的一切丑迹恶行，一切令人发指的奇闻……这样一位大天才怎么能追求这类效果？"（见[苏]穆拉维约娃著，冀刚译，《雨果》，上海译文出版社，1990年版，71页）尽管如此，他对作者的卓越才华、丰富的语言、渊博的知识很是赞叹。他看到了小说中所列的翔实史料，对雨果整理史料的能力很是佩服。

雨果对诺地埃的批评很感激，与这位学问渊博的知名人士交流对自己来说简直是奢望。雨果登门拜访诺地埃，不巧诺地埃外出。第二天，诺地埃全家到雨果家中回访。小说家和批评家一见如故。诺地埃比雨果大22岁，他谦虚随和，才思敏捷，出语高雅，历史、哲学、建筑、时政无所不知。他博得了雨果的敬佩，两人成了忘年交。

1823年10月，出生2个多月的小列奥波德夭折了。

面对母亲的亡故、哥哥欧仁的患病、孩子的离去这一连串的打击，雨果无比痛苦，但他挺住了。阿黛尔却郁郁寡欢。

3. 创办《法兰西诗神》杂志

1824年1月，诺地埃担任了阿辛纳图书馆的管理员，有了一套宽敞的住房。从此，每个周一，文学界的朋友就来这里聚会，他们自称"塞纳克尔诗社"。维克多·雨果也加入了这个诗社，成了会员。这里有他的老朋友维尼，他还认识了一些新朋友，如法国军官塞维林·泰洛、剧坛精英苏迈,还有基罗、阿尔道夫等。

早在1821年12月28日,雨果在给他朋友的信中就谈到自己对于诗歌的见解。雨果说:"诗存在于思想中,思想来自心灵。诗句无非是美丽的身体上的漂亮外衣。诗可以用散文表达,不过在诗句的庄严曼妙的外表之下,诗更显得完美。心灵中的诗启发人的高尚情感、高尚行动以及高尚的著作。"1822年1月4日,他在给朋友的信中进一步说明,"因为诗,这就是爱。"雨果认识到诗歌的性质和作用,他开始积极从事诗歌创作活动。

雨果的《颂诗集》得到扩充,形成了《新颂歌集》,于1824年3月出版。报刊对这本书大加赞许,国王再次赐给雨果每年2000法郎的俸金。现在的雨果可以租房子了,不再和岳父一家住在一起了。

在塞纳克尔诗社里,大家采取沙龙式的辩论形式,探索艺术的新途径。由于小组成员对待生活和文学的观点各不相同,大多数人立志革新诗歌,反对旧文风,但无意介入浪漫主义和古典主义的论争。

诗社计划创办《法兰西诗神》杂志,由于雨果的诗文具有影响力以及他有过办刊的经历,他自然成为创办杂志的主要人物。

这天,雨果带着阿黛尔一起来到诗社,诺地埃正在向大家传达英国著名的积极浪漫主义诗人拜伦病逝的消息。1824年4月19日,拜伦在希腊的一个小城米索朗基病逝。这位伟大的英国诗人、为理想而战斗的勇士,志愿参加了希腊民族解放运动,反对土耳其的统治,直至患病而死。他的死使希腊人民深感悲痛,让全世界为之震惊。希腊的独立政府宣布拜伦之死为国殇,全国哀悼3天。拜伦的事迹激励着雨果,让雨果有了一种前所未有的激昂斗志。

拜伦为希腊民族解放运动献身的事迹传遍了世界各国,对思想界产生了较大的影响。在世界各地，文人们纷纷发表纪念文章，抒写诗歌缅怀他及他的作品中的为真理和自由而战斗的精神。

雨果在《法兰西诗神》杂志上发表了一篇纪念拜伦的文章，在社会上引起了很大的反响，他的浪漫主义思想倾向也展现出来。

在当时，法兰西学院是墨守成规的"老巢"，它保护古典主义，反对新事物。其中有一位学院的终身秘书奥瑞先生，在一次演讲中公开发难，他视浪漫主义为洪水猛兽，认为这种诗歌是在不幸中发现诗意，在快乐中寄托恐怖，破坏了法国戏剧的法则。演讲后，这位先生竟以死明志，引起了轩然大波，浪漫主义文学遇到了惊涛骇浪。

在这种情况下，《法兰西诗神》是注定要停刊的。况且法兰西学院是文人政客们向往的地方，它是不允许办这类杂志的人员进入学院的，而苏迈、诺地埃都想进入这个神圣的地方。诸多原因导致了《法兰西诗神》杂志于1824年6月15日停刊。

塞纳克尔诗社由于缺乏明确的办刊纲领，缺乏真正团结和战斗的精神，不久也解散了。雨果心中有一种愤世嫉俗的感觉。

杂志停刊后，雨果的家渐渐成了朋友们聚会的地方。这里有一些青年作家，也有一些新结识的青年画家。画家朋友有阿希尔·德维利亚，以及他的弟弟欧仁·德维利亚、他的学生路易·布朗热，还有欧仁·德拉克洛瓦等。他们的作品曾博得革新派和戏剧界的赞誉，他们的思想都很超前。大家在一起讨论绘画艺术中的浪漫主义，探讨怎样挖掘现实生活中本来的色彩，如何表现时代精神等话题。

4. 父亲的形象高大起来

早在 1823 年 7 月 16 日，维克多·雨果夫妇的第一个孩子列奥波德出生，孩子因难产，出生后很衰弱，父亲和他的夫人将孩子连同保姆接到自己的住处，精心照顾。为此，雨果内心非常感动，他在 1823 年 8 月的《致友人》中写道：

> 我婚后已有子息在家；
> 就着我家好客的门槛，
> 父亲呀！有时你来坐下，
> 如同古代的骑士一般；
> 我家是你帝国的一角；
> 我的儿郎脸带着微笑，
> 我的新诗琴催他睡觉，
> 你的旧盾牌是他摇篮。

（见程曾厚译，《雨果诗选》，人民文学出版社，2000 年版，14 页）

只是孩子过于羸弱，在 2 个多月大的时候夭折了。

1824 年 8 月 28 日，在服季拉路 90 号，维克多·雨果夫妇的女儿降生了，取名为列奥波尔迪娜，她被亲切地称为"布娃娃"。维克多的父亲对孩子可以说是悉心关照，祖父之爱是那么的细微，又是那么的博大。自从欧仁病了以后，这博大的父爱就被雨果所感受到了。

父亲为人很正直，也很近人情，善解人意。当年维克多和欧仁跟父亲要学费学习法律，后来没学，父亲知道后，也没说什么，还同意他们以文学为职业。父亲年轻的时候喜欢诗歌，也写些中篇小说。维克多就把自己写的诗寄给父亲看，父亲也认真地给予品评。父子两人的关系在不知不觉中变得融洽起来。

在法国，波旁王朝复辟后，政府向人民实行了反攻倒算。1824年秋，路易十八死了，他的弟弟查理十世继任国王。查理十世一上台，就颁布两条法律：亵渎国王者处以极刑，对革命时期逃亡国外的贵族予以赔偿损失。他还继承路易十八的做法，嘉奖保王派诗人。

雨果的保王思想发生了变化，他对帝王时代的看法已经有所改变，他开始思考父亲这代军人的思想和志向。他非常想了解父亲的军旅生活，非常想知道父亲那些出生入死的故事。

1825年4月，雨果全家到布卢瓦看望父亲。过去，在母亲等周边人的影响下，他的思想和主义与父亲的格格不入。如今，他对时局的看法有了一些改变，对父亲的事业和追求也敬重起来。现在，一家人在一起，他的内心非常安静，他和妻子像孩子一样静静地围坐在父亲身边，认真地听父亲讲这场战争的起源和战场上发生的故事。父亲的形象在他的心目中高大起来。

其间，有信息传来，雨果被授予荣誉团勋位勋章，还应王室的邀请即将参加查理十世的加冕典礼，但此时的雨果，已经失去了过去那种对王室满怀期盼的热情。

后来，雨果把查理十世授予的勋章交给父亲。父子对荣誉的热爱是共同的。久经沙场的父亲把这枚勋章挂在儿子胸前。

5. 查理十世的加冕典礼

查理十世上台后，实行了极端反动的政策。为恢复贵族和教会的特权，查理十世发给贵族几十亿法郎的补偿金。他还下令解散众议院，限制资产阶级的选举权。这接二连三的反动法案，激起了法国人民的不满情绪，引发了社会动荡。这时的雨果开始重新认识拿破仑帝国与波旁王朝，他的政治态度发生了变化。

1825年5月19日，雨果离开父亲，暂别妻子回到巴黎。因为查理十世的加冕典礼要在兰斯举行。

雨果和诺地埃等人乘车从巴黎前往兰斯。在举行加冕典礼的日子里，兰斯的大街小巷热闹非凡。雨果和诺地埃来到了兰斯大教堂，教堂是基督教哥特式的，整座建筑美轮美奂，5月灿烂的阳光充满教堂，明亮的长窗因为不再有彩画的玻璃而能让耀眼的阳光射进大教堂，无数的灯和蜡烛在这片光辉里照样熠熠闪光。

这里将举行查理十世的加冕典礼。

1825年5月27日注定是不同寻常的一天，大厅里挤满了衣着华丽的人们，国王的加冕典礼开始了。国王带着一群随从出来了，迎面走来的是大主教。查理十世身穿樱桃色的、镶着金饰带的华丽缎子长袍，大主教身上披满包金饰物，祭坛则光华璀璨。法国贵族院议员们站在查理十世右边，身穿绣金线服装，按亨利四世的方式插上羽毛，披着天鹅绒和白鼬皮大衣；参议员都站在查理十世左边，穿着衣领上绣着银色百合花徽的蓝呢礼服。他们在观看和参加国王的加冕仪式。

国王向大主教叩拜，全身匍匐在大主教脚下行着大礼。在雨果看来，眼前的这一切更像是一场豪华的演出。

年轻的雨果第一次参加这场盛大的国王加冕典礼，但他在写颂诗的时候，却失去了往日的激情：

> 王座、祭台的荣耀在这儿一般高低，
> 饰有花彩的火炬在圣地
> 放射出一片纯洁的光辉。
> 王室的百合花徽和拱门紧相偎依，
> 阳光穿过一扇扇圆形的花窗玻璃，
> 给鲜花送来火红的玫瑰……

（见［法］安德烈·莫洛亚著，程曾厚等译，《雨果传：奥林匹欧或雨果的一生》，浙江大学出版社，2014年版，135页）

颂诗写得典雅、庄重，还得到了国王的喜爱，被下令以最精美的印制装帧出版。雨果此行不仅得到了国王的接见和路途费用的补贴，还得到了国王的奖赏：任命他的父亲为中将。父亲因为儿子的名人效应，恢复了职位，晋升了军阶。

6. 结识新朋友

因为这次活动，维克多·雨果结识了诗人拉马丁。

拉马丁是法国19世纪第一位浪漫派抒情诗人，他的诗打破了前人作诗的清规戒律。雨果读过他在1820年出版的诗集《沉思集》，读后有一种轻灵、飘逸、朦胧的感觉。雨果被那抒情的韵调、清新的气息和独特的技巧所吸引。

拉马丁出身破落贵族，一直有自己的领地。每年冬季，他在巴黎居住，其余的日子，他在领地居住。雨果和他经常通信，也互相走访。

加冕典礼后，阿黛尔带着孩子回到巴黎，他们一家三口又团聚了。

1826年11月2日，雨果的长子出生了，取名为查理·维克多。

1826年11月，《歌吟集》出版了，它是《新颂歌集》的新版本。添加了新写的短歌、民谣，还收录了以前创作的《献给父亲》《两岛》《旅途》等诗，以及记述一些古老的神话、民间传说的浪漫主义洋溢的诗篇。这样一来，这个本子就厚了，共三卷本。这本诗集出版后，雨果得到了4000法郎的稿酬。

《歌吟集》出版后，《环球报》登载了一篇评论文章，作者是圣佩韦。圣佩韦正在研究16世纪杰出诗人的作品。他认为前人的作品是刚毅的、明丽的，是文学的瑰宝。反观现在，他悲哀着法国诗歌在随波逐流的诗人笔下的衰落。当他发现拉马丁、维尼和雨果这样一批年轻的诗人时，眼睛为之一亮。他对雨果的《歌吟集》评论道："诗集洋溢着一种相当感人的情感，那是诗人在寻求荣华的道路上因辛酸而感到的悲伤和衰弱。"批评家的中肯评论让雨果很是感动。雨果决定前去拜访这位评论家。

1827年1月4日，雨果来到圣佩韦家，不巧他不在。第二天，圣佩韦回访，两人就这样相识了。通过交谈，圣佩韦由衷地认为雨果是浪漫主义队伍中的领袖。

1827年春，雨果已经是两个孩子的父亲了。雨果将家搬到了田园圣母街上的一幢房子里。这个房子有好几间屋子，最大的一间贴上了红布，被称作"红色沙龙"。

圣佩韦居住的房子距离这儿很近，两家走动得也越来越多。

六、浪漫主义文学创作期（1827—1840）

1827—1840年的14年间，是雨果创作最丰富的一个时期。其间，他创作的作品揭露了社会的不公平，控诉了封建专制的罪恶，显示了浪漫主义文学的实绩。1827年2月，雨果发表了歌颂拿破仑功绩的诗歌《旺多姆广场铜柱颂》，表明了他与保王主义思想的决裂；同年12月，他发表了充满浪漫主义激情的剧本《克伦威尔》，其中的《〈克伦威尔〉序言》是他文艺思想转变的鲜明标志，标志着雨果进入了文艺创作的浪漫主义时期并成为浪漫派领袖人物。这篇著名的序言在文学史上具有划时代的意义，成为浪漫主义文学的宣言书。

1.《旺多姆广场铜柱颂》，保王主义立场的转变

19世纪20年代后期，查理十世的反动统治使法国的革命风暴逐渐酝酿成熟，法国知识分子发起了自由主义思想运动，社会上出现了反抗复辟王朝的报纸杂志。当时民主主义诗人贝朗瑞（1780—1857）的诗歌对进步的知识阶层有很大的影响。他的诗歌有对法国大革命的赞颂，有对贵族、僧侣阶级的尖锐批判和指责。他因此曾几度遭到罚款和坐牢，但决不向专制势力妥协。在日趋高涨的自由主义思潮的推动下，雨果的政治观、文艺观都发生了明显的变化。

1827年2月的一天，雨果和往常一样独自散步，他在思考拉马丁和圣佩韦提出的关于政治与文学的改革问题。

巴黎广场矗立着一座铜柱——旺多姆铜柱。它建于1806—

1810年，是帝国用战利品——数百门大炮铸成的，是纪念拿破仑功绩的标志性建筑。

以前雨果看到它，是非常厌恶的。他认为拿破仑让世界不和平，拿破仑政权是专制政权。他把希望寄托在路易十八身上，天真地认为波旁王朝会给人民带来自由和国泰民安。一年年过去了，查理十世上台了，他心目中的政府没有让他看到时代的精神，没有让他看到人民的自由，也没有让他看到社会的进步。他想到了父亲讲述的那场战争，想到圣佩韦畅谈的自由主义观，想到了拜伦、贝朗瑞歌咏拿破仑的诗篇。现在他再看这座铜柱，他意识到自己的观点彻底发生了变化。

旺多姆广场铜柱颂

当年那些为法兰西荣誉和家园战斗的英雄，不仅没有得到应有的社会地位，还受到政府人员的凌辱。雨果当即写下了《旺多姆广场铜柱颂》，他在这首诗中向保王主义的信徒提出抗议，与自己过去的信仰决裂。

  当心啊！——法兰西早已长大成人，
  再也不死气沉沉，再也不忍气吞声！
  我们的雄师有朝一日将排山倒海，铺天盖地。
  面对异族的凌辱，我们万众一心，斗志昂扬，

人人拿起武器,在滑铁卢的磨刀口上,
旺代将宝剑磨得格外锋利。

……

当卑躬屈节的奥地利在你们的周围回旋,
法兰西的两位巨人曾践踏它的王冠!
打开古老的先贤祠大门的历史
留给德意志秃鹫的额角的伤痕至今犹存:
一处来自查理大帝的凉鞋,
一处来自拿破仑的马刺。

……

正是我刚才坠入沉思!正是征战的呼声
刚才伴着我那撒克逊人的名字使我出神!
正是我刚才随着一面胜利的旗帜飞驰!
正是我的呐喊曾经在号角声中时断时续,
将一把宝剑的金饰作为最初的玩具!
正是我早在孩提时代就成了一名战士!

不,兄弟们!不,这等待时期的法兰西人!
我们全都风华正茂,面对营帐的大门。
啊,从未搏击长空的雏鹰,在和平的环境里,
对父辈的荣誉我们无论如何要加倍爱护,
啊,警惕的哨兵,请千万提防任何凌辱,
请捍卫我们祖先的战衣!

(见柳鸣九编选,张秋红等译,《雨果诗选》,时代文艺出版社,2020年版,10-13页)

这首诗荡气回肠,把雨果爱国的赤子之心表现得淋漓尽致。这首诗在《评论报》上发表后,产生了极大的影响。它大大地激怒了保王党信徒,他们认为雨果叛变了。

父亲看到了儿子立场的转变,多年的思想隔阂终于消融了,他激动着、幸福着。

2.《克伦威尔》——浪漫主义宣言书

雨果受到进步思潮的影响,敏锐地感到脱离现实生活的伪古典主义戏剧、美化中世纪生活的消极浪漫主义戏剧,都不能满足社会发展的需求。因为这时候的古典主义已完全丧失了它在17世纪时的进步性,成了重形式、轻内容的浮华的戏剧。雨果决心与伪古典主义做斗争,让民主思想体现在舞台上。

1826年,雨果与诗人维尼、缪塞(1810—1857)、大仲马(1802—1870)、诺地埃重组浪漫派文学社,开始明确反对伪古典主义。雨果用理论和创作实践与伪古典主义展开斗争,成为反对伪古典主义的盟主,喊出了"让人民文学代替宫廷文学"的口号。

1827年秋天的一个晚上,诺地埃的家中聚集了一些诗人、剧作家、画家、演员和记者,雨果的《克伦威尔》要在这里宣读。

《克伦威尔》(1827)是雨果的第一部戏剧作品。它以英国17世纪发生的资产阶级革命为题材,描写了资产阶级革命的领袖人物克伦威尔拒绝王位的故事。雨果按照自己提出的浪漫主义美学原则,把克伦威尔描写为"既崇高优美又滑稽可笑"的人物。由于剧本人物众多,对话冗长,不适宜舞台演出,因而没有上演。雨果特别重视这部作品的序言,因为它是雨果的浪漫主义文艺的宣言。

在序言里，雨果慷慨激昂地陈述了浪漫主义的文艺纲领，向守旧派展开了全面进攻。他宣称戏剧是当今很重要的浪漫主义文学形式，要反对古典悲剧形式就要师法莎士比亚，争取更大的自由与真实，挣脱那帮琐碎派束缚人们思想的罗网。他详尽地阐明了浪漫主义的艺术纲领，指出艺术要反映时代精神和地方色彩，指出浪漫主义真正的意义是文学的解放，产生新的人民、新的艺术。

在序言里，雨果主张新剧本要使用人民群众中存在的朴素、丰富的语言，反对使用死气沉沉的缺乏生气的语言。戏剧要接近生活现实，就应该把崇高和荒谬这两者结合起来，要特别重视对比和离奇的写作手法，要以浓墨重彩的夸张笔法描写恐怖的和荒谬的事物，强调作者的想象力以及夸张的写作手法在创作中的重要作用。他提出美与丑、崇高优美与滑稽丑怪相对照的创作原则，他认为丑就在美的旁边，畸形靠近优美，粗俗藏在崇高的后面，恶与善并存，黑暗同光明共存。他反对古典主义单纯追求高贵和典雅的艺术原则，要求扩大艺术的表现范围，强调自然中的一切事物都可成为艺术题材，认为自然中的一切事物都是通过两种不同要素的对比表现出来的。

在序言里，雨果从戏剧角度猛烈抨击古典主义的清规戒律，提出法国艺术要脱离古典主义。他批判了陈腐的"三一律"原则，向时间、地点、动作统一律这一戏剧规则大举进攻，号召人们向僵死的形式主义做斗争。他认为地点、时间和动作的一致律中只应保存动作的一致律，因为它不与生活相抵触。而地点、时间的一致律是十分荒谬的，把所有的主人公聚集在一个地点，还要把所有的事件安排在24小时内，这是荒谬的。

这篇序言的意义就在于它在同死板的形式主义进行斗争的同

时，号召文学走上新的道路。雨果呼吁：要粉碎各种理论、诗学和体系，把装饰艺术的老门面敲掉，没有什么规则、什么典范，或者说，除了制约整个艺术的普遍自然法则以及根据每个主题的要求产生的每部作品的特殊法则之外，再没有别的什么规则。他说："语言好像大海，始终波动不停。在某些时候，它离开思想世界的此岸而漂到彼岸。被它的波涛遗留下来的一切，就枯萎了下去并且从这大地上消失了。也正是以这种同样的方式，一些思想寂灭了，一些词汇消逝了。对于人类的语言来说，其情形完全与万物相同。每个世纪总要带来一些东西，也要带走一些东西。有什么办法呢？这是势所必然的。要用某种形式把我们语言生动的形貌固定下来，那只是枉费心机而已。"（见［法］维克多·雨果著，柳鸣九译，《莎士比亚论》，译林出版社，2013年版，72页）他认为语言和太阳一样，都不会停步不前。语言若固定为某个流派的语言，那就是死亡的语言。

序言顺应了革命时代对新文学的呼唤，激起了社会的强烈反响。《〈克伦威尔〉序言》的发表，是雨果脱离保王党立场、转向进步的明显标志。当时进步的浪漫主义作家们，把《〈克伦威尔〉序言》看作浪漫主义文艺纲领的精华，是新艺术创作的金科玉律。他们立志要去建立一种符合新世纪要求的新文学。

3. 父亲离世

《克伦威尔》于1827年12月问世。雨果把这一剧本献给了他的父亲。老人十分愉快，深受感动。父亲将家搬到了巴黎弗里梅大街的一套房子里，这儿离儿子家不远。这些年，由于儿子的颂诗提到他，他的军阶和尊号都有了，晚年的他，心情很好。

1828年1月28日晚上，雨果和阿黛尔在父亲家闲谈这些天来报纸上对《〈克伦威尔〉序言》的评论。一家人其乐融融，父亲的兴致特别高。雨果离开父亲家时接近夜半了。

雨果和阿黛尔刚走进自家屋门，大门外就响起了一阵令人不安的门铃声。来人传信：父亲去世了。雨果不敢相信自己的耳朵，因为刚才他还在和父亲交谈，父亲还发出爽朗的笑声。

父亲患脑出血，猝死。

父子相聚的幸福时光，对于雨果来说实在太短暂了。

雨果痛失了这个世界上最爱他的男人，这个男人身上的高贵与善良是他后来才慢慢体会到的。

父亲是一名坚定的共和主义战士，他一生追求正义和公平，数十年间，南征北战，身经百战，数次受伤，始终站在人民的立场。雨果在创作上也是身系人民，这是他们父子灵魂深处最相同的特质。

父亲被安葬在拉雪茨公墓。

1828年10月21日，雨果的第二个儿子出世了，取名为弗朗索瓦·维克多。

4.《一个死囚的末日》，要尊严！要人道！

雨果坚持文学要接近现实，主张艺术要反映时代精神和地方色彩，要反映历史和民族的特征，这和现实主义的艺术观点是相通的。同时，雨果强调诗人的主观意识，表现色彩鲜明的不平凡事物，因此他的创作思想又是浪漫主义的。

本着这种浪漫主义的艺术观，从19世纪20年代末到30年代初，许多绚丽多彩的诗歌、戏剧、小说从雨果笔下像泉水般涌流出来。

1828年11月,雨果写了诗歌《卡纳里斯》《十一月》,被收入《东方集》中。该诗集于1829年1月出版。

《东方集》中的诗篇大多写于1825年至1828年间,大多是歌颂为民族解放而斗争的希腊人民。诗歌以色彩鲜明的浪漫主义语言冲破了陈腐枷锁的束缚,体现了与时俱进的时代步伐。出版商波桑以3600法郎买下了《东方集》的初版版权,另一个出版商戈斯林闻讯后以3600法郎买下了这本书的12开本的版权,对于这样的结果,雨果很兴奋。

接着,雨果用了3个星期,完成了中篇小说《一个死囚的末日》。这是一部现实主义作品,是一部体现人性和人道的作品。为了写好这篇小说,雨果去监狱实地考察两次。他看到了囚犯们杂居的恶劣环境,17岁的孩子同70岁的老人在一起,判处13个月监禁的囚犯与终身苦囚犯在一起,偷苹果的顽童与杀人犯在一起。这里的屋子没有阳光,散发着恶臭,这里的犯人没有交流,他们互相忽视,互不关心,幽灵般地在干活。犯人们居住在这样的环境里,每一天都过得惶惶不安。特别是蒙受冤屈的死囚临刑前的恐惧,让来访者的内心禁不住一阵阵寒战。雨果采用日记体裁,出版时不署作者姓名,让人感到这是一篇文献资料,以此体现出一个死囚发出的最后呼喊——真切、有迎面而来之感。

《一个死囚的末日》是19世纪30年代到40年代法国出现的一

1828年时的雨果

系列社会心理小说的先声之一，是雨果向他的巨作《悲惨世界》迈出的第一步。雨果主张以人道主义抗议不人道的社会，反对社会上截然对立的两级现象，这是他的创作思想，是他优秀作品的灵魂所在。雨果坚决反对死刑，主张维护人的尊严，他创作的主题和内容指向了尚未被当时法国文学界重视的社会问题和社会阶层。他让读者看到了苦囚犯们的真实生活和监狱中的悲惨世界，还有那些骇人听闻的社会矛盾冲突引发的事件。

雨果每晚都在文学圈子里朗读这篇小说，听者无不动容。出版商戈斯林闻讯以 3600 法郎买下了这本书的版权。该书在 1829 年 2 月出版。

这篇作品发出的深切呼唤，引起了社会各阶层人民的强烈共鸣。反动报刊极端仇视雨果的这部作品，认定这是破坏国内安定局面的恶意宣传。雨果面对敌对势力，迎头而上，坚决捍卫他人道主义的立场。他决心在这条道路上勇敢地战斗下去。

5.《玛丽蓉·德·洛尔墨》遭禁演

1829 年 2 月，大仲马的浪漫主义剧作《亨利三世》在巴黎初演。巴黎文艺界人士都来观看，演出获得成功。大仲马这位年轻作家，把那些热衷于古典主义的审查者弄得措手不及。当他们反应过来时，慌忙宣布禁演。但是这出戏已让浪漫派青年欢欣不已。

大仲马的戏激励着雨果，演出结束后，雨果跑到后台向大仲马表示祝贺，两个同龄人的手紧紧地握到了一起。

此时的雨果正在酝酿着两部戏的创作——《玛丽蓉·德·洛尔墨》和《欧那尼》。他决定先写剧本《玛丽蓉·德·洛尔墨》。雨果阅读了大量的历史书、回忆录和传记后，于6月1日开始动笔，6月24日完成。

剧本的朗读定在7月10日。这一天来了许多朋友，有巴尔扎克、大仲马、梅里美、圣佩韦、维尼、缪塞、苏迈、台尚兄弟、德维利亚兄弟等作家和画家朋友们。

雨果的朗读，把人们的思绪带到17世纪的法国。

美丽的交际花玛丽蓉爱上了勇敢正直的青年男子狄地埃。她离开了巴黎和从前的朋友，隐瞒了自己的姓名和旧事。狄地埃是一个贫民，他珍爱名誉，他认定玛丽蓉是纯洁的女孩。有一天，狄地埃与一位侯爵发生了口角，遂拔剑与之决斗。在当时，决斗是被禁止的，违者将被处以死刑。事情发生后，狄地埃和玛丽蓉逃往外地。为了谋生，他们参加了一个喜剧班。结果，玛丽蓉交际花的身份暴露了。狄地埃接受不了玛丽蓉的欺骗和过去，他不愿再活下去了，于是他向当局自首领死。玛丽蓉匍匐在国王路易十三的脚下，恳求赦免狄地埃。和狄地埃决斗的侯爵家的一位老年亲戚也在路易十三面前替狄地埃求情。他们终于求得了国王的一份珍贵的诏书。但不久，国王路易十三背信弃义，撤销了诏书。狄地埃朝刑场走去，他至死都没有宽恕玛丽蓉的欺瞒。

朗读结束了，人们还沉浸在剧本的情境中。几分钟后，朋友们爆发出热烈的欢呼声。

第二天，就有3家剧院的经理来洽谈剧本。雨果答应了第一个来要剧本的法兰西剧院经理泰洛尔先生。泰洛尔看到剧本中的第四幕涉及王室，担心检查部门不予通过，就将剧本送到文艺新闻检查处审查。

审查结果出来了，《玛丽蓉·德·洛尔墨》被禁演。

雨果前去拜见内政部部长马尔丁亚克。这位部长直言不讳地说："这个剧本是一出危险的戏，有影射国王查理十世之嫌。"雨果愤然离去，要求谒见国王。他向国王陈述了来意，把剧本被禁演的事和马尔丁亚克冷冰冰的接见禀告了国王。查理十世答应亲自读一读，并答应早些做出决定。

第二天，内政部部长马尔丁亚克就下台了。不久雨果收到一封信，要他去见新任内政部长德·布东伯爵。新部长告诉他："国王看了第四幕，他不能批准演出，非常抱歉，但政府愿意赔偿作者的损失。"

一天，雨果同圣佩韦正在家里闲谈，信使送来一封盖有内政部大印的信封，里面有一份通知和国王给他4000法郎的赏金。雨果当即写了一封回信交给了信使，谢绝了国王的赏赐。圣佩韦见证了这件事情。他在报纸上报道了雨果对此事的做法，并给予了肯定的评论。

剧本《玛丽蓉·德·洛尔墨》以鲜明的时代色彩和无拘无束的情节变化冲击了"三一律"的陈规，批判了专制王权，被认定嘲讽揶揄国王，影射在位的查理十世，遭到禁演。雨果并没有因此而气馁，他要以另一剧本《欧那尼》作为回应。这次他要颂扬一个反抗社会的浪漫派英雄。

6.《欧那尼》之战

雨果决定写一部因反抗暴君而被社会邪恶势力毁灭的英雄的悲剧。雨果对西班牙的印象很深，西班牙贵族的傲慢和青年的无所畏惧植入了他童年的心底，他至今还记得那年远赴西班牙时途经的欧那尼小镇,那空空的房屋冷冷地矗立着,那门楣、门锁,那一切都促使他创作一出以欧那尼为作品名和主人公名字的浪漫主义戏剧。

雨果于 8 月 27 日开始动笔,9 月 25 日完稿。

《欧那尼》讲的是 16 世纪西班牙一个贵族出身的绿林好汉欧那尼与国王、公爵抗争的悲剧故事。欧那尼的父亲是西班牙的一个大贵族。父亲被西班牙国王处死了,他无家可归,只好落草为寇,成为一个要报杀父之仇的叛逆者。这个叛逆者深深地爱着一个年轻美貌的女子莎尔。他有两个情敌:一个是老伯爵——莎尔的监护人;另一个是西班牙已故国王的后裔卡洛斯。欧那尼在与卡洛斯的较量中取得了胜利。在举行婚礼之际,老伯爵以欧那尼曾有的诺言相要挟,让这对恋人悲惨地死去。

雨果答应剧院经理泰洛尔在 10 月 1 日前完成剧本,并让泰洛尔在这一天召集剧本审查委员会成员审查,他要直面这些检察官朗读剧本。

这一次,剧本顺利地通过了,审查委员会同意这部剧在法兰西剧院上演。

从 1829 年 10 月到 1830 年 2 月,雨果和阿黛尔全身心地投入到了剧院的排演工作中。雨果不仅要指导演员的表演,解决幕后的钩心斗角,还要了解报纸和警察等的动向。剧本还未发表,许多报纸和杂志就开始攻击这部作品,连带攻击作者。保王派指责雨果变节,传统派说他破坏公认的准则等等。

雨果预料,《欧那尼》首演时,保守派一定会进行破坏。剧院经理泰洛尔建议雇用剧院的鼓掌班来捧场。雨果认为他们不可靠,他们的掌声是送给付钱多的一方的,雨果要用一支自愿支持《欧那尼》的队伍来助威。这支队伍很快地建立起来,队伍由年轻的文学家、画家、报人、大学生、印刷工等三百人组成，他们将手持印有"铁"字的红色硬纸片，以披头散发的怪诞形象进入剧场，抗议传统思想和观念，维护和保护《欧那尼》的首演现场。

1830年2月25日下午2点，法兰西剧院门前聚起了一群衣着打扮怪异的人。他们长头发、大胡子，身着各种奇装异服。这些人是雨果的支持者。下午3点，他们就先行进入剧场，占据了整个池座和几排楼座。大家情绪高昂，这边唱歌，那边讨论政治问题，场面很是热烈。

晚上，观众们陆续进入了剧场，法兰西学院的院士们也来了，观众席上人满为患。

演出开始了，争吵也开始了。池座和楼座的"战士们"保护着演出的局面，遇到一句好的台词、一个好的场面，他们就使劲儿鼓掌。观众受到感染，掌声自然更加热烈。这出戏本身就很精彩，观众不停地喝彩。特别是最后一场，欢呼声雷动，花束、花冠纷纷朝舞台上飞去。

首演取得了胜利。雨果被"战士们"抬了起来，抛向空中。

当时，法国正酝酿着七月革命，革命和保守两股势力正在较量。在文学界，古典主义戏剧还在顽固地霸占着剧坛，雨果的浪漫主义剧本《欧那尼》的上演，抒发了反对专制暴君的激情，表达了当时法国社会各阶层对波旁王朝无比愤怒的情绪。《欧那尼》的上演轰动了戏剧界，引发了现场观众的两种思想和势力的争斗，成为当时文坛上的重大事件。

在接下来的《欧那尼》的演出中，古典主义者同浪漫主义者开始了激烈的争斗。反对派组织了强大的攻势，他们在报纸上发表了讽刺漫画，在剧场里采取了喧嚣和谩骂等攻击形式。但拥护雨果的

"战士们"仍然斗志昂扬,情绪高涨。最终,《欧那尼》以百场的演出,场场客满的盛况取得了决战的最后胜利。

《欧那尼》的演出获得了巨大的成功,它宣告了古典主义独霸剧坛时代的终结,标志着新的浪漫主义创作方法的确立,证明了民主的进步力量逐渐强大。

雨果积极投身于为社会进步而斗争的洪流中,他以自己创作的作品《欧那尼》与古典主义者进行斗争,并彻底击败了古典主义戏剧,促进了文艺的新生。从此,浪漫主义文学占领了法国的文学阵地,浪漫主义戏剧在巴黎舞台上占据着主宰地位。

《欧那尼》的演出过程作为一个重大事件被载入法国文学史册。

7. 七月革命,年轻的法兰西

1830年5月,雨果的家搬到了让·古戎街一处单独寓所。他开始着手写小说《巴黎圣母院》。因为前期排演《欧那尼》一剧,写作的计划有些耽搁了。与出版商签订的交稿时间是在12月,距交稿的期限只有7个月的时间了。

这时,国内政治气候又有了新的变化,查理十世把逃亡国外的波林亚克首相召回国,让他执掌国家大权。上台后的波林亚克采取极端的手段,要把国内的自由思想打压下去。

1830年7月26日,官方《箴言报》发布国王敕令和政府令,宣布解散议会并限制其选举权,还要进一步加强书刊检查。查理十世妄图恢复封建君主专制的种种措施,遭到法国人民的强烈反对。当天,巴黎就发生了动乱。人们纷纷走上大街开始集会游行,他们高喊口号:"打倒内阁!打倒波林亚克!"

7月27日，雨果坐在书桌前，窗外静下来了，静得有些可怕。突然，远处传来了枪声。接着，炮车在路上轰轰作响，一会儿便枪声大作。

这天夜里，阿黛尔又生了一个女儿。雨果很喜欢，称她为"小阿黛尔"。

第二天，枪声更加激烈，流弹竟飞到了雨果的花园里。雨果走出家门，去看个究竟。

此时的爱丽舍大街已禁止通行，街上架起了大炮，士兵在伐树垒掩体，看来要有一场街垒战。雨果看到一棵树上绑着一个孩子。士兵说他打死了他们的队长，在等待枪毙。

雨果上前想说些什么，一位将军骑马过来，说："赶快回家，这里马上要打起来了。"雨果指着孩子，将军让士兵把孩子送到警察局。

巴黎的大学生、工人和手工业者走上街头，他们拿着武器，高喊着"打倒波旁王朝！宪章万岁！自由万岁！"的口号，攻占了王宫。接着他们构筑街垒，竖起革命的三色旗，与政府军展开激战。

7月29日，革命派控制了局势，坚持了三天三夜的武装斗争终于获得了胜利。雨果在诗中这样描述当时的场面：

　　三天三夜，民众的愤怒
　　像炉膛里熊熊的烈火；
　　它像耶拿锋利的长矛
　　把百合花臂章挑破。
　　插翅的骑兵队伍
　　为了救助溃退的哨兵

飞驰着投身战斗，

　　但他们却像枯干的秋叶，

　　一堆堆地

　　葬身于熊熊的烈火……

（见［苏］穆拉维约娃著，冀刚译，《雨果》，上海译文出版社，1990年版，135-136页）

　　波旁王朝倒了，查理十世逊位逃亡英国。旧贵族在法国的统治结束了，三色旗飘扬在杜伊勒里宫上空。

　　临时政府由著名的自由派、银行家拉菲特和北美独立战争中的将军拉法耶特等组成。由于拉法耶特不愿担任政府领袖，临时政府开会决定把三色旗交给王族出身的奥尔良公爵。

　　奥尔良公爵即位，被称为路易·菲利普一世，建立了金融资产阶级统治的七月王朝，实行君主立宪制。

　　这就是法国的七月革命。后来，雨果认识到这是一场不彻底的革命，资产阶级的欲壑难填，银行家的本性使得革命半途而废。

　　这一年，雨果的思想和行动转向支持共和党，但是他觉得民众"不成熟"，不能搞共和制，应该先走君主立宪制道路。

　　雨果参加了国民卫队，任纪律委员会的文书。

　　在19世纪30年代中期的血雨腥风中，雨果的写作从抒发个人情感逐渐走向了个人情感与现实斗争相结合的道路。七月革命前夕他创作的抒情诗，充满着个人伤感的回忆，诗人用忧郁的目光观察身边的世界，基调比较凄凉。七月革命后的诗行，则充满着对革命改变腐朽社会制度的期待。

8月10日，雨果写下了热情洋溢的颂诗《致年轻的法兰西》[1]，该诗于8月17日在《环球报》上发表：

> 自豪吧！你们也和父辈们一般高低。
> 全民族历尽战争才能赢得胜利，
> 被你们从尸布里救出，才安然无恙。
> 七月为拯救你们家园的男女老少，
> 给你们三个骄阳[2]，好去把城堡焚烧，
> 你们父辈只有一个太阳[3]！
> ……
> 正是为了他们，剑刺刀劈，
> 从北到南，一片刀光剑影！
> 为了他们，脑袋纷纷落地，
> 在石砌的路上滚个不停！
> 是为了这些帮凶的暴君，
> 我们的父兄，英勇的一群，
> 所做所为，真是前无古人！
> 多少城市成了残壁断垣！
> 昔日一块块葱绿的平原，
> 如今白骨累累，遍地荒坟！
> ……

---

[1] 在雨果出版的《暮歌集》中将《致年轻的法兰西》改为《一八三〇年七月述怀》。
[2] 指1830年7月的27日、28日、29日三天。
[3] 指法国大革命爆发的1789年7月14日，这两个重大事件都发生在盛夏的7月。

全体人民像烈火在燃烧，

三天三夜在火炉里沸腾，

用耶拿长矛的枪尖一挑，

就把贝亚恩[1]的肩带刺崩。

十支增援的军队也徒然

猛扑上来，一边大声呐喊，

向一大盆熊熊炉火挺进；

大批的军队，步兵加战马，

像枯枝在火中噼噼啪啪，

在炉子里扭曲，化作灰烬！

……

啊！这已经覆灭的王朝从流放中来，

又流放而去，让我为他们哭泣志哀！

命运之风已三度[2]把它们吹到外地，

至少，让我们带领这几位先王回家。

弗勒律斯[3]的旗呀！请你鸣礼炮数下，

向离去的王旗致以军礼！

我对他们说的话不会使他们伤心。

希望他们别抱怨这把告别的诗琴！

不要羞辱流亡时蹒跚而去的老人[4]！

---

[1] 法国古行省名，贝亚恩的肩带象征波旁王朝。
[2] 指1789年法国大革命、1815年3月拿破仑"百日政变"及1830年7月后，波旁王朝三度流亡。
[3] 比利时城市，1794年法国革命军队在此大败奥军。
[4] 指查理十世。1830年，查理十世被推翻时73岁。

对废墟手下留情，要有尊敬的习惯。

不幸已经给皓首白发戴上了荆冠，

我不会再把荆冠在头上按得深深！

（见程曾厚译，《雨果诗选》，人民文学出版社，2000年版，89-97页）

在这里，雨果热情地赞美七月革命，讴歌"年轻的法兰西"，痛悼在革命斗争中牺牲的战士。同时，他对被推翻的波旁王朝也有一丝同情。

8.《巴黎圣母院》——反封建！反教会！

转眼间，时间已经走到了1830年8月中旬，雨果的《巴黎圣母院》还没有动笔，出版商把交稿时间延到第二年的2月1日。

雨果买了一大瓶墨水和一件肥大的灰毛衣，开始闭门写作。他的写作思路特别清新，文笔非常流畅。他笔下的人物形象个个饱满，故事的情节和冲突在现实和想象中构筑完美。

在写作期间，他只出去一次，是去旁听对查理十世的内阁大臣们的审判。

雨果看到的是一个极其混乱的场面。卢森堡宫门前人山人海，"打倒波林亚克！把大臣们都处死！"的呼声一阵高过一阵。人们朝宫里拼命地挤，冲散了维护治安的警察队伍。卢森堡宫的审讯被迫中断。拉法耶特走出法庭想对大家讲话，结果被不理智的人们举起来扔了出去，幸好有士兵赶来解围。拉法耶特气得发抖，对雨果说："我已经认不得我的巴黎市民了。"

雨果感到人民对这场革命失望了。

1831年1月14日,雨果完成了小说《巴黎圣母院》的写作。

《巴黎圣母院》是雨果第一部浪漫主义风格的长篇小说,描写了中世纪巴黎圣母院副主教克洛德·弗罗洛对美丽的吉卜赛女郎爱斯梅拉达畸形的爱,描写了丑陋的圣母院敲钟人加西莫多对爱斯梅拉达纯洁的爱。它是法国七月革命高潮时期的产物,充满了强烈的反封建反教会的战斗精神,表达了那个年代法国人民的正义呼声。

在这部小说中,雨果成功地运用了他在《〈克伦威尔〉序言》中的原则,把中世纪的城市生活与合理的想象相结合,让历史的真实与诗意的虚构同在,让历史观照现实,呼唤人道主义和自由主义思想。

2月13日,《巴黎圣母院》出版。

《巴黎圣母院》出版后,引起了强烈的社会反响。一些报纸和杂志纷纷发表文章,形成强大的舆论中心。有的对书中的宗教态度提出质疑,有的夸赞作品的场景宏大、情节生动和故事凄美。雨果的好友拉马丁给雨果的信中直言:"这是长篇小说中的莎士比亚,中世纪的史诗……您的《巴黎圣母院》里什么都有,就是没有一点点宗教信息。"

《巴黎圣母院》人物群像

小说被不断重印，法国的读者越来越多，影响越来越大。欧洲各国相继翻译了这部小说，雨果的反封建反教会的思想传播到整个欧洲。普希金对这部书爱不释手，别斯图热夫·马尔林斯基对雨果佩服得五体投地，认为雨果是一位旷世奇才，他挑起了整个法国文学的重担。

9. 婚姻有点烦

1831年的秋天，雨果的内心很不平静，他经历了好友圣佩韦对妻子阿黛尔产生了好感的痛苦日子。阿黛尔虽然还像从前那样柔顺、温存，但他分明感觉得到妻子对他一天比一天疏远、冷淡。妻子与自己的话越来越少，却与圣佩韦谈得十分投机。

圣佩韦为阿黛尔写诗，为她读诗。他兴奋着阿黛尔的欢喜，悲伤着阿黛尔的伤感。他把自己工作之外的所有时间都用来陪伴他心目中美好的女子。圣佩韦毫不隐瞒自己对阿黛尔的喜欢，跟雨果大谈对阿黛尔的好感，还对外扩散自己的爱情。

一直以来，雨果大度地希望圣佩韦与自己的友谊变得正常，同时又能保住自己家庭的幸福，可是这种愿望被他的这位挚友闹得有些暗淡了。

外界的流言蜚语掺杂着对雨果的恶意人身攻击，雨果只能以笔来倾诉自己内心的情感以及对往昔美好的回忆，一首首诗歌在他笔下倾泻而出。

雨果望着窗外的落叶，翻看着手中的诗稿，他要把讴歌家庭和大自然的诗归到一个抒情诗集里，这个诗集被他命名为《秋叶集》，意为沉思和悲愁的回忆。收在这个诗集中的最后一首诗，虽然也有

一种淡淡的哀愁,但那种对生活、对祖国、对人民的热爱洋溢其中,表现了诗人的心境和追求自由的信念:

> 是的,我还年轻,虽然在我的额上,
> 那层出不穷地涌现激情与诗篇的地方,
> 每天都刻下一条新的皱纹,
> 犹如我思想的犁铧耕出的沟痕,
> 回顾那不知不觉中流逝的年华,
> 我还没见过三十度秋月春花。
> 我是这时代的骄子!由于幡然醒悟,
> 我的灵魂每年都在摒弃谬误,
> 认清了是非,我的信仰只向你追求,
> 啊!神圣的祖国。神圣的自由!
> ……
> 啊!于是,我向着他们的宫廷与巢穴
> 诅咒这些帝王,他们的骏马沾满了鲜血!
> 我感到,诗人就是他们的审判官!
> 我感到,愤怒的诗神会张开强有力的双拳,
> 犹如将他们示众,将他们捆向宝座,
> 再用宽松的王冠做成他们的枷锁,
> 然后将这些本来会受到祝福的帝王驱逐,
> 并在他们的额上刻下诗句,让未来去读!
> 啊!诗神应该献身于手无寸铁的人民。
> 我于是忘却了爱情、孩子、家庭、
> 软绵绵的歌曲和清静无为的悠闲,

我给我的竖琴加上一根青铜的琴弦!
1831 年 11 月

(见柳鸣九编选,张秋红等译,《雨果诗选》,时代文艺出版社,2020 年版,86-89 页)

《秋叶集》在 1831 年 11 月出版。这时的雨果 29 岁。

10. 金融贵族和银行家的"七月王朝"

七月革命之后,法国建立了以路易·菲利普为首的大资产阶级统治的奥尔良王朝——"七月王朝"。银行家、交易所经纪人、铁路大王、大矿主、大森林主、大地主组成了金融贵族执政的圈子。路易·菲利普是一个狡猾的国王,他在位期间始终维护资产阶级的利益。银行家拉菲特陪着他到市政厅即位时说:"从今以后,银行家要统治国家了。"一语道破了路易·菲利普政权的本质。

金融贵族和银行家掌握了国家政权之后,社会矛盾日益加深,劳动阶层和资产阶级矛盾尖锐起来。雨果对七月革命后的现实感到失望,他写道:"我是世纪的儿子,我也一直深深痛恨着压迫。我诅咒那些躲在宫廷、藏在洞穴的帝王,一身鲜血!"

1831 年 11 月 21 日,以生产丝织品和天鹅绒纺织品著称的里昂工人,不堪压迫,喊出"不是工作而生,就是战斗而死"的口号,爆发了大规模的武装起义,后称"法国里昂工人起义"。经过 3 天的激烈战斗,起义者于 23 日占领市政厅,建立工人委员会作为临时指挥机构,控制整个里昂城达 10 日之久。终因政府军过于强大,起义被血腥地镇压下去了。

法国七月王朝颁布了禁止工人集会、结社的命令，人民的权利被剥夺了，贵族资本家对工人的压迫仍旧继续。

1832年春天，杜伊勒里宫四周围起了高高的木板墙，里面正在施工。路易·菲利普国王在建造小型私家花园，并在四周挖深沟，拉上铁丝网。人们都在议论路易·菲利普，议论杜伊勒里宫，议论时政：国王在与人民隔绝，巴黎街头再也看不见他的身影；政府要员银行家拉菲特在交易所里暴敛金钱；拉法耶特将军戴着假发在假寐，无视人民的要求。

雨果对七月革命取得的成果——七月王朝有些失望。

雨果的《欧那尼》《巴黎圣母院》《秋叶集》发表以后，他在法国的文学界已经占据了重要地位。这时拜伦已经去世了，歌德、司各特也走在死亡的边上，他的前辈夏多勃里昂不发声音了，雨果在当时的文坛上已然是第一流的作家了。

七月王朝对雨果在文化领域的影响不敢不重视，对雨果采取了不断拉拢的做法，很怕雨果有不同的声音；同时，一些人对他的文学成就有了嫉妒的心态，在他的身边，老朋友越来越少了。

他家中的"红色沙龙"仍旧热闹，新朋友来得越来越多，好多人都在抢着发言，谈论七月王朝与里昂工人起义的是是非非。

11. 对社会不公正的抗议——《克洛德·格》

1832年3月的一个夜晚，雨果像往常一样在街上散步、思考。这时，一个乞丐向他走来，伸出一只手乞讨。在巴黎，这样的乞丐、罪犯、苦役、妓女越来越多，革命并没有给人民带来生存的尊严和快乐，更没有平等和自由。他联想到不久前在《司法报》上看到的一个叫克洛德·格的案子。

克洛德·格是一个工人。因为他被工厂主辞退，妻儿生活没有着落，他只好去偷窃来养家糊口。他被抓后判了5年徒刑。在狱中，他因不堪忍受狱卒的侮辱打死了看守，最终被判死刑。

雨果看过这个案件的审讯报告之后，上书国王请求赦免克洛德·格，但是克洛德·格已被执行死刑了。

雨果认为克洛德·格的犯罪是这个社会的不平等造成的。克洛德·格死刑的判决也是不公正的。在金融贵族和银行家掌握国家命脉的社会里，资产阶级与劳动人民的立场是对立的，剥削与被剥削、压榨与被压榨是利益使然。他在中篇小说《一个死囚的末日》第二版序言中曾痛斥私有者，"人民饥寒交迫，穷困迫使他们去犯罪或是去卖淫"。他深信从克洛德·格身上的任何一个片段中都可以看到19世纪底层人民的苦难。他开始着手写短篇小说《克洛德·格》。

在小说《克洛德·格》中，雨果描写了社会底层人们的生活状态，探讨了工人贫困的原因和因此形成的犯罪问题，控诉了法律的不公，抨击了为权势者和富人们服务的法律。小说就不合理的社会造成的一批批牺牲品以及正在毁灭的残酷事实，对社会提出强烈抗议，同时提出用教育来解决社会矛盾的改良主义主张。这些体现了雨果的人道主义思想。

1832年3月底，巴黎出现了霍乱。雨果的儿子查理染上了，全家一阵惊慌，好在病情控制住了。霍乱流行的巴黎，全城一片死寂，街上是一堆堆装有死尸的麻袋，这暂时缓和了人们越来越不满的情绪，但人们仍可以感觉到政治空气的紧张。有人在小酒馆中秘密集会，有人在街头隐秘处传递枪支，还有人在秘密组织活动等。

12. 巴黎六月起义——《悲惨世界》中的场景

霍乱渐渐平息下来了,雨果怀着对七月王朝的不满,开始写《国王取乐》剧本。

连续几天的辛勤写作,他的眼睛有些疲劳,他走进花园深处,坐在一张椅子上,想看看草木的绿色。突然间,枪声响起,一阵嘈杂。雨果急忙向外跑去,大街上人影皆无,家家门窗紧闭。枪声越来越密,他躲在一根柱子后面,看清了是王家军在攻打起义的民众。

这就是1832年的巴黎起义,即1832年巴黎共和党人起义。让·马克西姆利安·拉马克将军的病逝是这次起义的导火线。

1832年6月1日,共和党人的重要领袖让·马克西姆利安·拉马克将军因感染霍乱不治病逝。拉马克将军生前受到民众的拥护和爱戴,曾在稳定七月革命后的局势中发挥了重要的作用,被视为政府和民众沟通的重要桥梁。他的逝世,让共和党人感到和平变革的希望破灭了。

6月5日,拉马克将军的葬礼正在进行,送葬队伍人数数以万计,有大学生、工人、各国的政治流亡者,还有退伍军人。当送葬队伍走到奥斯特利兹桥时,数以万计的群众在道路两旁送别拉马克将军。共和党人乘机喊出反对政府、支持共和的口号,得到民众的响应。一部分人将拉马克将军的灵车送往名人公墓;另一部分人跟随着高举大红旗的共和党人领袖开始大规模的示威游行。王家骑兵赶来阻止,一场恶战发生了,起义爆发了。

整个城区都行动起来,巴黎沸腾了,"公民们,拿起武器!共和国万岁!"的口号激励着全城居民。不到1个小时,起义者占领了军火库、市政厅和巴士底狱。到了晚上,共和派控制了三分之一的城区。一夜之间，大街上垒起了数百个街垒。

第二天早晨，政府调来的常备兵团和重炮部队与起义军展开了街垒战。国民警卫军和起义民众在圣梅利展开血战，起义学生坚守的街垒最终在大炮的轰炸之下被击毁，造成至少8000人死亡。6月6日晚，起义被镇压了。

在13年后雨果的巨著《悲惨世界》中，再现了上述的六月起义的情形，再现了这个令人惊心动魄又让人无比鼓舞的历史时刻。

13.《国王取乐》被禁演风波

巴黎全城戒严，雨果继续创作剧本《国王取乐》。

剧本讲的是法兰西瓦卢瓦王朝第九位国王弗朗索瓦一世多情的故事。年轻俊美的国王专以玩弄女性、勾引臣下妻女为乐。朝臣虽然对他不满，但为了权位极尽曲意逢迎。国王的侍从特里布尔是一名宫廷小丑，其貌丑背驼，对荒淫的暴君俯首帖耳。特里布尔有一个纯洁貌美的女儿白朗雪，他担心女儿被荒淫的国王看见，就在陋巷深屋处藏女。没想到国王乔装成穷书生，暗中骗得了白朗雪的爱。这个卑微的宫廷侍从特里波尔怒火中烧，他决意杀死糟蹋了她女儿的国王：

　　一旦仇火照亮我们的眼睛
　　一旦屈辱刺破昏沉的心灵，——
　　弱者也会坚强，奴隶也会觉醒！
　　迸出你的仇恨吧，奴隶，要勇敢！
　　猫儿会成猛虎！小丑会变作利刃！

（见［苏］穆拉维约娃著，冀刚译，《雨果》，上海译文出版社，1990 年版，159 页）

然而，特里波尔却没有料到装在布袋里被他杀死的不是国王，而是代替国王以死殉情的女儿。

1832 年 7 月底，雨果完成了剧本，交由法兰西剧院排演。接着雨果开始创作剧本《费拉尔的晚餐》。

10 月，雨果将家搬到了皇家广场 6 号（现为孚日广场 6 号）2 楼的新居。

11 月 22 日，《国王取乐》首演，池座和楼座里坐满了披头散发的人，他们是追求民主自由的青年人，也有雨果的朋友组织的助兴的人。演出前，池座的人在唱《马赛曲》，楼座的人在唱《卡尔曼纽拉歌》，现场气氛极其活跃。

开幕的铃声响过，人群却一直安静不下来。原来有一条消息在

雨果位于皇家广场（现为孚日广场）的新居

传播着,"国王遇刺未中!"随着演出的进行,剧场人们越来越骚动,特别是演到特里布尔要杀国王的那一场,反对者的刺耳哨声、跺脚声,助兴者的鼓掌声乱成一团。

第二天,保守派向工部递交请愿书,声称这部剧歌颂了弑君之举。内阁宣布《国王取乐》禁演。

雨果非常气愤,他以控告剧院不履行协议为由声讨政府。在法庭上,雨果维护公民的权利和出版自由的讲话,被旁听人们的掌声打断。虽然起诉没有结果,但各大报纸纷纷报道。官方报纸趁机攻击他接受国王津贴,是假的"自由战士"。雨果给工部部长达尔古写了一封信,断然拒绝接受此项津贴。

雨果,这位自由主义战士,从此再没有领取过这项津贴。

这一时期,雨果还写了剧本《玛丽·都铎》(1833)、《安日洛》(1835)、《吕伊·布拉斯》(1838),并先后上演。从雨果的剧作中,可以听到人民反抗暴君的强烈声音,他的作品鲜明地体现了时代精神。

14. 初识朱丽特

雨果用了很短的时间写出了剧本《费拉尔的晚餐》(后改名为《吕克莱斯·波基亚》)。他要用新的作品与政府进行说理和斗争。

《费拉尔的晚餐》写的是16世纪意大利费拉尔公爵的腐朽之家,女主人公吕克莱斯·波基亚是一位有着传奇色彩的投毒者。在一次宴会中,她怂恿丈夫费拉尔公爵毒死曾经触犯过她的客人。在实施中她发现客人中有她的私生子,便不忍下手,是母爱净化了她的灵魂,她变得高尚了。后来她被自己的儿子所杀。

1832年12月的一天，圣马门丁剧院的经理加莱尔找到了雨果，请求排演这部剧。

在排演前的朗读中，女主角的扮演者要求用女主人公的名字命名剧名，雨果同意了，改为《吕克莱斯·波基亚》。

1833年2月，《吕克莱斯·波基亚》首演获得极大的成功。它是雨果在19世纪30年代创作的一系列剧作中的最深刻的一部。雨果将勇敢善良的民主主义英雄与残酷无情、阴险毒辣的官员形成对立，剧本人情味浓，富有生活气息，舞台表现自如，体现了浪漫主义戏剧的华美。

雨果在《吕克莱斯·波基亚》的排演中，遇到了朱丽特·德露埃。朱丽特在这出剧中饰演一个公主小角色，只出场一次。

朱丽特是圣马门丁剧院的一名普通演员，她26岁，身材高大，皮肤雪白，有着一双黑黑的眼睛。雨果曾在1832年5月晚上的一次舞会上与她擦肩而过，印象不深。

朱丽特的父亲是一个裁缝，是朱安党人，1793年逃入丛林。朱丽特于1806年出生于富热尔，幼时失去双亲，被托付给时任布列塔尼海岸警备队炮兵的舅舅。舅舅成了她的监护人，德露埃是她舅舅的姓。10岁时，朱丽特被送到巴黎一个修道院寄宿，19岁就开始独立谋生，她当过模特，跟一个有妇之夫同居，生下女儿后就被抛弃了。她为了抚养孩子，

朱丽特·德露埃的画像

度过一段艰辛难堪的岁月。在26岁的时候,她做了演员,见到了雨果。她很崇拜雨果,雨果从她的眼里看到了哀求、忠诚和爱慕的神情。雨果爱上了她,帮助她渡过了生活上的难关。而朱丽特对雨果的爱,至死不渝,她陪伴雨果度过了最为艰难的流亡岁月。

15. 走入低谷

雨果和朱丽特的关系,被人们议论了。

阿黛尔生性并不风流,尽管她自己愿意和圣佩韦幽会,听他读诗和表白爱情,但她是忠于雨果的,她是热爱家庭、热爱孩子们的。当她听到雨果的绯闻时,只能装作不知道,希望这事能快点过去。

雨果家的"红色沙龙"随着雨果的搬迁也转到了皇家广场的新居里。很多人都愿意来这里读自己的作品,新人们在这里还能看到许多名流。只是,在雨果的家中,他都能听到人们在说:"雨果这个讴歌家庭、讴歌古希腊罗马美德的诗人,家中有四个孩子的人,怎能去做这样的事情呢。"最让雨果难受的是一些老朋友不再出现在这里了,维尼与雨果分道扬镳了,圣佩韦因为阿黛尔与雨果不睦了,他们都不登门了。

雨果的处境难了。

有些朋友对他不理睬了,有人在利用人们的议论对他进行诽谤。大仲马因为谣言与雨果生分了,拥护大仲马的人也不再为雨果的戏捧场了。雨果的核心作用正在渐渐地消失。他新写的几部戏,由于没有了浪漫派大军的维护,在文艺界也没产生什么影响。他写的诗歌,尽管已达到他创作的顶峰,但在当时的情境下,也没有产生重要的影响。

由于对社会和创作的看法不同，浪漫派小组的人们走上了各自的道路。维尼留恋往昔，怀有高傲自负、孤芳自赏的悲观情绪；诺地埃不愿改革、空有浪漫主义色彩的文字情怀。他们曾和雨果一起力图改造文学，但面对这真实社会，对未来文学的走向，大家的认识各有不同，所以出现暂时的不来往也是正常的。

七月革命后，一些作家从书写浪漫主义的华丽作品转向了描写严酷的社会现实，形成了现实主义文学派，如巴尔扎克、司汤达等。

现实主义派对现实的看法是比较清醒和严肃的，浪漫主义派提倡创作的自由，也是实际的。两个文学流派都不满现实，都在进行新的探索，他们都是革新派。在现实主义作家巴尔扎克的作品里，能看到他青年时代的浪漫主义痕迹；在浪漫主义作家雨果的文章里，其现实主义的成分在不断增加。

16. 里昂工人起义——不要君主，要共和

1834年4月9日，里昂再度爆发丝织工人起义，参加起义的除工人外，还有手工业者、小商贩、一般职员和小资产阶级民主派分子。

起义的直接原因是：1834年2月12日，里昂纺织工人为反对资方再度降低工资而举行罢工，政府以煽动和结社的罪名，逮捕了6名工人互助会领袖，并发布禁止工人结社集会的法令。4月9日，法院开庭审讯被捕工人领袖。全市工人涌向法院，反动军队向工人开枪，打死1人。工人们筑起街垒与反动军警展开战斗，由此爆发了第二次里昂工人起义。

马赛和巴黎等城市的工人也纷纷举行罢工和示威游行，以响应

和声援里昂的工人起义，

这次起义具有更鲜明的政治性质，不仅提出经济要求，还提出废除君主制度，建立共和政体的口号。起义者在旗帜上写着"我们为之斗争的事业是全人类的事业""不共和毋宁死！"等口号。工人组织互助社，小资产阶级民主主义者组织人权社，进步社的成员组成总委员会，共同领导了这次斗争。

政府出动1万多反动军队镇压工人起义。起义群众同政府军在里昂郊区和市内进行了6天的激战，终因力量悬殊被政府军镇压。在当局的唆使下，政府军队在大街上公然杀害俘虏，连妇女、儿童和老人也不放过。

这次起义在巴黎和许多地区引起强烈反响，推动了法国工人运动的发展。而工人运动推动了社会思想的活跃，巴贝夫秘密团体、勃朗基主义者都组织起来。但不久，这些先进的团体和组织遭遇挫折，革命由此而进入低潮。

看着眼前发生的这一切，雨果在他的短篇小说《克洛德·格》中写道："法国叫共和国也罢，叫王国也罢，反正总是人民受苦受难，这是明摆着的。"雨果告诉那些"政治家们"，苦囚犯和娼妓越来越多，是源于社会的不公平，是贫困把人们驱上了犯罪的道路，是贫穷把人们推向淫乱的深渊。他呼吁，废掉死刑！

《克洛德·格》于1834年发表。这篇小说观点更加鲜明，坚决反对贫富不均的社会，同情工人阶级的苦难。他幻想通过改革减轻工人的痛苦，他对七月王朝的执政提出了严正的抗议。

在这种严酷的政治形势下，进步的浪漫派作家和现实派作家都在探求社会的崇高理想。这时的雨果很欣赏圣西门提出的"牛顿式人物会议"，即由科学、工业、艺术方面的优秀分子组成的"贤者会议"，希望由会议来领导未来的国家。

雨果认为诗人是要参与国家大事的，是要发挥一个政论家的作用的。但他不愿受到各种政治主张的束缚，要置身于各种政党之外。他相信，人民的处境在现行政治制度下也可以得到改善，只是必须让有才能、有文化素养的人参与国家大政。

17. 当选法兰西学院院士，进入政坛

在路易·菲利普时代，有两个政坛：一个是众议院，一个是参议院。雨果知道，众议院的选举办法是为有钱人设定的。若想进入参议院，必须进入法兰西学院，成为院士，这样才有机会被选为一个区域的代表参政。

1834 年，雨果决定走法兰西学院这条路了。

法兰西学院的一位老院士去世了，有了一个空缺，雨果申请加入。结果在 1836 年 2 月 18 日的选举中，雨果只得了两票，落选了。因为雨果的进步思想是很难得到学院那些老派人物的认可的。

1834 年 10 月，雨果为妻子阿黛尔创作了诗歌《献上百合花》。阿黛尔非常感动，她决心给丈夫更多的幸福和自由，夫妻之间的关系和好如初。这首诗被收入《暮歌集》中，该诗集于 1835 年 10 月出版。

1837 年 2 月 20 日，欧仁在疯人院里死去。雨果失去了自己最亲近的人。童年时他们一起成长，一起上学读书，一起写剧本、写诗。如今，他只能用诗来表达自己痛苦的心情了。他把悼念二哥的诗歌，收在了他的《心声集》中。《心声集》于 1837 年出版。

1837 年夏，雨果应邀参加国王举办的凡尔赛大型宴会，庆贺

国王的太子奥尔良公爵与麦克伦堡的爱莱娜公主结婚。大仲马也被邀请。两人相约穿着国民卫队的制服,共同赴宴。

这是一个有着1500人参加的宴会,雨果被安排在奥尔良公爵夫妇这桌。公主特别崇拜雨果,她能背诵好多首雨果的诗。

婚宴三周后,奥尔良公爵颁给雨果一枚最高荣誉团勋章,公爵夫妇还送给他一幅绘画。雨果从此成为他们的朋友。

1837年10月,雨果为了逃避凡俗的社会,独自一人前往巴黎南郊凡尔赛附近皮埃弗村的"石居城堡"。这里风景优美,是雨果的友人贝尔坦的别居。早在1834年9月1日,雨果全家应贝尔坦之邀来此小住,雨果还在附近莱梅村租了一处农舍,安置情人朱丽特。雨果几乎每天都步行去和朱丽特相会,他们在大自然的怀抱中度过一段心醉难忘的日子。此次他重访三年前和情人欢会的旧居,发现这里的自然环境已面目全非。在这里,他沉思着,感受人类生命在大自然面前的渺小和短暂,他渐渐把自己幻化成了奥林匹欧这个半人半神的悲情形象。

雨果回巴黎后,于10月15日—21日,完成了叙事诗《奥林匹欧[1]的悲哀》。其中的诗句有:

> 东边的森林消失,西边的森林葳蕤。
> 我们的一切现在几乎都变了模样;
> 如同是火灭以后冷却的火灰一堆,
> 这一大堆的回忆正随风四处飘扬!

---

[1] 奥利匹欧是雨果诗作中的人物。

韶光不再？我们可有过自己的时光？
我们徒然地召唤，这时光永远消失？
我哭泣时，枝条在和轻风嬉戏摇晃；
我的屋子望着我，却对我不再认识。

我们相逢的地方，别人也会来相逢。
我们盘桓的场所，别人现在来盘桓；
由我们两颗心灵开始的这个美梦，
别人会继续下去，但是不可能做完！

因为，人世间无人能做最后的安排；
纵然是酒囊饭袋，和英雄豪杰相同；
梦做到同一地方，我们人人会醒来。
万物在此地开始，万物到彼岸告终。

（见程曾厚译，《雨果诗选》，人民文学出版社，2000年版，178—179页）

这是一首对时光充满哀愁、叹息的诗，是对往昔的一种追忆，童年、母亲，还有斐扬底纳花园都远去了。人世间的一切都无情地过去了，只有高尚庄严的奥利匹欧能存续。这首诗是法国浪漫主义抒情诗中的名篇，被收录在1840年5月发表的《光影集》诗集中。

雨果和大仲马因为参加了王室的聚会关系好了起来，他俩想建一个新剧院，作为宣传新文学、新思想的阵地。有了太子的关系，剧场获准开业了。新建的剧院名字为"复兴剧院"。

雨果为即将开张的复兴剧院写了一部诗剧《吕伊·布拉斯》。

讲的是男仆人吕伊聪明勇敢、才智过人，因一个偶然的机会参加了国家的政务活动，爱上了王后。他扶摇直上，权倾一时，心中只有未来。最终，他难逃一死。该剧在1838年11月初上演，还算成功。

第二天，报纸上有文章对《吕伊·布拉斯》进行攻击，尽管有朋友们的鼎力相助，但仍难敌对方猛烈的攻击。雨果大失所望，他悲哀地感到浪漫主义戏剧的激情时代已经不在了。

《吕伊·布拉斯》是雨果在19世纪30年代创作的一系列剧作中的最后一部，是浪漫主义组曲的最后一个乐章。这部作品得到后来人艾米尔·左拉的赞誉："在雨果的全部剧作中，《吕伊·布拉斯》最适合搬上舞台，有人情味，有浓郁的生活气息。《吕伊·布拉斯》中的诗句是我们诗坛上不朽的光荣。"

此后，雨果有好几年没有写戏剧作品。他参选法兰西学院已经连续4次落选。

1840年6月7日，法兰西学院又出现一个空缺，一位狂热维护"旧制度"的院士奈波穆桑·莱梅塞病故。

1841年1月7日，雨果再次参加竞选。巴尔扎克也提出了加入学院的申请，他看雨果参加竞选，就主动撤销申请，他希望雨果这次能够成功。奥尔良公爵夫妇也在关注雨果的竞选。

雨果的演讲获得成功，他以超越政治和文学的角度，提出了具有启蒙性质的毫无离经叛道之意的纲领，因为他清楚反叛者是无法进入学院的。此次竞选，雨果得到了大多数的选票，竞选成功！

雨果终于当上了法兰西学院院士。从此，他踏上了政坛，他要用法律和教育改变人的精神状态，改变社会风尚。他开始了新的生活和新的追求。

七、创作进入低潮（1840—1847）

1840 年以后，雨果的创作进入低潮。

雨果在思想深处同情人民的苦难，但他对"七月王朝"还存在幻想。他错误地认为"七月王朝"的统治是不可避免的，转而同它妥协，希望寻找资产阶级民主政体与君主政体相结合的政治制度，因此，他在演说中表示拥护君主立宪政体。

1842 年，雨果的朋友和保护人、王位的继承人奥尔良公爵因车祸身亡。雨果非常痛苦，一时对自己的政治走向感到了迷茫。

1843 年，雨果写的剧本《城堡里的伯爵》首演时被观众喝倒彩，遭到了失败，这使他想创立一种既雄心勃勃又平民化的戏剧风格的愿望破灭了。这一年，他的大女儿与女婿在塞纳河不幸溺水身亡。远在他乡的雨果 5 天后才在报纸上看到消息。

这是雨果生命中一段悲伤绝望的时期。

1.《城堡里的伯爵》演出失败

从 1838 年开始，雨果每个夏天都与朱丽特来莱茵河度假。每次旅行，他的旅游日记上都写满了札记。他把这些本子寄给阿黛尔，让妻子保留好。这些零散的作品在 1842 年被收入《莱茵河游记》并出版。

《莱茵河游记》记载着莱茵河的传说，莱茵河的现状，还有雨过对莱茵河历史的追述和思考。莱茵河属于法国，也属于德国，在德法边境等问题上，雨果似乎在寻找身为作家、法兰西院士要切入的公共事物的办法，以便在国家和社会问题上发表一些政论。

此时，莱茵河的遗迹让他浮想联翩，特别是河边上的古城堡遗址。他站在古城堡上，一个传奇人物在他的脑中复活了。他创作了《城堡里的伯爵》。

雨果将剧本交给了法兰西剧院，这时的浪漫主义戏剧已经不占主流了。1843 年 3 月 7 日，《城堡里的伯爵》首演并不成功。雨果自认为杰出的剧本，却缺少了旺盛的斗志和民主的精神。尽管剧本语言优美、人物形象高大，但台词冗长、情节离奇和人物怪诞，导致演出时场内嘘声四起，演出失败。

演出后的第二天，雨果在吃早餐的时候，看到报纸上有一幅漫画，画中的自己面容阴郁，下面还配有一首诗：

诗人抬头望望天，

愁眉苦脸把话言：

"为什么星星有光尾，

而我那《城堡里的伯爵》光秃又有黯然？"

（见［苏］穆拉维约娃著，冀刚译，《雨果》，上海译文出版社，1990 年版，194 页）

雨果发誓不再写剧本了。这一天成了浪漫主义戏剧的衰败日，标志着浪漫主义戏剧退出了历史舞台。

2. 痛失爱女

雨果心情很沉重，他决定去西班牙旅行，边境小城巴荣纳和那个童年时代的女孩一直藏在他心中的一个角落。7月,他和朱丽特来到了这个1811年他曾住过的房子跟前,可是一切都变了,那个女孩没有出现。诗人久久地站立,童年的往事奔涌而来,他感觉妈妈就在自己的身边,有妈妈的日子是幸福的。9月上旬,雨果和朱丽特游历了大半个西班牙的名川和村庄。9月9日,他们来到了罗什福尔,在一家咖啡馆,雨果看到了一张《世纪报》,一个标题震慑住了他:"名诗人之女遇难"。

9月4日,雨果的长女列奥波尔迪娜和丈夫沙尔乘一条小帆船出海游玩,突然海上刮起了大风,海浪凶猛。小船进水了,接着就被海浪打翻了。列奥波尔迪娜不会游泳,她抓住船舷昏了过去。沙尔赶来救他,却怎样也拉不开她的手。沙尔耗尽了体力,也无济于事。沙尔放弃了生还的机会,他抱着妻子,两个人一起沉入了海底。

雨果几乎疯了一样,他强忍悲痛,写信安慰妻子,让妻子挺住。12日,他返回了巴黎。

皇家广场的雨果家正在办丧事。阿黛尔哭干了眼泪,目光呆滞地抚摸着女儿的一绺头发,雨果伤心地坐着,仿佛老了10岁。富歇心疼女儿阿黛尔,看着外孙女的画像,面如死灰。全家上下沉浸在悲伤之中。

女儿和女婿于1843年2月15日在教堂举行婚礼,当时雨果在女儿的新婚纪念册上写了一首诗,赠给女儿,字里行间流露出一种说不出的伤感情绪:

　　他爱你,要爱他,和他共享温柔。
　　别了!我的宝贝!现在新娘出嫁。
　　孩子,我祝福你,从我家到他家,

你把烦恼留下，请把幸福带走！

（见程曾厚译，《雨果诗选》，人民文学出版社，2000年版，322页）

仅仅半年的时间，新婚的女儿和女婿竟双双离世。

这对恩爱的夫妻，被合葬在教堂附近的公墓里。

爱女的亡故让雨果受到了极大的刺激，他的身体有一种被掏空的感觉，他经常到女儿的墓地里去悼念。

9月4日成了雨果心中永远的忌日，每到这一天，雨果都会写诗怀念自己的女儿，这是其中的一首：

> 我仿佛觉得一切都只是一场噩梦，
> 仿佛女儿不可能这样离开我父亲，
> 我听到她在隔壁房间里笑语频频，
> 总而言之，她似乎不可能离开我们，
> 我马上会看到她进来，打开这扇门！
> "安静些！她在说话！"我多次说得伤心；
> "你听！这是她的手转动钥匙的声音！
> 请等一下！她来了！请让我独自静听！
> 她就在屋里什么地方，这可以肯定！"

（见程曾厚译，《雨果诗选》，人民文学出版社，2000年版323-324页）

女儿的意外离世，让雨果内心深深自责，因为当时他正与情人在国外旅行呢。他对上帝说："我灵魂的困扰总是如此强烈，我的心顺服，却不肯无动于衷。"无动于衷，意味着逆来顺受、听天由命、默默承受。雨果悲伤地向上帝诉说，悲伤覆盖了他的全部生活，他的白昼如同黑夜一般漆黑。

日子一天天地过去，雨果的生活也渐渐恢复了常态，况且他还担任着法兰西学院执行主席的职务。他要在学院的典礼上发表演讲，要对参选学院的人进行评价，还要对新入选的院士致贺词。

雨果有着超凡的判断力，他对巴尔扎克、大仲马和维尼都非常看好，希望他们都能入选院士，尽管他们都与雨果有过冲突。雨果的豁达还表现在对圣佩韦入选院士的态度上，在开幕词中，雨果充分肯定了圣佩韦的功绩和才华。这令圣佩韦感激不尽，两个人的关系又有了接续。

国王路易·菲利普知道民众对自己的评价，他千方百计地讨好雨果，向雨果谈论自己的志向和愿望，希望雨果通过报纸等宣传渠道为他正名。在1845年，法国国王路易·菲利普颁布诏书授予雨果"法兰西贵族"的称号和法国贵族子爵爵位。

法兰西学院的院士是身穿绿色礼服的，法兰西贵族院议员是身穿黄色朝服的。雨果身上又增加了高级贵族议员的职责，他没有时间写作了。报纸上出现了许多的讽刺诗和漫画，嘲讽雨果：维克多·雨果死了，他的才华已经干涸。雨果子爵万岁！

1841年至1848年间，雨果的政治活动多了，创作中的斗争热情减弱了。当上法兰西学院院士、贵族子爵和贵族院议员后，他常常出席各种会议、参加各种晚宴，还要去看杜伊勒里宫的演出。在外人看来，他过起了豪华显贵的生活，其实他的内心矛盾重重，他的政治观点始终在君主立宪制和共和制之间徘徊。

1847年6月14日，雨果在贵族院发表演讲，为移居国外的政治侨民和被放逐的波拿巴王室辩护，支持他们回国的申请。他指出现在的危险不是来自这些亲王,而是众多的劳动阶级。他向政府敲起了警钟,不能让人民受苦受难!不能让人民挨饿!危险在这里!

雨果在文坛上沉默了,他将近十年没有发表文学作品。

八、走向共和(1848—1851)

1. 二月革命,建立法兰西第二共和国

路易·菲利普执政的18年里,国家的政体被金融资本家和贵族控制,人民仍生活在贫困之中。国内改革的呼声一阵强过一阵,自由党人和共和党人要求改革选举制度,革命的进步力量正在积蓄,一些进步的团体正在加紧行动,巴黎的革命势必到来。

1848年2月22日,法国爆发了二月革命,它震撼了整个欧洲。二月革命爆发的直接原因是:巴黎民众要举行庆祝乔治·华盛顿生日的活动,不料政府却出面禁止,这成了革命的导火索。

22日中午,工人和学生冒雨走上街头,高喊着"打倒基佐!打倒拉菲特王朝!"冲向首相基佐住宅。23日,起义群众同政府军进行激战,工人阶级拿起了武器,成为革命队伍中的主力军。他们高唱着《马赛曲》,构筑了2000个街垒,夺取了所有的兵营和武器库。各行各业的人们都参与到起义的队伍中来,街上挤满了人,"公民们,拿起武器!"的声音响彻上空。国民卫队奉命恢复秩序,他们反而投向革命的群众队伍。

路易·菲利普感到局势严重,下令把基佐免职,授命莫尔伯爵组阁,以内阁交替转移起义者视线作为缓兵之计,以保全王位。

雨果和激昂的人们走在街头、走向市政厅大楼。子弹呼啸着，队伍全然不惧，人民占领了政府。路易·菲利普吓得从王宫的地道逃出巴黎。人民焚烧了国王宝座，推翻了"七月王朝"，二月革命胜利了。

第二天，2月25日，雨果又来到市政厅大楼，新的临时政府在开会，政府首脑是著名的诗人、雨果的老朋友拉马丁。临时政府宣布成立共和国，即法兰西第二共和国。雨果被选为国民立宪会议代表。

雨果对这个职位感到很自豪。他承认共和国，愿意为共和国服务，他希望这是一个各阶级和平共处的共和国，是按照民主原则建立、维护自由、反对篡权和暴力、允许每个人自由发展的文明的共和国。由于雨果没有参加任何党派，他的言论在议会上没有多大的影响力。

2. 六月起义——无产阶级与资产阶级的第一次战斗

巴黎工人骚动起来。

二月革命后，法国建立了由共和派资产阶级掌权的法兰西第二共和国，其政府的主要成员均为资产阶级共和派右翼，这个资产阶级政府在竭力取消无产阶级在革命中取得的民主权利和自由。

1848年5月15日，20万人的游行队伍涌向正在举行会议的波旁宫。工人领袖拉斯佩尔、布朗基和巴贝斯登上讲台发表演讲，他们要求采取重大改革措施：向百万富翁资产者征税！救济失业者！对政府实行监督！支援欧洲各国起义的人民！

右派和温和派极为愤怒和惊恐，共和政府调动了军队阻止游行

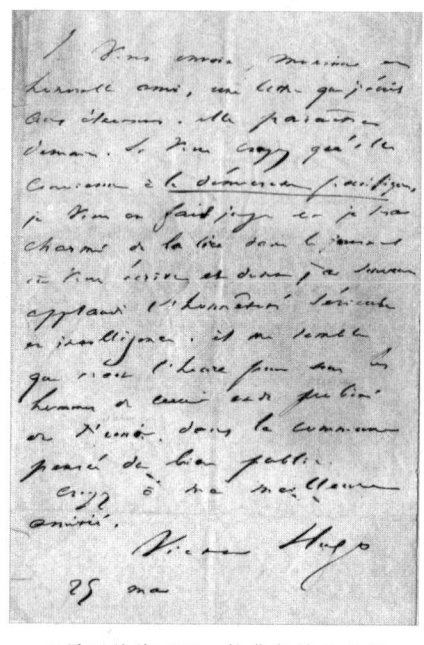

雨果写给德西雷·拉弗丹特的手书

队伍。几个小时后，巴贝斯和拉斯佩尔被捕，过了两天，布朗基也被捕。爱好和平的共和国，把枪口对准了那些曾在街垒里共同战斗的人们。革命俱乐部被查封，群众集会遭到禁止，政府还准备关闭革命后为安置失业者而成立的"国民工场"，国民议会的代表之间发生了争执，但大多数人都一致主张关闭工厂。因为"国民工场"当初设立的目的是为失业者提供工作、保障其最低限度收入的。

雨果非常着急，1848年5月25日，雨果写给德西雷·拉弗丹特（当时担任"和平报"的一名记者）的信中说："主席先生，我现在寄一封选民信给你，希望它将于明天出版。如果你认为它适合'和平民主'，我会很高兴在你所写的报纸上读到它，我经常为它的严肃和明智的诚实而喝彩。在我看来，是时候让我们这些有良心和正直的人团结在公共利益的共同思想中了。"

6月20日，雨果发表讲话，认为共和国面临危险，工人生活贫困，整个法国处在灾难的边缘。他向思想家、民主派、社会主义者呼吁，敦请政治家关心民众，使各阶级和睦相处。

6月21日，法国资产阶级政府执行委员会下令取消国民工场，命令15～25岁的未婚青年男工一律编入军队，其余工人被派往外地作苦力。这激起工人群众的强烈不满,成为六月起义的导火索。

6月23日,巴黎街头遍布街垒,红旗在街垒上方飘扬,一场民众起义即将爆发。

国民议会中有503人赞成对起义采取镇压手段,有34人反对,雨果是反对者之一。雨果坚决反对共和国对民众开枪,反对自相残杀。雨果和共和国的几位代表同街垒起义的战士谈判,劝说起义者们放下武器。然而这一切都是徒劳的。

6月24日,起义爆发了。共和国议会授权卡芬雅克将军集合大批政府军,用重型大炮对起义的工人队伍实施了残酷轰炸,于起义工人数量6倍的政府军队和特别行动队镇压了这次起义。

巴黎城实施戒严,警察枪杀起义者。政府军搜捕了25000人,其中有3500人未经审讯即被流放。

六月起义最终被镇压下去了,资产阶级共和国的虚伪本质也暴露出来了。

雨果目睹了共和主义的英雄们同人民群众一起坚持4天4夜巷战的场面。他挺身而出为那些失败的起义者仗义执言,他要保护那些将被牢门吞噬的人们。在他的营救下,有些人未被处死或流放。

这次革命风暴把自由资产阶级和小资产阶级激进派吓坏了,他们急剧地向右转,哲学界和文学界又出现了一批替资产阶级辩护的辩护士。在这紧要的关头,雨果大义凛然,坚决地站在广大工人群众一边,英勇地捍卫法兰西共和国,成了一个坚定的共和主义者。

1848年8月1日,雨果在国民议会上发表长篇讲话,反对卡芬雅克逮捕作家,维护出版自由。这一天,雨果创办的《时事报》创刊号出版。报纸的题词是:憎恨无法无天,深切热爱民众。这份报纸表达了他的思想和政治观点。

9月2日，雨果发言反对政府发布特别戒严令，指责卡芬雅克借机在国内建立军事独裁统治。9月15日，雨果在一篇讲话中要求取消死刑。雨果在努力地捍卫他理想中的那个法兰西共和国。

3. 路易·拿破仑·波拿巴上台

共和国总统选举在即，人们都在关注这个事情，雨果也在关注这件大事情。雨果知道，无论卡芬雅克和拉马丁谁上台，都会有负众望，他要找一个有民主观点，还要在全国享有威望的人来抗衡卡芬雅克这个刽子手的当选。

路易·拿破仑·波拿巴是拿破仑一世的侄子，第一帝国崩溃后长期流亡国外，1848年二月革命后回国。1848年5月，他和雨果同时进入国民议会。

雨果初次与路易·拿破仑·波拿巴见面是在一次外交宴会上，有人向雨果介绍一个中等身材、举止文雅的中年人。这人面色苍白，脸庞消瘦，高颧骨，鼻子又大又长，窄窄的额头上，总挂着一绺头发。他不爱说话，说话时也不看对方。雨果感觉他缺乏自信。

1848年10月末，路易·拿破仑·波拿巴已经被提名为总统候选人。他来到奥维涅钟楼街雨果的新居，对雨果说："人家说我想步拿破仑的后尘！功名心重的人可以把这两个人奉为楷模，一个是拿破仑，一个是华盛顿。现在我们是共和国，我算不上伟人，不会去效仿拿破仑，但我是个正人君子，我要把华盛顿奉为楷模。"最后，他态度端正地强调说："我是一个追求自由民主的人。"正是这句话深深地打动了雨果，他对来访者产生了信任。

这次会晤之后，《时事报》开始对路易·拿破仑·波拿巴进行竞选宣传。10月28日,《时事报》刊载了一篇重要的文章,对竞选总统的三个人进行评价。对卡芬雅克先生的评价是:人们怕他;对拉马丁先生的评价是:人们爱他;而对路易·拿破仑·波拿巴的评价是:人们期待他。

雨果在国民议会里为路易·拿破仑·波拿巴当选总统积极奔走并进行宣讲。在总统选举中,路易·拿破仑·波拿巴得了550万票,卡芬雅克得了150万票,而拉马丁只得了1.794万票。结果,路易·拿破仑·波拿巴顺利当选。

1848年12月20日,路易·拿破仑·波拿巴就任共和国总统,他向国民议会制定的共和国宪法宣誓就职。

4. 决裂

雨果经历了1848年的二月革命,5月15日人民的大游行,六月起义以及共和国总统的竞选。现在他置身在国民会议中,感到一股逼人的凉气。那些王朝时期的当权者现在又成了共和国国民议会的头目。王位没有了,但议会的席位上坐着御前大臣,还有贵族院议员、将军、金融家。革命并没有把那些保王派、奥尔良派、教会教徒等势力消灭,他们正在把法国推向深渊。

工人阶级领袖人物拉斯佩尔、布朗基等人在5月15日事变和六月街垒战之后被投入监狱或被流放。雨果看着这一切,在日记中写下这样一句话:"二月革命的主张一个个都成了问题,失望的1849年同1848年背道而驰了。"

1849年,路易·拿破仑·波拿巴欲派兵进攻罗马,推翻新成立的意大利共和国,恢复罗马教皇职权。共和国的法国成了革命的掘墓人，雨果不满他的这种行为，成为他的反对派。

1849年5月，立法议会议员选举，雨果当选为议员。大多的席位被反动分子占据，左派的席位也有增加。在议会里，议员们对路易·拿破仑·波拿巴应罗马教皇之请派兵罗马镇压革命感到忧虑。6月11日，共和派左翼赖德律·罗伦对总统和部长提出弹劾，认为进犯罗马共和国严重违反了共和国的宪法，可以说也是对法兰西共和国的进犯。雨果及左派议员支持这一弹劾案，但由于反动议员人数居多，此提议被他们轻易地否决了。

第二天，巴黎举行了3万人的示威游行，他们高喊着"宪法万岁"的口号，抗议法国军队出征罗马。政府军队再次将枪口对准了游行队伍。雨果震惊了，这是用暴力对待正义，是对法律的践踏，是没有人权的社会。

这次游行示威是由左派议员发起的，因脱离了人民，没有成为群众运动。巴黎再度宣布戒严，参加游行的国民卫队成员被遣散，一些议员和工人联合会会员被逮捕，赖德律·罗伦移居国外。在议会里，左派的发言常常被打断，雨果觉得自己不能再沉默下去了，他要发声，为了那些苦难的人们。

1849年7月9日，雨果把自己亲眼看到的贫民窟现状在议会上披露。他说："贫困是社会的一种可怕的病症，是完全可以消灭的。"他谈到了一位饿死的作家，谈到了居住在臭水坑边的破房子里的贫民，他还谈到在霍乱流行期间一位母亲带着4个孩子在垃圾堆上找吃的，他痛斥掌权者："人民在受苦，那是因为你们一点办法也不想。"

1849年8月21日，世界和平大会在巴黎召开，雨果被选为大会主席。雨果在开幕式上做了发言，他呼吁不要处决某些人，如美国的废奴主义者约翰·布朗，他呼吁赦免政治犯。他在为被压迫的人们辩护，各国记者们在记录着："总有一天枪炮会成为博物馆里的陈列品……"但是政治家反对和平，这用数据可以证明。"诸位先生，欧洲的和平局面已经持续了32年了，但这些年间，有1280亿法郎花在和平时期的备战开支上……""请把这用于备战的1280亿法郎花在和平事业上吧！花在劳动、教育、工业、商业、水运、农业、科学和艺术事业上……一定会使世界面貌大为改观……到那时，贫困一定会销声匿迹！"

他号召世界各国团结起来，"互相伸出友好的手，交换物产、商务、实业、艺术与天才，打扫干净地球"。

和平大会开过了，但仍看不到和平的局面。

国民议会还在辩论出兵罗马的问题，雨果要求尽快从意大利撤军。

1850年，由国民议会多数派指定的委员会制定了关于取消普遍选举法的法律草案，并于5月31日在国民议会通过。这项免去了400万工人和知识分子的选举权的法律，附和着贵族的利益，雨果和少数人投票反对，但无济于事。

雨果仍在孤军奋战，他反对路易·拿破仑·波拿巴修改宪法并延长总统任期的草案，反对流放政治犯的法案。他主办的报纸也在不断地谴责总统，抨击总统身边的顾问和议员。雨果的两个儿子因刊登反对死刑和反对取消避难权的文章被政府逮捕，分别被监禁6个月和9个月。

群众的疾风暴雨式的起义斗争教育了雨果，国民议会里的各种政治嘴脸让雨果在政治上经历了人生的一个重要阶段，他转变了思想，从自由主义、君主立宪的立场转向民主主义的左派立场、共和主义的立场上，他与路易·拿破仑·波拿巴关系也走到了破裂的边缘。

5. 路易·拿破仑·波拿巴恢复帝国，政变夺权

1851年12月2日早上8点，国民议会议员维尔西尼神色慌张地来到雨果家。他带来了一条消息：路易·拿破仑·波拿巴及其同谋要恢复帝制，已经发动政变夺取政权了。昨天晚上总统的部队占领了国民议会，抓走了许多议员、将军和部长。巴黎的墙上到处贴着宣布武装政变的传单和布告，路易·拿破仑·波拿巴宣布解散国民议会和参议院，建立法兰西第二帝国，自称拿破仑三世。维尔西尼通知雨果，国民议会中的左翼议员决定开会，请雨果参加。雨果连忙穿上外衣走出家门，赶赴会议地点：布朗什街70号。

雨果和共和派左翼演说家米歇尔·德·布尔日、博丹等人开始研究对策，大家一致决定组织人们游行或拿起武器抵抗政变。雨果义无反顾地参加了共和党人组织的反政变起义。

雨果等人刚走上街头，就看见几辆炮车开过来了，街上空荡荡的，已经响起了枪声。雨果在和同事们见面时，得到确切消息，有220名议员被捕。因雨果没有在院里，侥幸未被抓捕。

雨果起草了一份告国民书，在中午的时候贴在了街头：

告国民书

维护宪法要依靠法国公民的爱国主义精神，

路易·拿破仑·波拿巴上台是非法的，

取消特别戒严，

恢复普遍选举权，

共和国万岁！拿起武器！

——议员雨果

政府也在城中贴出了通告：

武装部长根据特别戒严法，特决定：
凡佩带武器，于建造或固守街垒时被捕获者，格杀勿论。

雨果还在忙碌着。圣马丁和圣德尼大街上正在修筑街垒，起义者已经筹集了一些枪支，作家、学生都在准备战斗。巴黎市中心和各条马路上都布满了街垒，一片寂静。政府军的大屠杀开始了，军队的枪口不仅指向街垒，还对手无寸铁的人们疯狂扫射。在血腥的混战中，雨果和大家一起战斗，他的外套被子弹打了3个窟窿。由于政府军的炮火强烈，自由党人和平民的抵抗被残酷地镇压下去了。

12月4日这一天，许多在街垒里战斗的人牺牲了。有320名被俘的起义者在午夜被集体枪杀，无一幸免。接下来疯狂的大搜捕开始了。

爱丽舍宫（总统府）的机关报登载通缉雨果的消息，说"维克多·雨果先生号召人们掠夺、杀人"。

12月10日晨，抵抗委员会收到了大仲马写来的一封信：

"当局对扣押或击毙雨果的人，奖以25800法郎，你们若知道他在哪里，告诉他千万不要外出。"

雨果的家被搜查多次，巴黎街道戒备森严，政府军正昼夜搜寻雨果。

雨果在朋友的家中躲过了这场大劫难。后来，朱丽特用朋友的身份为雨果办理了去比利时的护照。12月11日,雨果乔装改扮后拿着护照和一张去布鲁塞尔的火车票离开了巴黎,从此开始了漫长而又艰苦的流亡生涯。

九、流亡生涯,创作高峰期(1851—1870)

1. 布鲁塞尔

雨果来到了布鲁塞尔,在一家简陋的客栈里住下。房间里有一张书桌、一张窄窄的铁床、两把桔梗编的椅子。他给妻子阿黛尔写信,告知自己的居住地和化名。

妻子见信后,悬着的心终于放下了,她告诉雨果,家中一切都好,全家人都支持雨果的正义之举。

雨果坐在书桌前,他双眉紧锁,目光如炬,嘴唇紧闭,憎恨、坚定、凝思的神情全部呈现在他的脸上。他奋笔疾书,每天写作10—12个小时,写下了法国十二月政变的全部经过,对独裁者大张挞伐。这就是著名的《一桩罪行的始末》的初稿。

朱丽特在12月14日来到了布鲁塞尔,带来了雨果的全部手稿。她住在离雨果的住处不远处,默默地支持着他。雨果的大儿子查理在监禁期满后也来到雨果的身边,一些流亡者也陆续来到比利时。大仲马也经常来比利时,他带来了法国最新的动向。阿黛尔通过信件把巴黎的情况及时汇报给丈夫。她告诉丈夫,有一些忠诚的朋友经常来看自己,打听雨果的情况。他们对雨果的政治觉悟和英雄胆略大加赞叹,自己也为丈夫的见解和反抗感到自豪。雨果感到无比欣慰，有人民的支持，他将一往无前。

《一桩罪行的始末》因篇幅太大，没有出版商肯出版。雨果就开始写小册子《小拿破仑》。在这本书中，他揭露路易·拿破仑·波拿巴和他的走狗们对法国人民犯下的罪行，他号召人们抗争，进行革命的反击。

7月25日,《小拿破仑》一书在英国伦敦开始印刷,8月开始发行。消息传出，路易·拿破仑·波拿巴致函比利时国王，对比利时政府收留法国政府的敌人表示不满。比利时政府通知雨果，要求他在三个月内离开布鲁塞尔。

雨果决定迁居泽西岛。泽西岛是英吉利海峡群岛中最南端的最大的一个岛屿，是英国的保护地。

7月31日，天下着大雨，雨果带着儿子查理登上了驶往伦敦的船，布鲁塞尔的朋友们为他送行。所有的流亡者都来了，岸上站满了人，大仲马也在人群中。人们高呼："维克多·雨果万岁！"雨果的脸上满是泪水，他喊了一声："共和国万岁！"人群爆发出一片欢呼声！船驶出港口很远，人们还在雨中挥手。

2. 泽西岛

1852年8月初，阿黛尔变卖了家产，带着女儿小阿黛尔和奥古斯特·瓦凯里（长女丈夫的哥哥）来到了泽西岛。两天后,8月5日，雨果和大儿子查理也到了。最后小儿子弗朗索瓦也到来了，一家人终于团聚了。

他们一家在海边租了一个白色的房子。阳台对着大海，院子里有花园和菜园。女儿小阿黛尔每天弹钢琴，写日记；大儿子查理写小说；小儿子弗朗索瓦研究泽西岛史，翻译莎士比亚作品；雨果夫人阿黛尔开始写丈夫的经历。

朱丽特也来到了泽西岛，雨果为她找了一座独家小院。

人们经常看到雨果在海边漫步、沉思。这个秋天，他写了大量的充满号召力的豪放诗歌，如《这时黑夜》《皇袍》《四月晚上的回忆》等。在诗中，他痛斥法兰西的刽子手、出卖灵魂的功利的卑鄙小丑，痛斥带着皇冠的篡位者路易·拿破仑·波拿巴。他把这些诗歌收入到《惩罚集》中。

《惩罚集》是雨果著名的政治讽刺诗集，是雨果诗歌创作的最重大的成就。诗人运用了现实主义和浪漫主义紧密结合的创作手法，将崇高激情和英雄气概融入嘲讽中，使诗歌释放出一种排山倒海的气势。诗集的每章配有拿破仑三世的一则施政纲领条文，并加以讽刺，揭露和抨击拿破仑三世的独裁统治。

1853年11月，《惩罚集》在布鲁塞尔和伦敦同时出版。

1853年时的雨果

泽西岛上有很多的流亡者，他们的生活过得很艰辛。雨果便将自己的稿费拿出来接济大家。他还组织成立了户主储金会，希望流亡者能团结起来。实际上，这些流亡者不都是共和主义者，成分很杂，甚至还有路易·拿破仑·波拿巴的探子。

1852年，法国政府曾宣布：对于流亡者，只要他们保证不采取任何行动反对国家当选人，便允许回国，不予追究。雨果不为政府所诱惑，他坚决不求和，他写下了《最后的话》："如果只剩下一个人，我就是那最后一个！"表达了自己同拿破仑三世斗争到底的决心。

雨果关心所有贫苦人民的生存状态，他的人道主义思想遍布他所能关注到的地方。

1854年2月11日，雨果发表了一封致英国政治家帕麦斯顿勋爵的公开信，对盖纳西岛上的一桩死刑案提出抗议，获得了许多国家报纸舆论的支持。

1854年的9月27日和11月29日，雨果两次就克里米亚战争问题发表讲话。他呼吁不要战争，反对法国与英国卷入克里米亚战争，让欧洲属于各国人民。

雨果的频频发声，让英国议会大为不安。

1855年4月，雨果与这些人的冲突更加尖锐。拿破仑三世来英国访问，在国境线的墙上有这样的标语："你来此有何贵干？……你打算来糟蹋谁，是英国的百姓还是法国的流亡者？"1855年10月，维多利亚女王回访法国，在流亡者办的《人报》上有这样一封公开信："为了爱上这位盟友，您牺牲了一切……"泽西岛上的当权者下令将报纸编辑人员和撰稿者驱逐出境，雨果在最后一期的《人报》上发表了公开信，对专制暴君的做法表示抗议。

1855年10月27日，警察送来了一份通知，并告知雨果：

奉行政长官之命，您不得继续在本岛逗留，限11月4日前离境。

10月31日，雨果带着小儿子离开了泽西岛，前往英属地盖纳西岛。随后,阿黛尔与家人带着雨果的手稿赶赴盖纳西岛。

3. 盖纳西岛

盖纳西岛自古以来就是流放地。雨果乘坐的船刚到岸,就看到港口码头上站满了欢迎的人群。天下着雨,雨果心情激动,眼含泪水。他穿过人群时,人们向这位流亡作家脱帽致敬。

雨果一家租了一幢三层楼的木房子,房子是建在悬崖上的。下面是港口,各色的国旗飘扬,船桅林立。在这里极目远眺,茫茫大海,英吉利海峡群岛隐约可见。雨果在这里一直住到1870年,其间,他写下了大量的杰出的作品。

雨果写下了许多诗歌作品。

1856年4月,《静观集》出版了。《静观集》是一部抒情诗集,有爱情诗、哲理诗、田园诗等,分为两卷,上卷收入了雨果1831—1843年间的一些诗作,下卷收入了1843—1856年间的作品。诗中有对美好童年、爱情的咏叹,有对失去爱女的悲痛心情的抒发,有对时局的认识和对事物发展过程的沉思,这是雨果抒情诗的高峰。

诗集一问世,很快售罄,受到了广大读者的热烈欢迎。《静观集》给雨果带来了声誉,也给雨果带来了巨大的经济收益。雨果购买了租住的房子,并对房子进行了全面的改造,这座房子被取名为"高城居"(也被译成"上城别墅")。雨果准备在这里接待巴黎来的友人,想和远方的朋友们近距离地交谈。

《静观集》成功了,朋友们纷纷给雨果来信表示祝贺,这里有大仲马、乔治·桑等朋友。"高城居"还成了作家、历史学家、政治家们来信讨论、通报最新动态,介绍自己作品的地方。他们寄来了自己的新著，征求雨果的意见，这里有历史学家米士勒（也译成米什莱）的巨作《论宗教战争》、拉马丁的《文学教程》、福楼拜的《包法利夫人》、彼德莱尔的《恶之花》。雨果在这里和大家探讨着真理与道德、文学与艺术。

雨果又开始了史诗《历代传说》的写作。《历代传说》共分三卷，它是一部宏伟的史诗巨著，它在雨果的诗歌创作中占有特别重要的地位，也是法国文学史上重要的史诗作品。雨果以圣经故事、古代神话和民间传说为题材，阐明人类从黑暗走向光明的哲学观点。第一卷写于 1857—1859 年，于 1859 年 9 月发表。第二卷和第三卷分别在 1877 年、1883 年出版。

1865 年，诗集《街头与森林之歌》出版了。

雨果的小说作品也在不断问世。

1862 年出版了《悲惨世界》第一卷，该书批判了当时社会的政治经济以及违背人道的法律制度，揭露了司法机关的黑暗和腐败。

1866 年出版的《海上劳工》，描写了一个具有英雄气概的劳动者同大自然进行惊心动魄的斗争的故事。

1869 年出版的《笑面人》，表现了 17 世纪末 18 世纪初英国宫廷内部的斗争和尖锐的社会矛盾。

雨果在 1864 年还出版了文艺批评专著《莎士比亚论》。

这期间，雨果的创作在思想和艺术方面取得了更高的成就，他深刻地认识到作家的神圣职责是为人民大众服务。

4. 流亡者的人道主义情怀

1859 年 5 月，雨果夫人阿黛尔带着女儿，由大儿子查理陪同前往伦敦治病，顺便散散心。长期的岛上生活让女儿感到特别孤独，阿黛尔也患上了神经痛和风湿病。雨果明白，家人因为自己不得不远离巴黎，来到这孤岛上度日，他们应该有自己的生活。自己也思念故土，但自己不能回去，不能向暴君低头。后来，阿黛尔和女儿大部分时间居住在巴黎，查理定居在布鲁塞尔街垒大街。阿黛尔轮流在女儿和儿子处居住。

1859年，拿破仑三世下令大赦流亡的共和主义者，包括维克多·雨果。不少共和党人回国了，但雨果拒绝返回法国。他对拿破仑三世政变的性质越来越清楚，他憎恨专制、暴虐的行为，他决不向暴君妥协，要将流亡进行到底。

雨果在1859年8月18日的伦敦和布鲁塞尔的报纸上刊登了声明，拒绝返回法国和承认帝国：

> 此事虽与我有关，但任何人皆无法指望我对所谓的大赦予以最起码的重视。
>
> 鉴于法国当前的局势，我的责任就是无条件地、不屈不挠地、永不停息地进行抗议。
>
> 我忠于对良知所承担的义务，我将坚持到底与自由一起流亡。自由返国之日，即是我的返国之时。
>
> 维克多·雨果

（见［苏］穆拉维约娃著，冀刚译，《雨果》，上海译文出版社，1990年版，284-285页）

雨果这位共和主义战士胸怀世界，决心同所有的黑暗势力做斗争。1859年12月2日，他在报纸上发表了对美国政府司法当局的呼吁书，抗议美国司法当局对约翰·勃朗案的判决。

约翰·勃朗是美国东部的普通农场主，其父为废奴主义者，勃朗从小受反奴隶制思想的熏陶，决心解放黑人奴隶。1856年，他曾参加堪萨斯州反奴隶主的武装斗争。1859年10月16日夜晚，59岁的勃朗率领一些勇士起义，逮捕一些种植园主，解放了许多奴隶，迅速占领政府的军火库。次日黎明，他们与围剿的政府军展开激烈的战斗，起义者大部分牺牲，他的两个儿子也战死，弹尽粮绝，他负伤被俘。12月，勃朗被判处死刑。

当雨果得知约翰·勃朗被绞死了，他在给巴黎的《喧哗报》的信中写道："约翰·勃朗扯去了帷幕，使人们看到美国问题也同欧洲问题一样骇人听闻。"表达了一位共和主义战士与所有的黑暗势力做斗争的决心。

1863年，拿破仑三世出兵墨西哥，计划消灭共和国，扶持傀儡当权，奴役墨西哥人民。雨果的信刊登在墨西哥普伟布拉的报纸上："同你们打仗的不是法国，而是帝国。我支持你们。我们都反对帝国……厮杀吧，战斗吧，坚持到底……我坚信，帝国的可耻企图不会得逞。"墨西哥人民英勇作战，赶走了外来侵略者，恢复了共和国。

在流放生活中，雨果的社会政治活动远远超出国境，他与全世界的人民同呼吸、共命运，他是世界上一切被压迫、被奴役人民的朋友。

1860年，英法联军侵入中国，强占北京，抢劫财宝，焚烧圆明园。雨果对这种强盗行为极为愤慨，他于1861年11月25日写信给英法联军的上尉巴特勒，称英法联军是"两个强盗的结伙打劫"，他愤怒地谴责了英法联军的强盗行径。

1863年，雨果发表宣言支持波兰人民反对沙皇俄国统治的起义斗争。

　　1867年11月24日，雨果向捍卫自由的波多黎各人民表示敬意。

　　1868年，雨果祝贺西班牙建立共和国，要求西班牙还古巴自由，反对在殖民地实行奴隶制度。

　　雨果还支持意大利反抗土耳其统治的正义斗争并为意大利的革命领导人募集基金。

　　雨果以一个抵抗战士和进步军人的角色参加着民主解放运动，在他心目中，人民是一个统一的不可分割的整体，独裁压迫者永远是自己的敌人。

5.《悲惨世界》诞生

　　1860年4月26日，雨果打开了一个箱子，里面装有自己1848年以前写的书稿《苦难》，书稿叙述的是1832年巴黎六月起义期间发生的一段真实故事。这么多年过去了，他经历了那么多的重大政治事件和一次次社会动荡，对许多事情都有了新的看法和认识，他认为1832年的革命是半途而废的。他觉得有必要修改这部书稿，特别是第三部分需要大改，马吕斯必须与自己有一样的生活经历，思想上也一定要经历三个认识阶段：保王主义者、波拿巴主义者、共和主义者。

　　雨果在这部作品中融入了从拿破仑在滑铁卢的失败到反对"七月王朝"的人民起义这一阶段的历史。全书以冉·阿让的种种人生经历表现当时的社会环境，反映了当时的社会生活和政治状况，反映了时代的问题；通过描述获释犯人冉·阿让和流浪妇女芳汀的不幸生活，以及芳汀的私生女柯赛特的悲惨遭遇，揭示了当时社会底层劳动人民遭遇歧视和压迫的不公平的社会现象；通过描写共和主义者在巴黎的起义，以及马吕斯思想的转变，反映了七月王朝的金融贵族和银行家大资产阶级掌握政权后，导致社会矛盾的日益激化的状况。雨果要把人民起义作为全书的核心和高潮，通过描绘巴黎的工人、大学生和手工业者通过革命推翻波旁王朝，建立起七月王朝，又遭七月王朝血腥镇压起义这段历史，体现这个世界的悲惨。同时，雨果又给主人公冉·阿让的心灵注入了慈悲为怀、宽恕一切的思想。他借描写心灵之美，表现社会底层的悲惨现实——恐怖的地狱。他要让人们认识到，驱散黑暗的时候到了。

1861年7月30日，雨果在滑铁卢战场写完了书稿最后一部分，并把书名改为《悲惨世界》。

1862年4月3日，《悲惨世界》第一卷问世，引起读者强烈的反响，人们争相购买，整个巴黎都在谈论书中的主人公的命运。

《悲惨世界》共十卷本，陆续面世，它成为描写劳苦大众在黑暗社会里挣扎与奋斗的悲怆的史诗。

6.《莎士比亚论》

雨果的小儿子完成了莎士比亚作品法译本这一巨作。雨果为其写序，写着写着竟写成了一本书——《莎士比亚论》。

该书发表于1864年，是一部文艺批评专著，包括两篇评论文选、八篇戏剧、诗歌作品自序和《莎士比亚论》的节选。雨果认为莎士比亚是一位浪漫主义大师，他借分析莎士比亚的作品，表达自己的浪漫主义理想；借评论莎士比亚作品，阐明自己所认为的当前的某些文艺问题。他领悟着大文豪的创作情感,思索着自己的创作立场。

雨果是在1825年第一次听说莎士比亚的,当时是在兰斯参加查理十世的加冕典礼活动,他看到了《约翰王》一书,感到了这部作品的分量,进而推崇莎士比亚。莎士比亚那超凡入圣的形象也一直深藏在雨果的胸中。他在《莎士比亚》一诗中这样写道:

> 内心的眼睛是多么难以探究的神秘!
> 它在我们体内永不入眠,多有能力!
> 永恒的眼珠向善与恶凝视!
> 这不为人知的眼睛看得多么深远!
> 面对神思,一切黑暗事物的原形全部显现!

(见吕永真译,《历代传说》,译林出版社出版,2013年版,443-444页)

从《莎士比亚论》中可以看出雨果对文学创作的一些浪漫主义见解和美学趣味,他称赞莎士比亚把整个自然都斟在自己的酒杯里,

莎士比亚和他同时代的人

表现了自然中的全部对照,"莎士比亚丰富、有力、繁茂,是丰满的乳房、泡沫满溢的酒杯、盛满了的酒桶、充沛的汁液、汹涌的岩浆、成簇的萌芽、普赐生命的甘露,他的一切都以千计、以百万计,毫不吞吞吐吐,毫不牵强凑合,毫不吝啬,像创造主那样坦然自若而又挥霍无度。……莎士比亚是播种'眩晕'的人。他的每一个字都有形象;每一个字都有对照;每一个字都有白昼和黑夜。"(见郑土生主编,《莎士比亚全集(下卷)》,中国戏剧出版社,1997年版,599页)他还称赞莎士比亚探索了人类的灵魂,认同与莎士比亚同时代的英国伟大的诗人约翰·弥尔顿对莎士比亚的赞颂——"莎士比亚是最美妙的幻想之子"。

7.《海上劳工》

1865年的春天,海上的风浪特别大,雨果凝视着大海,心中的理想与严酷的现实交织在一起。当他看到海员们撑着简陋的小船出海,为了生存与海浪搏斗,于是决定写一部小说,反映他们生活的艰辛,歌颂他们心灵的纯洁和善良,写他们同大自然的惊心动魄的斗争。书名为《海上劳工》,该书于1866年出版。

《海上劳工》描写了主人公青年渔民吉里亚特深深地爱上了船主勒蒂埃利的养女戴吕施特而不得的故事。勒蒂埃利的汽船在海上遇难,勒蒂埃利和戴吕施特以运回汽船上的机器为条件,许诺将戴吕施特嫁给一个能运回机器的人。吉里亚特为此表现出了惊人的勇敢和才能,他孤身一人乘小船前往大海,忍受着饥寒和孤独,经受着惊涛骇浪,终于将沉船上的机器转移到小船上。又经受了20个小时的暴风雨,战胜了凶恶的章鱼的袭击,排除了暗礁的危险,最后把机器运回。回来后的吉里亚特发现戴吕施特爱上了青年牧师埃伯纳兹尔,便决定成全他们。他以崇高的自我牺牲精神,帮助她和心爱之人结婚,自己却淹没在涨潮的海水里。

雨果在这里颂扬了主人公吉里亚特敢于同高深莫测的海洋和千变万化的大自然进行无畏斗争的精神,讴歌了他的聪明才智和顽强毅力,赞美了他的高尚纯洁和成人之美的心灵。雨果在此塑造了一个"普罗米修斯"式的海上劳工代表,抒发了善必然战胜恶的坚定信念。

吉里亚特与章鱼搏斗

8.阿黛尔病逝

自从阿黛尔到泽西岛后,她的一只眼睛突然看不清楚东西了,经检查是视网膜出血。她还患上了心脏病,常常头痛眼花,被告知有中风的预兆。她于1862年2月21日立好了遗嘱。雨果希望她能到自己的身边,希望能合家团聚。

1863年6月的一个早晨,在盖纳西岛的"高城居"里,《雨果夫人见证录》安静地放在桌上,这是阿黛尔十年来辛苦的结晶。雨果一页一页地翻看这本记录他年轻时代的书,往事一幕一幕地浮现。现在书中的好多人都不在了,大哥阿贝尔、朋友诺地埃长眠地下了,就是健在的人也都步履蹒跚、日薄西山了。

1867年，法国将举行万国博览会，举办方要把法国最出色的东西向世界展示。法兰西剧院建议重新上演雨果的《欧那尼》，阿黛尔要出席这次《欧那尼》的重演活动。当年《欧那尼》的上演曾引发了浪漫主义戏剧与古典主义戏剧两种思想和势力的争斗，雨果担心此次上演会引发社会动乱，会招致警察局的出面，况且她的身体状况很不好，雨果和两个儿子都不同意她去参加这个活动。阿黛尔却说，自己即使死也不想放过这次机会，因为这是对自己美好青春时代的一种回忆。

在演出现场，阿黛尔神采奕奕，容光焕发地出现在贵宾席上，大仲马也端坐在大厅之上，健在的当年的老战士们都到了现场。人们看见了阿黛尔，就好像见到了雨果，一片欢腾。人们的热情超出了1830年时的盛况，《欧那尼》演出效果空前震撼。阿黛尔代表雨果接受着人们的祝贺。

万国博览会闭幕后，阿黛尔来到盖纳西岛，这是很难得的一次。她与朱丽特和好了，把她看作是自家人了。

1868年夏天将至，阿黛尔与丈夫重逢于布鲁塞尔。此时，她已经很虚弱。雨果建议她到盖纳西岛，那儿有海洋，空气好，身体会好起来。

阿黛尔与雨果和孩子们在一起

雨果希望家人在一起生活。

8月24日,她和雨果一起乘敞篷马车在布鲁塞尔游览,雨果对她温柔有加,阿黛尔很开心。

25日下午3点左右,阿黛尔突然中风,呼吸困难,全身痉挛,半身瘫痪,病情很严重。27日早上6时30分,她离开了人世。雨果心里无比难受,他合上了妻子的眼睛,按照妻子的遗愿,她将被安葬在长女的坟墓旁。

这一天,雨果身穿黑礼服,将白雏菊放在妻子的棺椁上,在医生和朋友们的陪同下,与两个儿子一路护送妻子的灵柩到法国的边境。医生和朋友继续护送阿黛尔的灵柩来到巴黎,来到女儿所在的墓地。雨果嘱咐在阿黛尔的墓碑上刻上这样一行字:

维克多·雨果之妻
阿黛尔之墓

雨果返回书斋后,只能翻看以往的诗作来抵抗内心的悲伤。

雨果曾在1834年9月为妻子阿黛尔创作了《献上百合花》一诗,如今,阿黛尔成为他心中永远盛开的那朵花:

这是她!她是美德给我的体贴温顺;
是藏在我家里的雪肤花貌的美人;
是我脚步沉重的旅途上一片树林,
能经常给我果子,能永远给我树阴;
……
她用心给我支持,她用手扶起孩子;

当我快快地自暴自弃，而不能自拔，

她才能赦我无罪，她才能给我惩罚；

……

有一朵美的鲜花，善良的香味很浓！

（见程曾厚译，《雨果诗选》，人民文学出版社，129-130 页）

9. 反对普鲁士侵略巴黎，维护新生的共和国政权

1869 年，《笑面人》出版了。作品表现了 17 世纪末至 18 世纪初英国宫廷内部的斗争和尖锐的社会矛盾。这是雨果流亡期间最富浪漫色彩的一部长篇小说。

1869 年 9 月 14 日，世界和平大会在洛桑开幕，雨果担任主席。雨果在大会上发言，他主张建立一个统一的爱好和平的欧洲国家：世界共和国。

10 月 1 日，雨果前往布鲁塞尔，他已经有了孙子和孙女。雨果的两个儿子和他们的朋友们创办了《号召报》，办报的宗旨是为共和国、为民主而奋斗！雨果非常赞赏。

路易·拿破仑·波拿巴的宝座不稳了，人民反对的声音越来越大。他为了保住自己的王位，于 1869 年秋，对流亡政治犯又一次宣布大赦。雨果十分坚定，他要抵制到底。

11 月，雨果回到了盖纳西岛。

巴黎有消息传来：1869 年 11 月，共和党人在十二月街垒战中被打死的议员包丹墓前举行了示威，事变已迫在眉睫。

12 月，雨果的大儿子查理因发表反对军国主义的文章被判处 3 个月监禁。雨果写信给儿子，肯定了他的做法。

1870年7月19日,拿破仑三世向普鲁士宣战,普法战争爆发。战争原因是西班牙的王位继承问题,这是一场非正义的战争,拿破仑三世必将走向末路。8月15日,雨果全家来到了布鲁塞尔,他密切关注着这场战争,时刻准备为祖国效力。

8月31日,雨果写下了《写在返回法兰西之前》:

此时此刻,也许连上帝都已经失败,
谁又能估计:
滚滚向前的车轮结果会转向祸害,
还是有转机?
……
当此外敌已来到国境线上的时辰,
而我的抱负,
我的抱负是:权力不要一毫和一分,
危险要全部。
……
当帝国把吕泰斯蜕变成蛾摩拉城[1],
我苦涩沮丧,
我只好展翅远飞,和茫茫大海结盟,
说不尽凄凉。
……
今天,你四周围的天地已经在坍塌,
我马上就来。

---

[1] 蛾摩拉城,《旧约·创世纪》中因腐败淫乱遭天火焚烧的城市。

（见程曾厚译，《雨果诗选》，人民文学出版社，2000年版，191-195页）

在诗中雨果表达了内心的痛苦和矛盾，他既希望拿破仑三世垮台，又为祖国的前途担忧。这首诗后来作为《惩罚集》的首篇发表。

9月1日，在色当战役中，法军战败。9月2日，拿破仑三世率8.3万官兵向普军投降。在这场战役中，法军损失10.4万人，普军只损失9000多人。

法军战败的消息传到巴黎，举国上下一片哗然。9月4日晨，巴黎爆发了群众示威游行，当天帝国崩溃，掌握金融经济的大资产阶级趁机推翻法兰西第二帝国，成立法兰西第三共和国，组成以路易·朱尔·特罗胥将军为首的"国防政府"。

普鲁士当局决心将战争继续下去，派兵向巴黎进军。从此，普鲁士的自卫战争已转变为侵略战争。

雨果要维护新生的共和国政权，他要以高昂的爱国主义热情投入到反对普鲁士侵略的斗争中去。1870年9月5日，他买了下午2点30分从布鲁塞尔去巴黎的火车票，从此结束了流亡海外19年的生活。

十、回归祖国，以笔作战的勇士（1870—1880）

此时，法国的大地正遭受着入侵者的践踏，巴黎的城市正面临着战乱的损毁。车窗外，法国的士兵在溃败、在奔逃。在一个车站，几个士兵走进车厢，雨果向他们致意："法国军队万岁！"他们低垂着头，雨果不禁痛哭失声。

祖国越来越近了，雨果的心跳也越来越加剧了。晚上十点钟，雨果走下火车。站台上挤满了人，人们欢呼"维克多·雨果万岁！"伟大的流亡者雨果站在车站大楼的阳台上激动地说：

我欲说无言，难以表达豪爽的巴黎人民给我的热烈欢迎使我如何心潮沸腾。

公民们，我说过，共和国返回之日，我也要返回。现在我回来了。

有两件大事召唤着我。第一件是共和国成立。第二件是国难当头。

我来到这里是要尽我的责任。

什么是我的责任？

这就是你们的责任，也是大家的责任。

要保卫巴黎，守住巴黎。

（见郑克鲁译，《雨果散文选》，百花文艺出版社，1995年版，195页）

马车两边全是欢迎他的人们，以致雨果乘车到达租房处弗洛绍大街走了两个小时。雨果对同行的人们说："这一个钟头可以抵偿我20年的流亡的痛苦。"

1. 凶年岁月

几天来，雨果接待了数不清的来访者，有作家、记者、将军、官员等。莱昂·甘必大是一位部长,是共和国临时政府首脑特罗胥的副手。当年他为查理出庭辩护,是一个才华出众的年轻律师。他来到了雨果的住处,想请雨果到政府就任高职,可雨果不愿意在政府担任职务,他要以自己的方式报效祖国。

普鲁士军队长驱直入,占领了法国东北部并向巴黎推进。雨果于9月9日在报纸上发表了一篇《向德国人民呼吁书》,想阻止战争的脚步。对于雨果发出的呼吁,德国报刊以谩骂来回答:"把诗人吊在高杆上。"雨果的呼吁没有起到作用,德军继续前进,巴黎的局势越来越紧张。雨果决心以普通的国民卫队成员的身份去战斗,他要和士兵们一起奔赴子弹呼啸的战场。朋友们劝他说,您的讲话要比您的作战贡献更大。雨果开始发表演说鼓舞人民斗志,号召巴黎的人民群众组织起来,拿起武器保卫祖国。雨果发表了《告法国人民书》:

> 专制主义正向自由进攻,德国正在侵犯法国。让我国大地上那仇恨的火焰把敌人大军像雪一样融化掉,让每一寸土地都牢记自己承担的责任。我们要挺身而起,为祖国投入一场严酷的战斗。前进,自由射手们!

(见[苏]穆拉维约娃著,冀刚译,《雨果》,上海译文出版社,1990年版,343页)

雨果用德语和法语印了许多警告普鲁士侵略军、鼓励人民踊跃参战的传单,给法国人民以极大的鼓舞和支持。

几天来,城市的居民纷纷拿起了武器,成立了一支50万人的志愿军,奔赴了战场。

法国的外交部部长秘密会见德国宰相俾斯麦，要向敌人求和。梯也尔代表政府与敌人秘密谈判。

敌军还是进入了法国的腹地，巴黎遭到了敌军炮火的轰击。10月2日，雨果在《致巴黎人民》中说：

> 看来，普鲁士人已经决定，法国将成为德国，而德国将成为普鲁士……
>
> 此刻，两个对手在对峙。一方是普鲁士，整个普鲁士，有90万士兵；另一方是巴黎，有40万公民……
>
> 公民们，人人去救火！……在人们的记忆中只有一个词：祖国得救。……我们不再是血肉之躯，我们是石头做成的，……我们大家都叫做法国，巴黎，城墙！

（见郑克鲁译，《雨果散文选》，百花文艺出版社，1995年版，208-212页）

保卫巴黎，保卫家园，巴黎各界人士纷纷解囊捐献，铸造大炮。雨果将《惩罚集》的新版稿费全部捐献，购买了3门大炮。人们将其中的一门命名为"维克多·雨果"。

正当法国人民准备与敌人浴血奋战的时候，传来巴曾将军率部队在梅茨投降、政府首脑特罗胥在讨好德国的消息。以特罗胥为首的资产阶级临时"国防政府"害怕武装起来的巴黎人民，他要压制人民群众的正义运动，谋求与普鲁士议和。挂着"国防"招牌的临时政府和敌人私订和约的叛卖行径激怒了工人群众。

10月30日夜，左派共和党代表团的同事赶来告诉雨果，巴黎爆发了推翻临时政府的起义。国民卫队占据了市政厅，扣押了特罗胥。可当市政厅里共和党两派正在讨论哪方担任政府首脑时，特罗胥被军中的人释放了。随即特罗胥反攻成功，布朗基等许多左派领导和共和党人或逃离隐匿或被投入监狱，政权又到了卖国政府手中。由于缺乏统一的领导以及明确的政治纲领和斗争策略，这次起义失败了。

1871年1月，巴黎由于普鲁士军队的围困和商人的囤积居奇，物价飞涨，人民难以活命，巴黎的人民在这个冬季开始忍受饥饿。

1871年1月22日，布朗基再次发动起义夺取政权，争取过来一部分国民卫队。由于没有群众的支持，这次起义又被资产阶级的反革命武装所挫败，雨果痛心疾首。

1871年1月28日，卖国政府的外交部部长儒勒·法弗在凡尔赛答应了德国宰相俾斯麦提出的所有条件，签订了停战协定。29日，双方宣布停战。由于和约条款需要国民议会批准，政府急忙筹备国民议会选举。

2月13日，雨果作为巴黎代表携全家启程前往波尔多。国民会议在波尔多召开，因为那里远离巴黎，政府害怕人民。16日，雨果以得票第二位的绝对优势被选为国民议会议员，梯也尔担任了政府首脑。

在这场史无前例的国民议会上，各派别针锋相对，无奈左派共和党人只占少数。梯也尔批准了可耻的和约条件：法国赔款50亿法郎，并割让整个阿尔萨斯省和洛林省的一部分地区。

雨果在国民议会上发表了慷慨激昂的演说，他强烈抗议梯也尔政府把法国的阿尔萨斯省和洛林省的一部分割给德国，反对不以巴黎作为首都而迁往凡尔赛的决定。

雨果抗议着，议会上的嘈杂声盖住了诗人激昂的话语。

3月3日，和约签订，普军撤出巴黎，政府宣布凡尔赛和巴黎特别戒严令。他们怕的是人民，他们把专制的拳头对准了人民。

3月8日，雨果为当选议员的意大利国籍的加里波第辩护。加里波第（1807—1882）不仅为意大利的民族独立而战，而且在普法战争中指挥志愿军军团作战，卓有战功。而今天有人提议取消加里波第的选举权竟因为他是外国国籍，雨果愤怒了。雨果说加里波第是"唯一替法国奋战并且在这一战争中不败的将军"。雨果的抗议引来反动派的捣乱和侮辱，雨果愤而辞职，宣布退出国民议会。

雨果准备与家人回巴黎。13日，车票买好了，行李也打点好了，大家在一起准备吃午餐。这时发生了一件大事，雨果的大儿子查理在来的路上，因脑出血死在马车里。

1871年3月17日晚上，雨果一家护卫着查理的灵柩离开了波尔多。

3月18日，等候在奥尔良车站的朋友们迎接着雨果一家，并护送查理的灵柩去贝尔拉雪茨公墓。一路上送葬的人越来越多，人们向逝者的父亲、心目中的英雄投来关切的目光。到了墓地，在悼词声中，满头白发的雨果跪下身去吻儿子的棺木，白发人送黑发人，此情此景，让在场的人潸然泪下。雨果将儿子查理葬在了父亲的墓旁。

葬礼过后，雨果带着朱丽特和孙子孙女等人回到布鲁塞尔，处理查理的后事和遗产。

2. 巴黎公社

1871年3月18日，巴黎的革命群众举行了具有划时代意义的巴黎无产阶级起义。

起义的直接原因是：3月18日拂晓，女人们正在排队购买面包，发现梯也尔的士兵正在抢夺工人们铸造的大炮，于是立即通知了她们的丈夫。工人们自发地组织起来与士兵们抢夺自己的大炮，双方发生了激战，国民卫队闻讯赶来协助工人们，夺回了大炮。

法国的无产阶级在反革命的进攻面前奋起自卫，国民卫队中央委员会领导了这次起义，其成员大都是革命工人。

巴黎被起义者控制，红旗在市政厅上空飘扬，无产阶级掌握了政权。梯也尔等政府要员及政府军队匆匆逃往凡尔赛，是起义者放走了他们的敌人。

3月26日，巴黎进行了公社委员会的选举。委员会成员中有工人、职业革命家、知识分子等。3月28日，巴黎公社成立。

巴黎公社是第一个无产阶级政权的雏形，它是根据人们的意愿建立的新政权。公社拥有立法权、行政权，人民武装保卫着新生政权。巴黎人民欢欣鼓舞，开始了新的生活。

雨果在布鲁塞尔通过报纸得知巴黎发生的这一切，他知道聚集在凡尔赛的梯也尔和大批的反动分子是不会善罢甘休的。同时，他也担心巴黎发生内讧。

巴黎公社和法国政府的矛盾终于变成了残酷的内战。梯也尔趁巴黎公社选举的时机，建立和武装了麦克马洪指挥的军队。这支普法战争中的败旅，如今的凡尔赛军，将炮口对准了新生的政权。4月2日，梯也尔聚集4万军队对巴黎展开进攻，巴黎城一片火海。5月10日，在法兰克福，法国与普鲁士签订合约，割让阿尔萨斯省和洛林省的一部分地区，支付50亿法郎的战争赔款。作为交换，俾斯麦提前释放了10万被俘的法军，帮助梯也尔向巴黎公社实施镇压。

波兰革命家、巴黎公社的将领东布罗夫斯基指挥公社社员英勇地保卫巴黎。所有的巴黎公社社员们都拿起了武器，保卫自己的家园。

5月21日，在国民卫队疏忽的情况下，凡尔赛反革命军队与巴黎城内叛徒相策应，攻进巴黎市区。同时，占据巴黎东部和北部炮台的普鲁士军队悍然不顾停战协定，为凡尔赛军放行。凡尔赛军到了东半部工人区后，遭遇到顽强的抵抗。无产者的武装军英勇地同反革命军展开巷战和街垒战。在历经八天的战斗后，最后一个街垒被攻破。起义失败后，公社社员遭到反革命军队的血腥屠杀。雨果竭尽全力声援，却无济于事。反革命军队的疯狂屠杀，连儿童、妇女和老人也不放过，墙脚下尸体堆积如山。幸存的公社社员纷纷逃亡国外。

1871年5月26日，雨果在《比利时独立报》上发表一封公开信，让受迫害的公社社员到街垒大街4号他的家中避难。

当夜，雨果的家受到了一群暴徒的攻击。围攻者大叫："打死维克多·雨果！"暴徒用石头砸毁窗玻璃。雨果紧紧地抱着年幼的孙女，石块从头边飞过。施暴持续接近2个小时，他们企图用一根原木砸开房门，未果，因天快亮了才溜走。

比利时当局对雨果住宅遭到的袭击没做任何的调查，反而决定将雨果驱逐出境。

比利时当局的做法，引起了当地社会正义人士的强烈抗议，有几位比利时众议院的议员向雨果提供避难地点，雨果很感动。雨果在公开信中说："我仍然不愿把比利时人民与比利时政府混为一谈。同时我又把比利时政府给我的长期优待当作自己的荣幸，我将谅解政府，感谢人民。"

雨果决定到卢森堡去。他带着朱丽特、儿媳、两个孙儿来到了卢森堡的一个小镇。他决定在此写作，抒发人民不屈的斗志。两个月来，他写的诗歌集成了《凶年集》，于1872年发表。这是一部诗体的编年史，记录着这一年来发生的事情。

3. 多事之秋

1871年10月1日，雨果一家回到了巴黎，租住在拉罗什福科尔街66号的一套房子。这次回来，没有人迎接他，巴黎沉默了。

1872年是雨果一生中最灰暗的一年。

1872年1月7日，在议会的选举中，雨果落选。雨果知道政界的人在痛恨他，政治沙龙的人在诽谤他。而另一个营垒的人对雨果也不太热情，在他们看来，这近一年的时间里，雨果一直置身于斗争环境之外。

1872年2月，小阿黛尔被人送回了巴黎，回到父亲的身边。她因为爱情精神失常了。看着心爱的女儿，雨果想起了二哥欧仁，他们的病症是一样的，他的心情差到了极点。他把女儿安置在一家精神病院里接受治疗。

大女儿、查理离开人世了，小女儿病了，如今小儿子弗朗索瓦又得了肺结核。雨果想着弗朗索瓦陪着自己度过的流亡岁月，看着他日益憔悴的面容，他那颗心苍老了。

雨果想用写作来平复内心的创伤，可巴黎的骚动和喧嚣让他无法写作，他思念盖纳西岛了。

1872年8月7日，雨果带着朱丽特、儿媳阿丽丝、小儿子弗朗索瓦及孙子孙女前往盖纳西岛。

雨果开始了创作,他要把这几年耽搁的时间找回来。朱丽特帮助雨果誊抄书稿。

这里远离尘世,阿丽丝在这里住了一个月,感觉这样的生活很是单调,她准备带着两个孩子回国。病中的弗朗索瓦也要一起回去。10月1日,雨果看着孩子们上了车,离开了这里,心情无比痛苦。

11月21日,雨果开始动笔写小说《九三年》。

《九三年》是雨果晚年的重要作品。这部长篇小说描写的是法国大革命的故事,它以1793年法兰西共和国军队镇压旺代地区反革命叛乱这一重大历史事件为题材,反映了革命力量与反革命力量之间的生死较量,表现了资产阶级革命中惊心动魄的历史内容和不以人的意志为转移的斗争规律,抨击了封建贵族的凶狠残暴,展现了共和国军队的英勇善战,其中有他的父亲所经历的战争年代的痕迹。该书的基本主题是:在绝对正确的革命之上,还有一个绝对正确的人道主义。这体现了雨果的人道主义思想。这部小说于1873年夏完稿。

1873年7月31日,雨果和朱丽特回到了巴黎,这时小儿子弗朗索瓦已经病重。12月26日,弗朗索瓦离开人世。

雨果再一次承受住了丧子的打击。上帝陆续夺去了雨果的家人,他的第一个孩子出生2个多

高城居的女主人朱丽特·德露埃

月就离开人间,他的妻子、他的长女和女婿、他的儿子查理和弗朗索瓦都离开了人间。现在他只有在精神病院的小女儿阿黛尔和眼前的孙子孙女。

1874年4月29日,雨果一家搬到了克里希街21号,朱丽特已被大家认可。晚餐后,这里聚集了一些文人,有居斯塔夫·福楼拜、阿尔丰斯·都德、爱德蒙·龚古尔等。还有一些政界的朋友,如路易·勃朗、儒勒·西蒙、莱昂·甘必大、乔治·克莱蒙梭等,他们在一起大多议论国家的形势。

雨果继续为人民请愿着,他为犯人和战败者进行辩护,他请求赦免因参与公社活动而服苦役的人们。

1876年1月,雨果在第二轮的议会选举中当选参议员。这时,麦克马洪接替梯也尔担任了政府首脑。

3月22日,雨果出席凡尔赛的参议院会议。在会上,他谈到了人民的痛苦,谈到了被流放者家庭的生活无着,他要求对公社社员实行彻底而全面的大赦。他的发言照旧得到大多数议员的沉默对待,他提交的大赦草案又被否定。这位银须白发的老人,看着台下的议员们,感到了一种墓地散发着的阴冷的气息。

1877年,雨果出版了诗集《做祖父的艺术》。这是一本记录雨果与孙子们在一起生活的抒情诗集。在这里,他记录下来的每一个瞬间,都充满着暖暖的祖孙之情。

政坛上的较量还在继续,共和国总统麦克马洪在帝制和教权派的支持下,企图步拿破仑三世的后尘,攫取帝位。雨果将在流亡期间写的《一桩罪行的始末》整理后于1878年出版。他在该书的前言中指出,法兰西正面临着政变的危险。

4. 人道主义老战士的欣慰

共和党同君主制之间的斗争，在1877年10月的选举结果中落下帷幕，共和党胜利了。12月，新政府组建，为首的是左派共和主义者朱尔·杜弗尔。雨果很是欣慰。

1878年，雨果76岁了，他依然活跃在文坛和政坛上。5月30日，在伏尔泰逝世100周年纪念会上，他慷慨激昂，发表了长篇演说，称颂伏尔泰的革命斗争精神。6月17日，世界文学代表大会在巴黎召开，他担任主席。俄国作家伊凡·屠格涅夫，法国作家福楼拜、都德、龚古尔、左拉、莫泊桑等都参加了大会。在会上，雨果还在呼吁法国要对公社社员实行大赦。

夏季的炎热，繁忙的事务，让雨果的身体有些吃不消了。一个星期后，雨果出现了轻微的脑出血症状。7月，雨果在朱丽特的陪同下到盖纳西岛休养。

3个月后，雨果恢复了健康。10月，雨果委托朋友在艾洛大街

1878年，雨果、朱丽叶在盖纳西岛的"高城居"

买了一幢房子，他要回巴黎参加参议院和学院的投票，他要防止主教和资产阶级进入参议院，防止和刽子手贴近的史学家和批评家进入法兰西学院。

11月7日，雨果携朱丽特回到了巴黎。

雨果的房间，永远有一张大大的写字台和一张高脚书桌，雨果有站着写作的习惯。

雨果的新作又陆续出版了。政论有反天主教的《教皇》(1878)，有批判君主制的《高尚的怜悯》(1879)，有谈论宗教的《宗教信仰和宗教》(1880)；诗集有《驴颂》(1879)、《自由自在的精神》(1881)、《历代传说》第二卷(1877)、《历代传说》第三卷(1883)；戏剧有《笃尔克玛达》(1882)。这些书稿是雨果以前写的，是他的朋友们帮助整理出版的。

1879年1月28日，雨果向参议院提出了一个关于大赦的提案，有17名参议员签名予以支持。2月28日，雨果在参议院进行了演说。只是提案没有通过。

1879年3月，温和派共和主义者上台，新总统儒勒·格莱维对雨果非常崇拜。雨果对未来抱有很大的希望，他坚信人类是进步的。

1879年5月，雨果支持了反奴役战士代表大会。1880年7月3日，为迎接7月14日攻陷巴士底狱纪念日，他在参议院会议上发表了争取大赦的第三次演说，也是他最后一次讲话。他说：

> 对，攻克这座巴士底狱，也就是攻克一切巴士底狱。瓦解这座堡垒，也就是瓦解一切堡垒，瓦解一切专政，打倒一切压迫。这是解放，是光明重现，是使大地走出黑夜，

是人类的绽放。摧毁恶的大厦，就是筑建善的大厦。历经重重苦难，历经多少世纪的折磨，这一天终于来到了，意气风发的人类脚踩锁链，头戴王冠，站起来了。

好吧，各位先生，在这一天，人们会期待你们用两种方式纪念它，这两种方式都很庄严，你们不会不答应的。你们将给予军队旗帜，这旗帜代表着光荣的战争和威武的和平；你们将给予国家大赦，这大赦意味着和谐、忘却、和解，这大赦将国内的和平置于战争之上，它将指引我们走向光明。

七月十四日标志着一切奴隶制度的结束，人类为此付出的努力也是上天为此做出的努力。大家要从这样的措辞中明白，一切人的行动都是神的旨意。这样，我们无需再说什么。世界只需在平稳的进步中走向美好的未来。

各位先生，你们将为伟大祖国的和平献上双重礼物：旗帜体现了人民和军队的手足之情；大赦体现了法国和人类的亲密无间。

让我们感谢共和国吧。

至于我，请允许我以一个回忆结束今天的讲话，三十四年前，我第一次踏上法国的讲坛，踏上这样的讲坛。上帝安排我在最初的发言上谈进步，谈真理；他今天又一次安排我发言，考虑到我的年龄，也许是我最后的发言，是谈宽容，谈正义。

（见周瑛译，《雨果散文精选》，长江文艺出版社，2013年版，242-243页）

雨果的发言令与会者深深感动，现场爆发出热烈的掌声。

这一次，参议院通过了雨果的提案。会议通过一项崇高的法令，对公社社员实行大赦。雨果坚持了多年的正义之举终于实现了。

雨果这位伟大的人道主义老战士，他的眼角湿润了。

十一、人生迟暮（1881—1885）

1881年2月26日是雨果80岁的生日，雨果没有想到巴黎各界人士在其住宅的窗户下开始了庆祝活动。房门口放着一株象征桂冠的黄色的月桂，整条街道上铺满了鲜花。从中午开始，人们络绎不绝地在他的窗前走过，有巴黎市民、法国各界的代表、各国的使者，还有学生和老师等。当时所有的中小学校都放假一天。

呼喊"维克多·雨果万岁！"的声音一阵阵响起。

雨果站在窗前，心情激动，他看到了人民对他的热爱和赞美，感到无比幸福。他把手放在胸前向人们致意，"向巴黎致敬！"雨果的声音在人群的上空回响。

庆祝活动持续了6个小时，直至天黑才结束。这一天，有60多万人在雨果的窗前走过。同年，这条街道被命名为"雨果街"。

雨果仍然站在斗争的前沿，再次当选为参议院议员。1881年5月，他出版了诗集《自由自在的精神》。1882年3月，他就俄国民意党人被秘密审判一事发表文章，呼吁：文明世界应该出面干涉，为什么要杀人？结果10个死刑犯中有9个改为终身监禁。

1883年5月11日，雨果的情人朱丽特·德露埃因病去世，终年77岁。她是一位伟大的女性，在雨果最困难的时候，她不顾枪林弹雨,追随雨果 50 余年,默默地保护着雨果。正如悼词中所说的,她有权赢得属于自己的一份荣誉,因为她经受了许多考验。按照朱丽特生前的遗愿,雨果将她安葬在她女儿的墓旁。

朱丽特去世后,雨果的精神大不如前了。他的"红色沙龙"跟从前一样,每晚都有许多客人。朋友们在交谈,雨果却很少说话,他的目光总是朝屋里凝望。他要求人们不要给他祝寿,他一生中的丧事太多了,再没有快乐的日子了。

早在 1881 年 8 月 31 日,雨果就立下遗嘱,其中一条是:

> 我将我的全部手稿以及一切可以找到的我的笔迹和我的绘画赠送给巴黎国家图书馆。

(见周瑛译,《雨果散文精选》,长江文艺出版社,2013 年版,255 页)

1883 年 8 月,雨果在家人的陪同下到瑞士休养。在雨果下榻的勒芒湖畔的拜伦饭店门前,聚集了一大群欢迎的人,其中有一个少年,他就是罗曼·罗兰。在罗曼·罗兰的眼中,雨果是苍老的,头发全白了,满脸皱纹,双眉紧锁,一双眼睛深深地凹下去,仿佛是从远古时代穿越而来的。人们喊:"雨果万岁!"雨果喊:"共和国万岁!"

罗曼·罗兰在文章中写道:"在文学界和艺术界的所有伟人中,他是唯一活在法兰西人民心中的伟人。"

1885 年 5 月 18 日,雨果病重,肺部出血,心力衰竭。消息传来,人们纷纷来到艾洛大街雨果的寓所,虔诚地期盼他能好转。四天来,法国各界都在关注着他的病情,报纸每天都播报雨果的病情。

5月22日，雨果病逝于巴黎，享年83岁。当天议会两院宣布全国性哀悼。5月26日，艾洛大街和艾洛广场改名为雨果大街和雨果广场。

6月1日，法国为雨果举行国葬，整个法兰西举哀致敬，鸣礼炮21响。尊重雨果生前的遗嘱，"我将5万法郎留给穷人。我要求用穷人的柩车把我送进墓地。我拒绝任何教堂为我祈祷，只求为普天下的灵魂祈祷。我相信上帝。"（见周瑛译，《雨果散文精选》，长江文艺出版社，2013年版，251页）雨果的灵柩是用穷人用的灵车拉的，车上安放两个白色的玫瑰花圈，灵柩置于凯旋门下，供万民瞻仰。200万群众自发组成队伍为雨果送葬，有巴黎公社的战士、穷苦的百姓、进步的知识分子和各国驻巴黎的代表，规模空前。哀乐与口号声汇成一片："维克多·雨果万岁！"浩浩荡荡的人群唱着《马赛曲》行进。一位诗人得到人民的如此厚爱，这在人类历史上是绝无仅有的。

雨果的遗体被安葬在供法国伟人长眠的先贤祠。

1985年，雨果逝世100周年，法国将这一年定为"雨果年"。

雨果的生命历程几乎贯穿了整个19世纪，经历了法国的革命世纪的所有的重大事件。他的创作历程长达60多年，19世纪法国社会历史的不同发展时期都在雨果的作品中留下了印记，他的整个创作成了19世纪法国重大历史进程和文学发展进程的缩影。

雨果是热情的民主主义战士、真诚的爱国主义者和人道主义者。他是被压迫人民的朋友，是专制主义者的仇敌。他一生勤勉，热爱生活，捍卫真理，相信正义，坚持不懈地为人民争取民主和自由的权利。他是法国伟大的诗人、小说家和剧作家，他为全世界人民留下了极其丰富和宝贵的文学遗产。

第二部分 ｜ 创作特色

生命固然短暂，我们却常常漫不经心地浪费时间，使生命更为短暂！爱即行动！——维克多·雨果最后的留言。

雨果是法国 19 世纪伟大的浪漫主义作家，是人道主义的杰出代表。他的创作历程达 60 年之久，发表了小说 20 部、剧本 12 部、诗集 26 部，还有散文、文艺评论及政论等文学作品 20 余部。

一、小说

雨果创作的小说规模巨大、成果丰硕。他从 1819 开始写小说，共写了 20 部。长篇小说《巴黎圣母院》《悲惨世界》《海上劳工》《笑面人》《九三年》就有 300 余万字。其中《悲惨世界》与《巴黎圣母院》作为独立的鸿篇巨制，不论篇幅规模还是在全世界广为流传的程度，无疑使他成为法国文学史上资产阶级民主主义的卓越代表。他的创作思想超越了时代，被世界上所有的文学爱好者所崇敬。

雨果的浪漫主义小说经历了两个多世纪以来各种文学潮流汹涌澎湃的冲击，仍然在人类文化生活中占有相当的份额，保持着一个重要而崇高的地位。雨果时刻关注社会的现实和人民的心声，他的人道主义思想在他的小说中完好地呈现，他的作品长存不朽，这不能不说是小说创作的一个奇迹。

雨果的早期小说创作受到了司各特（1771—1832）的浪漫主义小说的影响。司各特被称作"欧洲历史小说的创始人"，他创作的历史小说风行当时整个欧洲。他善于借用历史题材表现个人情感，善于将历史上生动的史实加以美化，这样的写法对雨果影响很大。浪漫主义小说总是以不同凡响的奇特想象而引人入胜的。雨果创作小说也是从想象开始的。

1819 年，雨果当时只有 17 岁，他用了两个星期就写出了《布格·雅加尔》,后来于1826年1月发表。小说以1791年法属殖民地圣多明各的黑奴起义为题材,描写了被压迫民族的反抗斗争。这对17岁的雨果来说,想象是必不可少的。他刻画了青年殖民主义者维奈的统治,歌颂了起义领袖雅加尔的勇敢,反映了雨果早期思想的单纯与热情。

1821年,他又开始另一部中篇小说《冰岛凶汉》的创作。这部小说的情节全属虚构,情节怪诞,充满了恐怖的合理想象。他在小说主人公的爱情故事中,写入了他自己在现实生活中对阿黛尔·富歇的真实感受。小说蕴藏着非常真实的成分,感情真实、感受真实,因此,它有别于胡编乱造的黑色浪漫小说。对于这部小说,他曾经自白:"我感到心里有许多话要说,而不能放到我们的法国诗句里去,因此,我要写一本散文小说。我的灵魂里充满着爱情、苦痛、青春,我不敢把这些秘密告诉他人,只得托之于纸笔。"这部小说发表于1823年,这是雨果发表的第一部小说。

1823年,21岁的雨果已经是一位写出两部小说的作家了。这两部小说既是当时时尚文学、英国浪漫主义文学影响下的产物,也是雨果从自己的心灵中进行挖掘、发挥自己推测的悟性与想象的能力、从一些杂书中获得异域知识的产物。这些作品的思想性与艺术性都不成

《冰岛凶汉》

熟，也有明显的保守主义倾向。

1827—1840年是雨果小说创作的辉煌期，这期间的作品充满了强烈的反封建反教会精神，表达了对旧制度和统治者的无比仇恨。

雨果是不脱离现实社会的浪漫主义者，特别是随着年龄的增长，他对现实社会的感受愈来愈深刻，他介入现实社会的程度也愈来愈深入。七月革命前夕，雨果受资产阶级自由主义思想的影响，在1829年写下了小说《一个死囚的末日》。雨果把真实的现实生活内容融进小说的人物形象中，使之成为一部现实主义纪实风格的作品。这部中篇小说通过对监牢中的悲惨阴暗现状和一个死囚在狱中的生活及痛苦的心理活动的描写，揭露了资本主义法律制度的不公正，表达了坚决反对对犯人实行死刑的愿望。雨果对死刑这个具体的社会现实问题进行严肃思考，表现了雨果的资产阶级人道主义思想。至此，雨果的小说创作进入了成熟期。

1834年，雨果以同一主题发表了另一部中篇小说《克洛德·格》。《克洛德·格》是雨果19世纪30年代创作的小说，它深刻地体现了雨果小说的人道主义的思想，探讨了工人贫困的原因和人们犯罪的根源。小说以真人真事为题材，叙述了善良穷苦的工人克洛德·格由于找不到工作，为饥寒所迫，给老婆和孩子偷了仅够用3天的面包和柴火，他却受到5年的监禁之苦。在监狱中，由于他不堪忍受狱吏的暴虐行为，用斧子砍死了监狱苦工场的场长，最后被判死刑。小说揭示主人公遭到如此悲惨结局的原因是不平等的社会制度和监狱中的恶劣环境。他控诉了法律的不公平，对不平等的资本主义社会提出了强烈的抗议。

1831年，雨果发表了长篇小说《巴黎圣母院》。这是一部浪漫主义小说，它艺术地再现了五百多年前法王路易十一统治时期的

巴黎圣母院

历史，描述15世纪法国巴黎圣母院副主教克洛德因欲念而生恨，与波旁王朝勾搭一起迫害吉卜赛女郎爱斯梅拉达直至死亡的故事。该小说有力地控诉了教会和封建专制制度的罪行，揭露了宫廷与教会狼狈为奸压迫和奴役人民群众的事实，揭示了封建制度的腐朽、黑暗和宗教势力的虚伪、反动，歌颂了下层劳动人民的善良、友爱和舍己为人的精神，反映了雨果早期的人道主义思想。

这部作品有力地证实了雨果主观想象、主观夸张、主观渲染的才能与观察现实、把握现实、摹写现实的能力。雨果运用浪漫主义与现实主义相结合的写作手法，将故事情节、结构和戏剧场景很好地结合，使这部小说具有很强的可读性和浓烈的浪漫主义色彩。特别是对比的写作手法，将美与丑、善与恶，爱情与欲念完美呈现，成为浪漫主义对照原则的艺术范本。

1851—1870年是雨果的流亡时期，也是雨果创作的高峰期。他的长篇小说成就尤为突出。1862年的《悲惨世界》、1866年的《海上劳工》和前期创作的《巴黎圣母院》成为雨果的三大代表作。1869年的《笑面人》、1874年的《九三年》更具有强烈的社会现实性。

《悲惨世界》是雨果最重要的长篇小说，它在法国文学史上占据着重要的地位，在世界文学宝库中堪称伟大的杰作，它是现实主义与浪漫主义相结合的艺术珍品。小说以十卷本的巨大篇幅提出了当代迫切需要解决的三个问题——贫穷使男子潦倒，饥饿使妇女堕落，黑暗使儿童羸弱。小说以在逃苦役犯冉·阿让、妓女芳汀和她的女儿珂赛特三个人的不幸经历为线索，展示了一幅动人心魄的悲惨世界的图景，突出反映了贫苦人民悲惨的命运和处境。小说向造成这一切的资本主义社会提出了控诉和抗议，撕破了资本主义法律"公正廉明"的假面具，

珂赛特在干活

揭露了其暴虐、荒谬、虚伪的本质。雨果在作品中宣扬人道主义，强调道德的作用，力图用仁爱感化来解决社会矛盾，却又肯定革命暴力打破旧的不合理的社会和制度的必要性。在这里，他以高昂的民主主义热情表达了对理想、未来的憧憬。

长篇小说《海上劳工》是以王朝复辟时期为背景，描写了人与大自然的惊心动魄的搏斗，热情歌颂了劳动者的聪明才智和顽强意志。主人公吉里亚特是一个刚毅果断、高尚纯洁、富于自我牺牲的青年。在海上和小岛上极其艰难的条件下，他以顽强的意志创造了奇迹，征服了大自然。他爱上了船主勒蒂埃利的侄女戴吕施特，为此，他不得不接受从触礁汽船上运回机器的条件。等到他历尽千辛万苦将机器运回时，发现戴吕施特另有所爱。他为成全对方的爱情而牺牲了自己的爱情和生命。雨果把吉里亚特作为伟大人类的代表加以赞颂，把他与大自然的搏斗赋予勇往直前的象征意义。雨果在

在海滩上的劳工们

以浪漫主义的激情对主人公热情赞颂的同时，又以对照的手法描写了恶汉汉丹、克里班船长和雅克曼·埃德洛教长。这三个人代表着王政复辟时期的社会邪恶势力，作者对他们进行了揭露和批判。以劳动者作为长篇小说的正面主人公，这是雨果世界观中进步思想的反映，是雨果在文学史上占一席重要地位的原因之一。

1869年出版的《笑面人》是雨果流亡时期的最后一部小说。小说的背景是17世纪末到18世纪初，英国从詹姆士二世到他的女儿安娜女王统治的这一时期。

1688年，英国发生资产阶级政变之后建立起来的政权，是资产阶级与新贵族联合的君主立宪政体。革命的结果对人民来说，只是资本主义的枷锁代替了封建主义的枷锁。财富和特权集中在一小撮统治阶级手里，广大人民依旧过着苦难深重的日子。小说主人公格温普兰就是英国爵士克朗夏理的儿子，英王詹姆士二世为了私利和政治目的，把他偷偷地卖给人贩子。然后詹姆士二世将克朗夏理的继承权给了克朗夏理的私生子大卫，想让自己的私生女约瑟安娜与大卫结婚，从而使私生女分享克朗夏理的一份遗产。格温普兰因宫廷的内部斗争成为宫廷阴谋的牺牲品。

格温普兰从小被卖给人贩子，生活在社会最底层。人贩子用毁容术毁坏了他的面容，使他变成了总是面带怪笑的可怕的笑面人。

1690年1月1日，一群人贩子把年仅10岁的格温普兰抛到荒岛上，企图让他在荒无人烟的海边死于寒冷和饥饿。这群人贩子在回程的海上遭遇风暴，濒死前他们把小男孩的来历写在羊皮纸上，连同有关的证明一起封闭在一个葫芦里放到海水中，任其漂流。在天寒地冻、无以为生的情况下，饥肠辘辘的格温普兰从雪地上救了一个失明女孩，她就是盲姑娘蒂。两人被好心的流浪艺人于苏斯收养，从此，他们一家四海漂泊，受尽折磨。但他们互相体贴，彼此照顾，相互安慰。十多年过去了，格温普兰与蒂两人真诚地相爱了。1705年，这个流浪的家庭来到伦敦卖艺，格温普兰的笑面使全城大为轰动。这时，在海上漂浮了15年的葫芦落到了英国皇家海军人员的手里，格温普兰的身份得到了确认，被秘密关进了监狱。由于詹姆士二世的女儿安娜女王与私生女约瑟安娜之间出现内争，安娜女王决定恢复格温普兰世袭的爵位。格温普兰获得爵士地位，还成了英国上议院议员。格温普兰在上议院庄严陈述人民的苦难，却被侮辱、轻蔑和嘲笑。他不愿侍奉王侯，毅然摆脱贵族爵位的羁绊，寻找于苏斯和蒂。在下层社会当中，他受到人民的爱戴和欢迎。这时，蒂因格温普兰的突然失踪而一病不起，不幸死去。格

格温普兰在上议院上

温普兰在极度悲伤中投海结束了自己的生命。

雨果通过小说主人公笑面人格温普兰一生的奇异遭遇，揭露了英国宫廷内外的斗争和尖锐的社会矛盾，展示了英国资产阶级革命后的两个不同的世界：一方面是贵族资产阶级骄横的统治和他们的荒淫无耻、穷奢极欲的生活，如安娜女王、约瑟安娜等；另一方面是广大的劳动人民仍然处于水深火热之中，过着悲惨的生活。雨果对英国资产阶级革命后的黑暗现实进行了有力的揭露和批判，批判矛头指向英国社会的封建残余势力，指出英国统治阶级的残暴是人民群众的苦难根源。雨果对格温普兰及劳动人民的苦难寄予了深切的同情，歌颂了他们的善良和真诚。作品充满了异国情调，浪漫主义色彩浓郁，体现了雨果的人道主义的思想。

1874年出版的《九三年》是雨果的最后一部也是很重要的一部长篇小说。小说描写了1793年大革命年代中那些激烈斗争的故事。共和国军队在镇压旺代反革命叛乱中，捉住了罪恶累累的反革命首领侯爵朗德纳克。朗德纳克是在已经逃脱的情况下为了救出大火中的3个孩子而被捕的。共和国军的年轻军官郭文为此放掉了他，自己因此触犯了法律，被送上断头台。

总的说来，雨果的小说显示了作为人道主义者、社会学家和小资产阶级社会主义者的全部思想和观点。他的作品贯穿着人道主义激情，洋溢着浓郁的浪漫主义气息，具有极高的思想价值和艺术魅力。他给人类留下了瑰丽的传世佳作和人道主义精神，成为众人交口称赞、努力效仿的榜样。雨果这个伟大的名字，曾影响并继续影响千百万的后来人。

二、戏剧

雨果的戏剧在19世纪的法国文坛占有相当重要的地位。雨果从1827年写第一个剧本《克伦威尔》起,到1882年写《笃尔克玛达》止,创作戏剧十余部。

雨果的戏剧写作贯穿他创作的始终。他的戏剧以其开拓性的作用和轰动性的时事效应而著称。他是与高乃依、拉辛和莫里哀并列的法国四大戏剧家。

雨果进入戏剧创作领域时的社会背景:一是代表古老封建传统的波旁王朝仍维持着它最后几年的统治,而这种统治又已经面临着"山雨欲来风满楼"的形势;二是古典主义从17世纪建立起来的古老戏剧法则仍主宰着法兰西的舞台,但1827年英国剧团把莎士比亚的剧目带进了这个老式舞台后,引发出了青年一代观众对新戏剧风格的热情与兴趣,并开始形成一股冲击旧戏剧传统的浪潮。

最初,雨果对新兴的浪漫主义文艺思潮并不感兴趣,甚至不承认当时文坛上存在着古典主义与浪漫主义的分歧。后来他在《新颂歌集》的序言中承认分歧的存在,但又以调解人的姿态呼吁双方携手合作。直到1826年,他才明确地支持浪漫主义。与此同时,他在政治上也开始从保王主义立场转到自由主义立场上来。

19世纪30年代,雨果的戏剧作品以新内容和新形式奠定了其在法国浪漫主义文学的重要地位。1827年,雨果的第一部戏剧《克伦威尔》,由于剧本写得太长,场面过于浩大,人物太多,无法上演。但这个剧本的序言却引起了振聋发聩的轰动效应。在《〈克伦威尔〉序言》中,他抨击了古典主义只写"崇高文雅"的清规戒律,强调自然中的一切都可以成为艺术题材，扩大艺术表现范围。同时，他提出了浪漫主义对照原则的创作手法，并加以运用，把克伦威尔塑造成"既崇高优美又滑稽可笑"的人物。这篇序言被认为是法国浪漫主义的宣言，成为文学史上划时代的文献。它提出了浪漫主义戏剧的理论，提出了新文学流派的创作主张，宣布了对伪古典主义的挑战。这篇序言对古典主义戏剧造成了一定程度的冲击，浪漫主义戏剧也因此成为浪漫主义反对古典主义的前沿阵地。雨果在这主战场的战斗中充分发挥了主帅的作用，创作了一系列浪漫主义戏剧作品。

雨果第二个剧本是《玛丽蓉·德·洛尔墨》（1829）。这一次，雨果创作的剧本完全符合舞台上演的条件。这个剧本在朋友圈子里朗读时，得到大家的一致赞赏，上演的成功似乎唾手可得。可在法兰西剧院即将把它搬上舞台之时，法兰西剧院却接到了被禁演的通知。雨果找到波旁王朝内政部部长询问剧本遭禁演的理由，答复是剧本里那个"耽于狩猎、被教士操纵"的路易十三的形象，被认定不仅是"对当今国王的曾祖的糟蹋"，而且简直就是"影射国王本人"。封建君主政治与古典主义的双重高压，更激发了雨果的逆反情绪。在七月革命即将爆发的紧迫形势下，雨果勇猛地投身到《欧那尼》一剧的写作，以作为回应。

《欧那尼》是雨果戏剧的代表作，这是一出五幕诗剧，描写的是16世纪西班牙一个贵族出身的强盗欧那尼反抗国王的故事。这个剧本是以16世纪西班牙一个浪漫故事为蓝本写成的。主人公欧那尼是一个出身贵族的青年，他的父亲被西班牙原先的国王杀死。欧那尼被迫流落为强盗，他发誓要杀死王位的继承者卡洛斯以报父仇。欧那尼爱上老公爵的侄女莎尔小姐。卡洛斯国王觊觎着莎尔的美色，企图霸为己有。第一幕，卡洛斯国王潜入公爵府，偷听到了欧那尼与莎尔计划第二天私奔的谈话，他便要挟欧那尼，无耻地提出与欧那尼平分莎尔的爱情。这个场景恰巧被老公爵撞见，卡洛斯国王谎称微服私访，蒙混过去。第二幕，深夜，卡洛斯国王假扮成欧那尼来劫持莎尔，被欧那尼的弟兄捉住。欧那尼出于贵族观念，没有杀死放弃决斗的卡洛斯国王，并放了国王。但欧那尼的弟兄们却被卡洛斯国王带来的人马围困，欧那尼只身逃走。第三幕，欧那尼乔装混入老公爵城堡与莎尔幽会，卡洛斯国王前来搜捕欧那尼。老公爵出于贵族的荣辱观念，拒绝从自己家中将欧那尼交出。于是卡洛斯国王把莎尔小姐作为人质带走。欧那尼感激老公爵救命之恩，把自己的号角交给老公爵，发誓只要听到老公爵的号角召唤，不管在什么情况下都要把性命交给老公爵处理。第四幕，欧那尼、老公爵和叛党们准备谋杀卡洛斯国王，反被国王捕获。莎尔愿与欧那尼同死。正巧卡洛斯继承日耳曼帝国的王位，遂大赦天下，不仅赦免了欧那尼，还恢复欧那尼简武士公爵的爵位，并赐他与莎尔小姐完婚。第五幕，在欧那尼与莎尔举行婚礼的那天晚上，老公爵妒恨欧那尼的幸福，他吹响了号角，前来索命。欧那尼遵守诺言，两个相爱的年轻人双双毙命。老公爵看着眼前的一切，也结束了自己的生命。

《欧那尼》是一出典型的浪漫主义戏剧。这出戏剧在内容和形式上都摆脱了古典主义戏剧的束缚，完全打破古典主义戏剧惯例，有了开创性的发展。它和古典主义戏剧完全不同，有强烈的反封建倾向。古典主义戏剧美化封建王侯，而在这个剧本里封建王侯却成了被讽刺、揭露的对象；古典主义戏剧遵从"三一律"，而这个剧本在艺术手法上完全打破了古典主义的"三一律"，时间超出了24

小时，地点换了几处，情节也错综复杂，还把悲喜剧的因素糅合在一起，让剧情回旋跌宕起伏，出人意料。剧本运用了浪漫主义的对照原则，比如，国王与强盗对照，坟墓与婚礼对照。通过对照使作品有声有色，增强美的感受。剧本里有改装、决斗、毒药、爱情、阴谋和死亡等戏剧元素，都是古典主义所不允许的。古典主义只许表现所谓崇高、典雅的事物，而该剧本的剧终在舞台上出现三具尸体，这更是对古典主义的亵渎。在政治上，《欧那尼》剧本对君主政治更富有挑战性、指责性与告诫性。剧中的国王像一个品格卑下的宵小之徒，内心卑鄙龌龊，行为阴险狡诈。只是雨果对王室还存在一些幻想，才在最后让他变得宽宏大量，否则他就是一个十足的恶棍。在艺术上，《欧那尼》剧本对古典主义的一系列法规、戒律、趣味、标准，都公然带有对抗性与挑战性。

1830年，《欧那尼》在剧场演出，引起很大的轰动。伪古典主义与浪漫主义拥护者在剧场内外都爆发了激战，即著名的"欧那尼之战"。《欧那尼》的上演，象征着古典主义与浪漫主义两派势力之间的殊死斗争。《欧那尼》接连上演45场，获得了巨大的成功，成为七月革命的一个序幕，奠定了戏剧史上浪漫派对古典派、浪漫主义戏剧对古典主义戏剧的胜利。"欧那尼之战"以它的意义、它的白热化、它的戏剧性而名垂史册，它无疑是雨果戏剧生涯中辉煌的一页、闪光的时刻。

《欧那尼》之后，雨果又写了浪漫主义剧本《国王取乐》(1832)。这是雨果在巴黎六月起义被镇压后创作的作品。首演一场后，就遭到了内阁的禁演令，原因是剧中有歌颂弑君的情节。雨果非常气愤。他以控告剧院不履行协议为由声讨政府，要求法庭维护公民的权利和出版自由，未果。

之后，雨果又写了几个浪漫主义剧本：《吕克莱斯·波基亚》（1833）、《玛丽·都铎》（1833）、《安日洛》（1835）、《吕伊·布拉斯》（1838）、《城堡里的伯爵》（1843）等。

《城堡里的伯爵》被称为"雨果戏剧创作生涯的最后一曲"，但这只是就戏剧作品的上演而言。事实上，在这个剧本的上演失败之后,雨果还继续进行戏剧创作，主要是短剧，如《潮湿的树林》（1854）、《祖母》（1865）、《干预》（1866）、《上千法郎的奖金》（1866）、《宝剑》（1869）、《大林子边》（1873）等，但这些剧本几乎都没有上演过。

雨果的戏剧题材大多是以国王、贵族等封建专制主义者作为揭露和批判的对象的。通过这些戏剧，雨果抨击了封建社会的上层人物，颂扬了才智超群、道德品质高尚的普通人，表现了反封建的民主主义思想特色。但由于雨果只注重道德上和精神上的胜利而不提倡反抗和斗争，剧中的主人公缺乏实际的行动，因而对现实的批判不十分有力。

雨果的戏剧创作，从内容、结构到风格开创了法国式的浪漫主义戏剧形式。雨果与僵化的古典主义戏剧规则决裂，但又承认和吸收情节一致的合理内核。他视戏剧为论坛，通过戏剧创作和演出展现他对人生的看法。他的创作忠实于他的原则，使崇高典雅与丑怪粗俗的形象对比表现在舞台上。在艺术上，他追求高度浪漫，任凭想象驰骋，戏剧矛盾力图尖锐、戏剧冲突力图激烈，情节出人意料、奇特；在人物形象的塑造上，追求人物性格鲜明，动作夸张，强调对比，气氛浓厚，使人物生活化。雨果的浪漫主义戏剧繁荣了戏剧舞台，唱响了与古典主义戏剧决裂的时代之歌；雨果的浪漫主义戏剧占据舞台长达十年之久，这对于任何一个戏剧家来说，都是一个非凡的成就。

三、诗歌

雨果是法国伟大的诗人，是法国浪漫派诗歌的旗手，是整个欧洲浪漫派诗歌的代表人物，是人类历史上少数的超级诗歌大师中的一个。他的诗歌内容丰厚深广、色彩绚丽灿烂、气势雄伟恢宏、诗艺高超精湛。他的诗歌与政治结合在一起，反映了社会发展的根本问题，堪称人类诗歌史上的杰作。他的诗集在生前发表了19部，逝世后又整理出版了6部，共约22万余行，成为世界诗库中一笔巨大财富。雨果的诗歌创作，技巧圆熟，修辞精到，想象丰富，意境清新，在内容上反映了时代的现实性。

雨果在青少年时期就开始写诗，在诗歌创作中经常获得奖赏。1822年，20岁的他出版了第一本诗集《颂歌集》，收入了1818年以来创作的24首颂诗和3首杂诗。在这部诗集里，有歌颂王朝的《亨利四世铜像修复颂》，有献给他的偶像夏多勃里昂的，也有写给他的恋人阿黛尔的。该诗集得到国王路易十八的奖赏。1824年3月，他发表了《新颂歌集》，它是在《颂歌集》基础上新增了28首家庭生活题材的诗歌形成的诗集。采用了中世纪行吟诗人的形式，描述了想象中的中世纪生活场景，表现了打猎、比武、骑士等冒险内容。在艺术上拘泥于古典主义诗歌的格律，华丽有余，在思想上显示出保王主义的狂热。

在19世纪20年代中期，雨果的政治态度趋向进步，他的诗歌创作有了新的收获。1826年出版的诗集《歌吟集》，是雨果诗歌创作历程中的第一块纪念碑。该诗集无疑显示出诗人早熟而高超的技艺，但其中与出众的才华并存的，是人为求雅的古典主义语言痕迹与夸张、稍逊自然的诗歌风格。

1829年出版的《东方集》，无论是在诗的形式、题材、主题上还是在艺术表现上都发生了明显的变化。那些富有色调和音响的诗，所抒发的不再是怀古、思古之幽情，而是对东方异国情调的讴歌。诗集中所收录的诗歌，在形式上，摆脱了古典主义创作规则的束缚，词汇丰富，韵律自由；在主题上，表达了对自由的向往和对解放斗争的信念。其中的希腊组诗以革命的激情表现了希腊人民英勇壮烈的斗争，是19世纪20年代杰出的好诗；在题材上，取材并不限于本国国土，它以一种对法国人来说是"泛东方"的视野，扩展到了中东、阿拉伯等亚非地区。诗人虽然没有这些异国生活的经验与实感，他的诗集却展现了异国他乡的风貌，这是知识与想象结合的产物。在这里，雨果第一次显示了他作为一个真正诗人的丰富奇美的想象力，以及画家般的调色渲染的技艺。他以铿锵的词句与悦耳的音节，绘制出一幅幅鲜明灿烂、绚丽旖旎、引人入胜的异域画面。诗集色彩与风格完全是浪漫主义的，它引起了具有新艺术品位的新一代文学青年的赞叹与欢呼。

19世纪30年代，雨果的抒情诗创作进入了一个新的境界。1831年出版的《秋叶集》显示了抒情诗人的素质，是雨果诗歌中最美、最感人的诗集。它发出了浪漫主义文学所具有的一个"共律"与"音色"，充满着忧郁的情调。整部诗集几乎是人的所有情感的全面抒发，有朋友的倾诉，有情人的依恋，有丈夫的哀愁，有父亲的挚爱。正如作者在序言中所说："对年轻人，这些诗说的是爱情；对父亲，这些诗说的是家庭；对老人，这些诗说的是往昔。"这里的一些宁静的平和的诗句，浸透着无可奈何的情绪，深深地打动了读者的心灵。如《落日》组诗中的这一首：

今晚，太阳已经在浓浓的云中落下。
明天将会有雷雨，还有傍晚和黑夜，
接着是黎明，曙光交织着点点飞霞，
又是黑夜和白昼，时光永不会停歇！

日子一天天流逝，日子会纷纷前进，
跨过巍巍的高山，跨过茫茫的海洋，
跨过银波闪闪的江河，还跨过森林，
林中有我们亲人亡灵的颂歌飘响。

在那大海的脸上，在那高山的额头，
纵有皱纹不衰老，树木都常绿可爱，
越活会越是年轻；乡间的江河水流，
不断向高山取来波涛，再交给大海。

而我呢，岁月流逝，而我会背曲腰弯，
我在阳光普照下发冷，不久的将来，
周围是一片欢乐，我一去不再复返，
而世界依然广阔，依然是多姿多彩！

1829 年 4 月 22 日

（见程曾厚译，《雨果诗选》，人民文学出版社，2000 年版，81-82 页）

《秋叶集》将是永存不朽的诗文，它的影响力大大地超越了《歌吟集》与《东方集》，在雨果诗歌创作中占有特别重要的地位。雨果对大自然的关注是诗集的一个重要部分，诗中呈现了一幅幅别致生动、充满田园牧歌风光的写生和各种气势、各种色调的自然景观画面，比较集中地展示了雨果作为大自然画师的才能，也表达了他对国家前途和命运的担忧，更表明了他对民族解放运动的热情支持：

> 我深深地憎恨压迫，
> 当我听见在世界的某个地方，
> 在暴君残酷的统治下，
> 有民族正在求救呼喊。
> ……
> 我就忘记了家庭、孩子和爱情，
> 还有无忧无虑的安闲和轻柔的歌声，
> 而把一根青铜之弦装上我的竖琴。

（见陈周方著，《雨果》，辽宁人民出版社，1980年版，19页）

七月革命后，雨果又出版了《暮歌集》(1835)、《心声集》(1837)、《光影集》(1840)。这些诗歌表明了他对当时发生的社会历史事件的看法与态度，反映了法国在金融资产阶级统治下贫富分化日益严重的现实。这三部诗集与《秋叶集》诗集成为法国诗歌中最优秀的作品。

从1841年起，诗人雨果曾因从事政治活动而放下了自己的竖琴，但社会责任感从没有让他停下前进的脚步，他在不断地冲开自己的认知继续前行。

1851年12月2日，路易·拿破仑·波拿巴实行政变，巴黎的群众遭到镇压，死难者不计其数。雨果目睹了一个孩子被枪杀在蒙马特尔区的街头的惨案，写下了叙事诗《四日晚上的回忆》。

这是雨果政治诗歌的代表作，讲的是一个真实发生的惨案：拿破仑三世政变之后命令军队镇压共和派的抵抗。4日，镇压达到高潮。一个7岁孩子在上街买东西时，被枪杀在蒙马特尔区的街头。雨果的心被深深震撼了，他一改汪洋恣肆、华彩多姿的写作风格，转而用十分朴素的、几乎近于静态写生的手法，"回忆"了四日晚上的这个真实故事。这首诗被收入到《惩罚集》中：

> 孩子头上中了两颗子弹。
> 房屋干净，简陋，安静，朴素；
> 在一幅肖像上挂着一束圣洁的树枝。
> 一位年老的祖母在那儿流着泪。
> 我们默默地给孩子脱下衣服。他的嘴，
> 惨白地张着；死亡已经淹没他的可怕的眼睛；
> 他的手臂垂着，好像在乞求依靠。
> 在他衣兜里有个黄杨木的陀螺。
> 他的伤口大得可以放进一个手指头。
> 你们可曾见过篱笆上熟透了的桑葚出血吗？
> 他的脑盖是裂开的，像裂开的木头。
> 祖母一边看我们给他脱衣服，一边说：
> "他多白呵！你们把灯拿近一些。
> 天哪，可怜的头发还粘在太阳穴上呢！"
> 在这之后，她把孩子抱在她的膝盖上。
> 夜是凄惨的，我们听见在人杀人的街上，
> 响着一阵阵的枪声。

"该把孩子埋了。"我的伙伴们说。

于是从胡桃木的衣橱里取出一条白被单。

可是祖母又把孩子移到火炉旁边,

好像要把僵硬的肢体给烘一烘暖。

唉!死亡用冰冷的手碰触过的东西,

在人间的火炉旁边再也烘暖不了!

她低着头脱去孩子的袜子,

她把死人的脚握在她枯老的手里。

"难道这不是一件令人伤心的事情?"

她惨痛地说,"先生,他还不满八岁哩!

他在学校里,老师们都对他很满意。

先生,我若是要写信的话,

那总是叫他来替我写。难道现在他们

要杀起孩子来了吗?我的天哪!

那么这些人都变成强盗了!我要问问你们,

今天早晨,他还在窗口那边玩呢!

这是从哪儿说起,他们就这样夺去了我的心肝!

他在路上走着道儿,他们就向他开枪。

先生,他是和善得像耶稣一样。

我已经老了,痛痛快快叫我死去得了;

这在波拿巴先生反正是无所谓的,

与其杀死我的孩子,不如把我杀死!"

她住嘴了,因为眼泪使她感到窒息。

然后她又说,而所有的人都在祖母身边涕泣:

"现在我一个人怎么办?

今天，你们大家要给我解释解释。
唉！他母亲留下来的只有他。
为什么要把他杀死？我要请他们说个明白
孩子并没有喊过共和国万岁。"
我们一声不响，严肃地立着，脱了帽，
在这无法安慰的哀痛面前，我们毛骨悚然。

你真是，老太太，一点儿不懂政治。
拿破仑先生，就是他真实的名字，
他是贫穷的，尽管当了亲王；他欢喜宫殿；
他该当有些马，有些仆从，有些钱，
为了他的游戏，他的服食，他的睡眠，
他的狩猎；而且他还要利用这机会
来救救家庭，救救社会和教廷；
他要住圣克鲁宫[1]，夏天满园都是玫瑰，
好让县长和市长们到那儿去朝拜；
就是为了这，所以那些年老的祖母，
必须用年龄使之发抖的可怜的灰色手指头
把七岁孩儿们的尸衣密密地缝。

一八五二年十二月二日，泽西岛

（见闻家驷译，《雨果诗抄》，外国文学出版社，1986年版，103-106页）

---

[1] 圣克鲁宫在巴黎近郊，原是拿破仑三世的别墅，政变后改成他的皇宫。

《四日晚上的回忆》一诗以叙事的方式控诉了路易·拿破仑·波拿巴专权的残酷和惨无人道，揭露了其狂妄的政治野心，揭发了其冠冕堂皇口号之下的恶行。全诗 60 行，从脉络上可分三个部分：前 25 行是纯静态的写生，先从孩子受伤的头部开始，然后遥视房间；中部 21 行由老妇人的哭诉构成；最后 14 行是诗人对老妇人发问的默答，也是作为一个伟大的人道主义者对拿破仑三世反动本质的揭露和控诉。全诗朴实无华，不加任何修饰，最大限度地保持客观性。全诗以沉缓低唱的语言形式对老人、孩子、家庭进行刻画，从而呈现了更大的真实性。

路易·拿破仑·波拿巴的政变犹如一个晴天霹雳震醒了雨果。作为议会中民主派领袖，他揭露路易·拿破仑·波拿巴的独裁专制，号召巴黎人民起义，因此遭到政府的通缉，被迫流亡国外达 19 年之久。政治上的挫折，生活上的孤苦，激发着他的诗情。一个大智大勇的流亡者，一个不屈不挠的斗士，一个坚定热烈的共和主义者、民主主义者脱颖而出。他的诗歌紧密配合现实斗争，歌颂光明与进步，讽刺和谴责独裁统治者拿破仑三世。他的声音代表着一种政治激情，他的行为是一面鲜明的旗帜，他的诗歌代表着千千万万法兰

《四日晚上的回忆》

西人民的心声。他是民族的英雄,他写出了表现民心的诗歌作品。

《惩罚集》于1853年底在布鲁塞尔出版,全诗将近7000行,是一部讽刺诗集,是雨果篇幅较大的诗集之一。诗集的主题只有一个,那就是对拿破仑三世这个独裁者的声讨与谴责。其中《皇袍》就是刺向拿破仑三世专制的投枪和匕首:

啊!欢乐是你们的劳动,
天上的呼吸气幽香浓,
成了你们掠夺的对象。
十二月一到,你们躲避,
你们给人间酿成蜂蜜,
来自百花偷来的花香。

贞女把露水制成佳酿,
你们如同那一位新娘,
去看山坡上百合盛开,
啊!金红色花冠的伴侣,
蜜蜂,你们光明的闺女,
请从这皇袍上飞下来!

女战士们,快向他冲锋!
啊!你们是高贵的工蜂,
你们是责任,品德完美,
金的翅膀,发火的飞箭,
纷纷飞到无耻者面前!

对他说:"你看我们是谁?"

"我们是蜜蜂,你这畜生!
山间木屋有葡萄凉棚,
屋顶下住着我们蜂群。
我们在蓝天出生,飞到
玫瑰花开的朵朵花苞,
也飞临柏拉图的嘴唇。

"从泥中来,返回泥中去。
去黑窝和提比略相聚,
查理九世去阳台找寻。
去吧!你紫金色的皇袍
不要伊梅特[1]蜜蜂,只要
隼山[2]黑色的乌鸦一群!"

大家来刺他,你咬我追,
好让发抖的人民羞愧,
把大骗子的眼睛戳瞎,
对他狠狠地猛刺猛扑,
让蜂群把他驱赶追逐,
既然做人的对他害怕!

一八五三年六月于泽西岛

---

[1] 希腊雅典附近山名,古代以产蜜著称。
[2] 中世纪巴黎郊区的行刑地。

（见程曾厚译，《雨果诗选》，人民文学出版社，2000年版，225-227页）

《惩罚集》发表后，在当地获得了巨大的政治效应。当时诗集秘密传到法国，受到法国人民的喜爱，产生了极其巨大的社会政治影响。

《惩罚集》是政治讽刺诗、社会抒情诗的辉煌范例，其史诗般的气势，其悲愤的力量，其讽刺的辛辣、其语言的犀利、韵律的新颖都超过了世界文学史上任何一位杰出的讽刺诗人的作品。这部尖锐泼辣的政治讽刺诗集为革命导师列宁所喜爱。

1856年出版的《静观集》是雨果后期诗歌创作中名垂青史的杰作。《静观集》内容丰富，异彩纷呈，诗艺炉火纯青，达到了出神入化之境。其中推敲有致、棱角分明、优美至极的诗句在诗集中比比皆是，它是诗人抒情诗创作的高峰。全诗1万多行，它是雨果的内心激情与玄思奇想的美妙结合，是充满诗情画意的日记。这部诗集分《往昔》和《今日》两部分。诗集题材广泛，既有对纯真童年的回忆、对甜蜜初恋的描写，也有对痛失女儿的情感抒发；既有对社会贫困充满哲理性的思索，也有对社会弊病无情的揭露及对苦难中的人们的同情。《静观集》

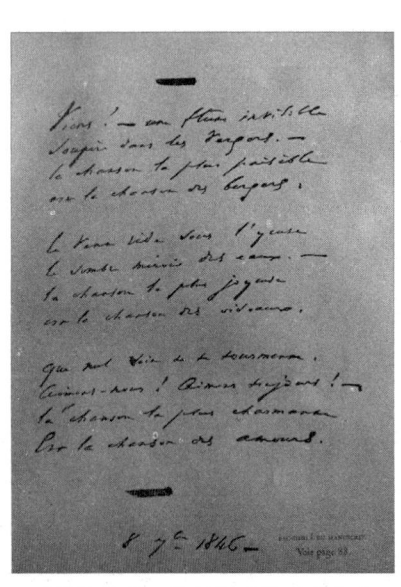

雨果的手书，收入到《静观集》中

概括了作者1830—1855年间的思想感情，是颇具特色的抒情佳作，是咏叹人生、抒发感情、描绘自然景色和探索哲理的上乘作品。全诗没有消极浪漫主义者的那种灰暗、悲观的色彩，而是情真意切，富有生气。如写于1855年圣日耳曼的《五月春》，其中的描写：

> 万物以爱的语言在抒怀。请看玫瑰。
> 别的事情我不谈，别的事情无所谓。
> 五月春！爱情欢乐，忧伤，炽热或妒忌，
> 使花木虫鸟甚至狼群都唉声叹气；
> 那年秋天，我曾把一句话写在树上，
> 此树照念，还以为它是在即兴咏唱：
> 深穴老洞被松鸦嘲笑，正陷入沉思，
> 紧锁着浓眉，嘴巴做出撒娇的样子；
> 只为多情的青草爱上迷人的苍穹，
> 平原向"春天"倾吐相思，因而使空中，
> 喷香温情的空中充满绵绵的情话。
> 时时刻刻，只要有日头在蓝天高挂，
> 如痴似狂的田野已爱得越来越深，
> 尽情地散发芬芳，又借取和风阵阵，
> 向阳春送来它的香吻，一个接一个；
> 田野里万紫千红，鲜花有各种颜色，
> 扑鼻的花香一边低声细语：我爱你！
> 在沟壑中，池塘边，甚至田垅和草地，
> 处处是斑斑点点，打扮得花团锦簇；
> 田野送给人花香，田野留下了花束；

> 正当此轻枝狂蔓嬉笑的暖春五月,
> 仿佛田野的唉声叹气,含情的密约,
> 仿佛田野一封封情书听得人絮烦,
> 在吸墨纸上留下印迹,点点又斑斑!
> 树林里的小鸟在细声细气地吟哦,
> 向各位仙女唱着一支一支的情歌;
> 万物在暗中倾诉自己内心的秘密;
> 万物在爱,轻轻地在承认爱得入迷;
> 仿佛长春藤,湖泊,迎风摇晃的橡树,
> 发花的篱笆,田野,叮咚的泉水,山谷,
> 在北边和在南国,在西天和在东方,
> 借着东南西北风把情诗齐声咏唱。

(见程曾厚译,《雨果诗选》,人民文学出版社,2000年版,298-299页)

《静观集》可谓浪漫主义抒情诗的辉煌实绩,其中有的诗作还带有某种程度的"超前性",具有波德莱尔式、瓦莱里式的象征主义的风格。《静观集》出版后,获得惊人的成功,被认为是"法兰西文学中可引为骄傲的最美的个人诗集"。

1870年,普鲁士军队侵略巴黎。雨果为维护新生的共和国政权,结束流亡生涯,回到祖国与人民命运与共,英勇抗敌,写下了许多爱国主义的战斗诗篇。他歌颂为国捐躯的战士,鼓舞国人的斗志,表达了对人类进步的信念与强烈的爱国之情;他站在共和主义立场,身体力行,反对资产阶级的"国防政府"与外来侵略者的妥协和卖国行径,颂扬和赞扬巴黎公社社员的崇高品质和勇敢战斗精神,这

些诗被收入《凶年集》中，于1872年出版。

雨果在诗集《凶年集》中，按月记录了他的见闻和感受。

他在《突围》一诗中，描写巴黎被围后，由市民组成的国民自卫军战士于拂晓时出城参战的动人情景：

> 黎明时寒冷、灰白，天色蒙蒙地发亮，
> 一群人整整齐齐地走在大街的中央；
> 他们向前迈进时铿然有声的步伐，
> 把我吸引了过去，我跟着他们出发。
> 他们是奔赴前线，投入战斗的公民。
> 高贵的战士！孩子也在行列里行进，
> 身材虽比人矮小，志气能和人比高，
> 紧紧握住父亲的大手，他好不骄傲，
> 妇女扛着丈夫的步枪也行走匆匆。
> 古代高卢的妇女就有这样的传统：
> 不论抵御阿提拉，也不论蔑视恺撒，
> 妇女们都会在场，帮男人拿着盔甲。
> 现在情况会如何？孩子们发出笑声，
> 女人不哭。巴黎在忍受无耻的战争；
> 巴黎的每个居民都同意这些事情：
> 一个民族只会被耻辱才蒙住眼睛，
> 列祖列宗会满意，不论会发生何事；
> 为了法兰西活着，巴黎城可以去死。
> 我们要保住荣誉，其他都可以奉送。
> ……

> 突然间，风吹过来一缕轻轻的黑烟：
> 停步！大家第一次看到了炮击。前进！
> 一阵久久的战栗掠过战士们的心，
> 这时刻已经到来，一扇扇城门打开，
> 吹响吧，军号！前面就是这平原地带，
> 就是有看不见的敌人葡匐的树林，
> 而变节的地平线已静悄悄地入寝，
> 一动也不动，可又充满火光和雷电，
> 听到有人说："娘子，把枪给我们！""再见！"
> 妇女们黯然心伤，脸上则神色安详，
> 她们吻了吻武器，递过丈夫的步枪。

（见程曾厚译，《雨果诗选》，人民文学出版社，2000年版，459-461页）

他在《战斗结束之后》中，表达了爱国主义激情和人道主义精神：

> 我的父亲，嘴边永远挂着温柔微笑的英雄，
> 身后只跟一个轻骑兵，由于他无比英勇，
> 身材魁梧，父亲对他格外垂青。
> 战斗结束后的一个黄昏，父亲骑马走过
> 死尸横陈的田野，夜晚降临。
> 他似乎听到阴暗处有微弱的声音。
> 这是溃败的西班牙军队的一员，
> 躺在公路旁血迹斑斑，

他喘息着,面无血色,气息奄奄,
说道:"我要喝水!可怜可怜吧,给点水喝!"
我父亲被他打动,向忠诚的轻骑兵
递去挂在鞍上的一个酒壶,
说道:"拿去给这个可怜的伤兵。"
突然间,正当轻骑兵俯身,
朝他弯下腰去,这家伙是个摩尔人,
抽出插在腰部的手枪,
瞄准父亲的头部大喊:"咳!"
子弹从头顶飞过,把军帽击落,
受惊的马往后猛然一跳。
"还是给他喝吧。"父亲说道。

1850 年 6 月 18 日

(见吕永真译,《历代传说》,译林出版社,2013 年版,514-515 页)

雨果还是一个史诗诗人,他的《历代传说》(1859—1883)是法国文学史上重要的史诗巨著。《历代传说》第一卷出版于 1859 年,第二卷于 1877 年出版,第三卷于 1883 年出版。

《历代传说》亦可谓雨果的压轴之作。在这里,雨果用诗歌的形式呈现了从古代、中世纪、文艺复兴直到当代的历史画面。每首诗都展现了一个历史场景或一个事件的画面,既是叙事的艺术,也是绘画的艺术。诗的题材,有些是根据《圣经》故事的,有些是采用民间传说的,有些是历史著作记载的。诗作表现了人类向往光明的过程,突出了人类进步、弘扬了人类精神,充满对正义、人道、光明的歌颂与向往,鞭挞与批判了阻止社会前进的强权、暴力等罪恶势力和行为。《历代传说》中的篇章，既独立又连成一个整体，表现人类不断变化的历史，其意境开阔、气势磅礴、篇章瑰丽，是世界诗歌史上的一部雄伟的奇书。

雨果是一位杰出的浪漫主义诗人、讽刺诗人和史诗诗人，他的诗反映了他那个时代的生活，既有对亲情、对爱情、对祖国的歌颂，也有对哲学的探索及对自由的追求，既是人类社会思想史和发展史的见证，也是人类美好情感汇集的百科全书。

雨果的创作思想超越了时代，他被世界上所有的文学爱好者所崇敬。

第三部分 ｜雨果作品在中国

人生下来不是为了抱着锁链，而是为了展开双翼。

19世纪法国浪漫主义文学的杰出代表维克多·雨果，是20世纪初中国翻译家所关注的著名作家之一，也是在晚清翻译浪潮中最早被介绍到中国的外国著名作家之一。

晚清时期，由于对西方文学认识肤浅，当时我国译介的外国优秀作品并不多，只有极少数名家名作为近代中国人所知晓。

维克多·雨果是法国浪漫主义运动的领军人物。19世纪20年代中期，雨果由保王主义转向资产阶级民主主义，并开始倡导浪漫主义文学。1827年，他发表了剧本《克伦威尔》，受到了人们普遍的关注。《＜克伦威尔＞序言》成为浪漫主义运动的宣言书，是法国文学史上重要的理论文献，它全面阐述了浪漫主义艺术纲领，提出了著名的美丑对照原则。

雨果创作了大量诗歌，出版了诗集《歌吟集》《东方集》《秋叶集》《暮歌集》《心声集》《惩罚集》《凶年集》等，反映了他那个时代的生活，成为19世纪西方的诗魂。

雨果写了大量的小说，其中长篇小说《巴黎圣母院》《悲惨世界》《海上劳工》《笑面人》《九三年》均为享誉世界的文学经典之作。

雨果写了10多出戏剧，其中《欧那尼》剧本的成功演出，标志着浪漫主义戏剧对古典主义戏剧的决定性胜利。

从20世纪初至今的一百多年时间，雨果作品在中国的译介一直没有停止，其中译介最早且最多的是他的小说。他的戏剧和诗歌，也都有了中译本。

这位法兰西文学巨匠已然受到近代中国人的关注，也必然受到今天的我们的关注。

一、最早翻译雨果作品的人

鲁迅、苏曼殊、陈独秀、马君武是我国最早翻译雨果作品的人。曾朴是最早的雨果研究专家，在传播雨果的作品中他的贡献最大。

鲁迅（1881—1936），浙江绍兴人，著名文学家、思想家、革命家，五四运动和新文化运动的重要参与者，中国现代文学的奠基人。1902年3月，他赴日本留学。在留日初期，也就是1902至1903年间，他热心研读雨果的作品，买了大量的雨果文学作品。他把美国出版的《雨果全集》邮寄给在国内的弟弟周作人，极力推荐雨果的作品。

马君武（1881—1940），广西桂林人，中国近代获得德国工学博士第一人。他是政治活动家、教育家，是近代著名的南社诗人和翻译家，后任广西大学校长。1900年曾在广州法国教会学校丕崇书院学习法文。1901年在上海震旦学院读书，并翻译《法兰西革命史》一书。1901年冬，马君武赴日留学，是广西赴日的第一批留学生。1902年，他曾与马一浮（1883—1967）、谢无量（1884—1964）在日本创办《翻译世界》。他精通日语、英语、法语和德语，是与苏曼殊齐名的著名的翻译家。他最早接触的文学名著就是法国作家雨果的诗歌，他是第一个翻译雨果诗歌作品的人。

苏曼殊（1884—1918），法名博经，法号曼殊，笔名印禅、苏湜。近代作家、诗人、翻译家，广东香山县（今广东省珠海市沥溪村）人，早年留学日本。1902年，他在日本东京加入留日学生组织的革命团体青年会。他通晓汉文、日文、英文、梵文等多种文字，可谓多才多艺，在诗歌、小说等多个领域皆取得了成就。他经常在《民报》《新青年》等刊物上投稿。后人将其著作编成《曼殊全集》（共5卷）。

苏曼殊对雨果的作品潜心研究，是我国最早翻译《悲惨世界》的人。

曾朴（1872—1935），字孟朴，江苏常熟人，是我国最早的外国文学翻译专家之一。他对法国文学进行过深入研究。他创办真美善书店，主编《真美善》杂志，出版刊载外国文学作品及论述文章。在他所译的法国文学中，雨果的作品占大多数。雨果的小说和剧本译介大多在20世纪20年代至30年代，由他创办的真美善书店出版发行。他除了翻译小说《九三年》《笑面人》外，还翻译了雨果的剧本。

二、雨果作品在中国的传播

1. 晚清和辛亥革命时期，雨果作品在中国的传播

（1）小说

1903年6月，留学日本的鲁迅翻译了雨果的一篇随笔《哀尘》，连同他写的《译者附记》于1903年6月15日发表在留日学生刊物《浙江潮》月刊第五期，署名庚辰。这是中国最早译成中文的雨果的作品，也是鲁迅从事外国文学翻译的开始。

有人误以为《哀尘》是最早的《悲惨世界》译本，其实不是。《哀尘》原是雨果《随见录》中的一篇，题为《芳梯的来历》。后被其写进《悲惨世界》第五卷。芳梯就是《悲惨世界》中的芳汀。《随见录》是雨果的一个散文集，上面记录的是雨果平时的所闻所见。

1903年8月，在上海，清末著名诗人苏曼殊（苏子谷）和友人陈独秀（陈由己）合作翻译了雨果的《惨社会》（译本选自雨果

的《悲惨世界》），于1903年10月8日——12月1日在资产阶级革命派创办的《国民日日报》上发表，署名是：法国大文豪嚣俄著，中国苏子谷译。译文用的是浅近文言，分成11回，类似我国的传统章回小说，没译完。后来报馆被清政府查封。

1904年，苏曼殊与陈独秀合译的《惨社会》改名为《惨世界》，由上海镜今书局出版单行本，署名为：苏子谷、陈由己同译。回目增加到14回，还没有译完。苏曼殊、陈独秀各自分工。苏曼殊通晓英、法、日、梵文，他负责翻译，他所译的《惨世界》从雨果原著译出。陈独秀负责润色整理。该书的特点是兼译兼作。这个单行本是《悲惨世界》在中国的最早的译本。由于青年时代的苏曼殊政治热情高，他对原著中的主题——对社会黑暗的揭露和批判、下层人民苦难的真切同情——予以极大地赞成，这部分他采取直译。而对其宣扬的仁德和博爱以及用道德感化人的灵魂来解决社会问题的观点不予赞成，所以，有关这部分他进行了修改并加入了一些自己的思想，译文也由11回增加为14回。这里需要说明的是，苏曼殊译的这部《惨世界》是译、创各半的小说。全书的14回中，除译作的首尾8回外，中间的6回几乎是创作的。

1907年，《悲惨世界》的另一个译本由商务印书馆翻译出版，书名为《孤星泪》，采用文言文翻译，译者不详，其影响力不是太大。此外还有《时报》社出版的节译本，书名为《逸囚》。

同年，清末杂志《小说林》第一卷发表了《小说管窥录》文章，对《孤星泪》一书做了简要介绍，充分肯定了它是一部"不经见之名作"。内容是所译的本子中最丰富的（原本是六册），特别是《逸囚》部分，是以往译者中没有出现过的。

1905年，包天笑（即包公毅）翻译的《侠奴血》(《布格·雅加尔》)

由小说林书局印行。

1906年，包天笑翻译的《铁窗红泪录》(《一个死囚的末日》)发表于《月月小说》。

1910年出版了包天笑翻译的《铁窗红泪记》、狄楚青翻译的《克罗特丐》《噫有情》(今译《海上劳工》)。

1910年出版了陈冷血翻译的《卖解儿子》。

1913年，晚清著名作家兼翻译家曾朴翻译的《九十三年》(即《九三年》)连载于上海《时报》上，次年由上海有正书局刊印出版。

（2）剧本

1910年出版了包天笑、徐卓呆合译的剧本《牺牲》。

1916年，曾朴翻译的《枭欤》(现译为《吕克莱斯·波基亚》)，是最早以单行本形式出现的剧本，由上海有正书局出版。

1917年，由包天笑、徐卓呆合译，剧本名为《牺牲》(《安日洛》)，由秋星社刊行。

（3）诗歌

1903年，马君武翻译了雨果的诗歌，最早发表在《欧学之片影》一文中，刊于《新民丛报》第28期（1903年3月27日）。题为《重展旧时恋书》，后刊于1914年出版的《南社》第8期。全诗如下：

此是青年有德书，而今重展泪盈裾。
斜风斜雨人增老，青史青山事总虚。
百字题碑记恩爱，十年去国共艰虞。
茫茫天国知何处，人世仓皇一梦如。

1913年至1914年，马君平翻译雨果的《妙龄，赠彼姝也》载于1913年《国学丛选》第3集，《夏之夜二章》载于1914年《国学丛选》第6集。马君平也是最早译介雨果诗歌的先辈之一。

1926年，刘半农翻译雨果的《贫人》长诗，收入译者的法国短篇小说集《失业》一书中。

1936年，沈宝基翻译的《雨果诗选》发表在《中法大学月刊》第8卷第2期"雨果专号"上。

由此可见，晚清和辛亥革命时期，中国知识界及知识分子对雨果作品翻译工作的重视。

2. 五四运动以来，雨果作品在中国的传播

（1）小说

苏曼殊逝世后，他的好友胡寄尘将《惨世界》交给上海泰东书局，于1921年翻印出版，出版时删去了陈独秀的名字，并改名为《悲惨世界》。

1921年，林纾和毛文钟合译雨果的小说《双雄义死录》(《九三年》)，由上海商务印书馆出版，作者名雨果译为预勾。

1923年，俞忽翻译雨果的《活冤孽》(《巴黎圣母院》)，由上海商务印书馆出版。这是《巴黎圣母院》最早的译本。1946年，上海群学书店出版了由越裔译述、以《钟楼怪人》为书名的节缩本。

1928年，署名平情主人翻译的书名为《噫有情》(《海上劳工》)，由真美善书店印行。后有伍光建的译本，以《海上的劳工》为书名由上海商务印书馆出版，年份不详。

1929年，由李丹译、方于校的《悲惨世界》第一部收录在商

务印书馆《万有文库》第一集，分9册出版，书名为《可怜的人》。这是按照原著的真实面貌翻译的译本。该项工程到20世纪40年代才出来8册，仍没有译完。

1929年，曾朴修订先前翻译的《九十三年》，形成两卷，由上海真美善书店印行。

1929年，上海现代书局印刷发行了由邱韵从英译本转译的《死囚之末日》（《一个死囚的末日》）。

1949年，黄峰从英译本转译，以《铁窗末日记》（《一个死囚的末日》）为书名由上海长风书店出版。

1957年，李平沤翻译的《死囚末日记》（《一个死囚的末日》），由上海新文艺出版社出版。

这期间还有平云翻译的《孤儿记》、伍光建翻译的《海上的劳工》。

曾朴除了翻译小说《九十三年》《笑面人》外，还翻译了雨果的大量剧本。

1930年，曾朴主编的《真美善》杂志推出了法国浪漫主义运动百年纪念专号，他翻译了雨果的部分论文和诗歌。翻译家、评论家曾仲鸣出版了专著《法国的浪漫主义》，对雨果、拉马丁、夏多勃里昂等十位浪漫主义作家进行了评述。

1931年，曾朴翻译的《九十三年》，由上海真美善书店再次出版。

1931年7月，曾朴翻译的小说《笑的人》（《笑面人》），在他主编的《真美善》季刊连载。这是《笑面人》的首译，未译竟。此后的比较忠于原文的全译本，译者有鲁膺、郑永慧以及周国强等人。

1935年，为纪念雨果逝世50周年，上海、南京、北平、天津等地文艺界均发表文章，高度评价雨果的文学贡献。

1931年，柯蓬州以《少年哀史》（《悲惨世界》）为书名翻译出版了这部小说的压缩本。此后,李敬祥于1936年、微林于1944年、徐泽人于1950年、周光熙和岳峰于1953年翻译出版了这部小说,均为节译本。

1936年,《万有文库》出版了由李丹、方于夫妇以《可怜的人》(《悲惨世界》)为书名翻译的译本,共九册。

1946年,上海群学书店出版了由越裔译述、以《钟楼怪人》(《巴黎圣母院》)为书名的节缩本。

1947年,陈瘦竹据英译本转译了《欧那尼》,由上海群益出版社出版。

1948年,董时光翻译出版了小说《九十三年》。

20世纪30年代出版的《可怜的人》(即今译《悲惨世界》)(全九册)

(2)剧本

1927—1928年,曾朴译介的雨果戏剧有《吕克兰斯·鲍夏》(1927)、《欧那尼》(1927)、《吕伯兰》(《吕伊·布拉斯》)(1927)、《钟楼怪人》(《巴黎圣母院》)(1928)和《项日乐》(《安日洛》)(1930),分别由真美善书店出版。据说曾朴还译有《克林威尔》(《克伦威尔》)、《玛丽韵姐洛姆》(《玛丽蓉·德·洛尔墨》)、《嬉王》(《国王取乐》)、《玛丽丢陶》(《玛丽·都铎》)、《弱格拉佛》、《自由戏剧》、《双生子》等七部剧本，没有发表。他是第一个将雨果的戏剧介绍给国人的人。

1946年，张道藩翻译了《狄四娘》(《安日洛》)由正中书局印行。

1947年，陈瘦竹据英译本转译了《欧那尼》，由上海群益出版社出版。

《狄四娘》

（3）诗歌

在这阶段，诗歌的译介相对于雨果的小说、戏剧来说，很少。

1935年，顾维熊译《嚣俄的情书》，由上海商务印书馆推出。"嚣俄"即雨果。

3. 中华人民共和国成立以来，雨果作品在中国的传播

中华人民共和国成立以来，中国知识界对雨果的研究进入一个新的历史时期。

1952年，雨果诞生150周年时，《人民日报》发表的文章指出："雨果，我们是把他当作法国进步人民的一颗巨大的良心来认识的；我们十分尊重在雨果的作品及一生事业中所表现出来的民主主义、人道主义的精神和对人类的合理前途的渴望"。一时间，全国各大报刊纷纷登载纪念文章。著名作家、社会活动家、文艺评论家如茅盾、郭沫若、楚图南、洪深、唐弢等人纷纷撰文纪念。在这种浓郁的氛围下，雨果的小说和诗歌的译介如雨后春笋，跃上了一个新的台阶。

（1）小说

1949年,陈敬容的全译本《巴黎圣母院》由上海骆驼书店印行。

1956年,鲁膺的新译本《布格·雅加尔》由上海新文艺出版社出版。此后有陈筱卿等人的复译本。

1957年,李健吾译有《宝剑》,由上海新文艺出版社出版。

1957年,郑永慧翻译雨果的小说《九三年》,由人民文学出版社出版。这是一部比较忠实于原文的中译本。

1958年至1984年,留法学者李丹、方于夫妇用长达半个世纪的心血译竟的《悲惨世界》,全部由人民文学出版社出版(第一卷,1958年;第二卷,1959年;第三、四卷,1980年;第五卷,1984年)。这是忠实于原文、在读者中影响最大的全译本。

1959年,沈宝基翻译的《葛洛特·格》(《克洛德·格》),由人民文学出版社出版,此后有多人重译。

1984年,李丹、方于翻译的完整的中译本《悲惨世界》,由人民文学出版社出版。

1980年,罗玉君翻译的《海上劳工》,由四川人民出版社出版。

1986年,许渊冲翻译的《雨果戏剧集》,由人民文学出版社出版。此外谭立德等人也翻译过雨果的戏剧。

1988年,刘方翻译了《冰岛恶魔》(《冰岛凶汉》),由北京十月文艺出版社出版。

（2）诗歌

中华人民共和国成立后至1984年的35年间,只有闻家驷翻译的《雨果诗选》单行本,收录译诗22首,由作家出版社于1954年出版。

1985年，雨果逝世100周年之后，雨果诗歌的译介才出现新局面。不仅有关报纸杂志登载了大量雨果译诗，而且在短短七八年间就出版了众多的单行本，其中主要有：

1985年，沈宝基译《雨果诗选》，由湖南人民出版社出版。

1986年，沈宝基译《雨果抒情诗选》，由江苏人民出版社出版。

1986年，程曾厚译《雨果诗选》，由人民文学出版社出版。

1986年，闻家驷译《雨果诗抄》，由外国文学出版社出版。

1986年，张秋红译《雨果诗选》(两册)，由上海译文出版社出版。

1988年，程曾厚译《繁花似锦的五月：雨果诗选》，由人民文学出版社出版。

1992年，张秋红译《雨果抒情诗100首》，由山东文艺出版社出版。

此外，由柳鸣九先生主编的20卷《雨果文集》中包含了5卷译诗集，译者有张秋红、程曾厚、吕永英、李恒基等。至此，雨果一生创作的《颂歌集》(也译为《歌吟集》)、《东方集》、《秋叶集》、《暮歌集》、《心声集》、《光影集》、《惩罚集》、《静观集》、《历代传说》《凶年集》《做祖父的艺术》《街头与森林之歌》等10多部诗集，都有了译介。

（3）剧本

1983年，刘小蕙翻译了《安琪罗》(《安日洛》)。

（4）散文、游记、政论

雨果一生写了大量散文、书信、随笔、游记、政论，这些作品的主要中译本大都完成在中华人民共和国成立以后。有：

1988年，白丁译的《雨果情书选》，由湖南文艺出版社出版。

1988年，顾维熊译的《雨果的情书：寄给未婚妻的信》，由华岳文艺出版社出版。

1991年，郑克鲁译的《雨果随笔·见闻录》，由三联书店上海分店出版。

1992年，佘协斌编选、沈宝基等译的《雨果抒情散文选》，由湖南文艺出版社出版。

1995年，郑克鲁译的《雨果散文选》，由天津百花文艺出版社出版。

1997年，张政译的《雨果情书》，由江苏人民出版社出版。

1998年，刘华译的《莱茵河》，徐知免译的《阿尔卑斯山和比里牛斯山之游》，徐知免译的《法兰西和比利时之游》，收入柳鸣九主编《雨果文集》第18卷；张容译的《见闻录》，收入《雨果文集》第20卷；丁世中译的《小拿破仑》《教皇》《至高的怜悯》，收入《雨果文集》第19卷，均由河北教育出版社出版。

（5）关于雨果文论、研究资料的译介

主要中译本有：

1958年，夜澄译的尼柯拉耶夫著的《雨果》，由上海新文艺出版社出版。

1976年，林致平译的《雨果生平及其代表作》，由台北五洲出版社出版。

1980年,柳鸣九译的《雨果论文学》,内收雨果《论司各特》《论拜伦》《莎士比亚论》(选译)及多本诗集序,由上海译文出版社出版。1998年,加以增添后以《雨果论文学艺术》收入其主编的《雨果文集》

第17卷。

1985年,鲍文蔚译的法国阿黛尔·富歇著的《雨果夫人见证录》,由上海新文艺出版社出版。再版时改名为《雨果夫人回忆录》。

1983年,沈宝基、筱明、廖星桥译的莫洛亚著的《雨果传》,由湖南人民出版社出版。另一个译本系陈伉据俄文本转译,书名为《伟大的叛逆者——雨果》,于1986年由世界知识出版社出版。此后又有周国珍重译,书名仍为《雨果传》,于1998年由浙江文艺出版社出版。此书的节缩本由莫洛夫所译,于1986年由台北志文出版社出版。

三、雨果作品在中国的研究

雨果作品在中国的传播,有着深刻的政治、历史和文化的原因,雨果作品中反映出来的种种社会问题,在中国也类似地存在。雨果作品中的反对宗教对人民的麻痹和宣扬的人道主义思想,引发了中国知识界的情感效应,特别是他要通过道德教育来最终解决社会问题以及他关于人类命运的思考,引起了中国知识界的关注和深思。

对雨果作品的译介从晚清开始到现在,中国先进的知识分子走过了一条认识再认识的艰辛道路,逐渐了解了雨果作品中的哲学内涵和文化精神。人们的译介和研究同步进行,涌现出来了一批研究人员,他们开展了各种形式的研讨。特别是20世纪80年代以来,研究雨果创作思想的活动更具深度和广度。

1981年,为纪念雨果诞生180周年,全国性的雨果学术研讨会在长沙召开,组委会收到的相关研究论文90余篇。同年,柳鸣九主编的《法国文学史》（中册）由人民文学出版社出版。该书以72页的篇幅，详细而系统地介绍了雨果的生平与创作道路，阐释了雨果的文艺理论，并对雨果戏剧、诗歌、小说的创作背景、思想内容、艺术特色进行了分析和探究，指出了雨果研究的跨世纪影响和现实意义。

1983年，著名雨果作品研究者、翻译者柳鸣九的《雨果创作评论集》，由漓江出版社出版。

1984年，文学评论家、翻译家陈伯通撰写的《法国浪漫主义文学旗手雨果》，由商务印书馆出版。

1985年是雨果逝世100周年。法国将这一年定为"雨果年"，举行了各种隆重的纪念活动。在我国的北京、武汉、南京、上海、长沙等地举行了各种形式的雨果纪念会和学术研讨会。

在武汉，《法国研究》出版了一期《纪念雨果学术讨论会专辑》，法国文学专家、翻译家罗大冈发表了《试论雨果》的重要论文。

在长沙，柳鸣九在《外国文学欣赏》上发表了《雨果的意义与启示》文章。

在此期间，北京、上海等地的一些文化单位和高等院校展出了由法国"纪念雨果全国委员会"提供的有关雨果生平、著作、绘画的大幅系列图片。

1998年是中国雨果译介与研究工作的最重要的一年。这一年，柳鸣九先生编选了《雨果精选集》、主编了一套20卷的《雨果文集》分别由山东文艺出版社、河北教育出版社出版。这两部文集中收录的雨果作品是史上最全的，是对雨果作品译介成果的一次大展示。柳鸣九先生在他长达9万字的序言中，对雨果的创作思想及作品进行了前所未有的精辟独到的分析评论，可以说是一个世纪以来雨果学研究的阶段性大总结。

　　随着我国文化战线思想的进一步解放，对雨果的研究有了新的拓展和新的成果，赋予了时代的特色。随着研究的深入，不仅有了外国学者写的雨果传记的中译本，如1989年法国作家安德烈·莫洛亚著的，程曾厚、程干泽译的《雨果传》，由人民文学出版社出版；1990年苏联作家穆拉维约娃著的，冀刚译的《雨果》，由上海译文出版社出版。还有由我国学者自己撰写的雨果传记，如1990年张英伦撰写的《雨果传》，由北岳文艺出版社出版；1999年葛丽娟撰写的《法兰西诗神：雨果传》，由河北人民出版社出版。此外，还有各种雨果作品导读与鉴赏的作品，如1999年上海外国语大学法国语言文学教授陆楼法等编著了《圣母院的钟声：雨果作品导读》，由世界图书出版公司出版，等等。

　　截至今天，关于雨果的研究成果不胜枚举，雨果的文学思想已经融入每一个爱好世界文学的人们的生命里，雨果的经典语句已经成为人们成长路上提升自己思想和智慧的真谛，雨果的经典作品伴随着一代又一代文学爱好者耕耘着人类美好的未来。

第四部分 ｜ 主要作品介绍

人出生两次吗?

是的。

头一次,是在人开始生活的那一天;

第二次,则是在萌发爱情的那一天。

《欧那尼》

《欧那尼》是雨果的浪漫戏剧作品中的代表作，是法国文学史上划时代的作品。它描写的是 16 世纪西班牙一个贵族出身的绿林好汉欧那尼为了爱情与国王、公爵抗争的故事。

1. 创作背景

19 世纪 20 年代后期，法国查理十世的反动统治愈加残酷，法国的革命风暴逐渐酝酿成熟，法国知识界的自由主义思想运动正在开展。雨果受到进步思潮的影响，敏锐地感到脱离现实生活的伪古典主义戏剧、美化中世纪生活的消极浪漫主义戏剧都不能满足社会发展的需求。

1829 年 2 月，大仲马的浪漫主义剧作《亨利三世》在巴黎演出获得成功。这部浪漫主义戏剧，完全打破了古典主义"三一律"的僵死教条，严正挑战了古典主义霸占的戏剧舞台。雨果为此深受鼓舞，他也要写一部浪漫主义戏剧。

雨果阅读了大量的历史书、回忆录和传记，创作了浪漫主义剧作《玛丽蓉·德·洛尔墨》。由于剧本中的故事情节涉及王室，被认为有影射查里十世的嫌疑，被禁演。

雨果非常愤怒，他决心与伪古典主义进行一番较量，写一部反抗暴君而被社会邪恶势力毁灭的一位英雄，让民主思想登上舞台。

雨果童年时就对西班牙贵族的傲慢有着深刻的印象，对青年人的无所畏惧很是敬佩，他也忘不了当年在欧那尼小镇时看到那冷冷门楣、门锁的感受。他决定这部剧就以欧那尼作为剧名和主人公名字。

雨果于8月27日开始动笔，9月25日完稿。剧本是五幕诗剧，说的是卡洛斯的父亲西班牙国王杀死欧那尼的父亲之后，又残忍地削去欧那尼家族的公爵爵位并抄没了家族的财产。无家可归的欧那尼当上了绿林大盗，为了报这一血海深仇，就策划刺杀继任者卡洛斯。其间，他爱上了老公爵葛梅兹的侄女、未婚妻莎尔，卡洛斯也觊觎莎尔的美色，所以欧那尼与莎尔的爱情遭到国王卡洛斯和老公爵的阻挠和破坏，最后双双死去。

雨果借此作品旨在表达七月革命前夕人民反对复辟王朝斗争的迫切要求，表达广大人民反封建的思想情绪。

1830年2月25日，雨果的剧本《欧那尼》在法兰西大剧院上演，演出时遭到古典派的极力反对，长发披肩的浪漫派青年和身穿燕尾服的古典派文人在剧场里打起来，引发了浪漫主义和古典主义的大论战。经过这场激烈的争斗，最后浪漫派取得成功。《欧那尼》连续上演了45天，占领了法国的戏剧舞台，标志着浪漫主义戏剧对古典主义戏剧的胜利。从此，古典主义戏剧结束了独霸剧坛的统治地位，浪漫主义戏剧在巴黎舞台上占据了主宰地位。这就是著名的"欧那尼之战"。

《欧那尼》的演出已作为一个重大事件而载入法国文学史册。

2. 剧情梗概

第一幕 国王

1519年，在西班牙萨拉戈萨城的老公爵的府里。入夜了，保姆堂娜·约瑟华拉上紫红色的窗帘。这时,好像有人敲暗道的小门。她侧耳谛听,敲门声确实是从那扇秘密小门里传出来的。她心里犯着嘀咕,欧那尼老爷怎么会这么早就来了呢?约瑟华打开了秘密小门,把来人带了进来。来人解开披风,露出在卡斯蒂利亚流行的富丽堂皇的丝绒服装,是一个年轻的男人。当那个男人以锐利的目光盯住约瑟华的时候,她大吃一惊,后退了两步:"怎么?您不是欧那尼老爷!来人啊!救救我!……"陌生男人那有力的手已经抓牢了她:"老太婆,你再喊两声,就要你的命。"老保姆吓得不敢出声,只得听他的讯问。这个满面凶相但容貌不俗的青年人看来已经知道了莎尔小姐的各种秘密,这不仅包括她最近与她叔父葛梅兹公爵缔结的婚约,还包括她瞒着那老态龙钟的叔父和一个英俊青年每晚幽会的事情。"他们总是在这儿幽会,对不对?"见约瑟华默不作声,他的手臂猛一用力。"哎哟!"约瑟华痛苦地呻吟:"您刚才不是说再喊两声要我的命吗?""一个字就够了。他们是不是总在这个房间幽会,是,还是不是?""是!""那么,快把我藏在这儿!"忠实的老保姆气愤地拒绝了他。这时,他亮出了一把短刀和一个钱袋,"这是你的最后选择。""这么说,先生,您真是一个魔鬼。"约瑟华咕噜了一句,拿了钱袋随即打开了一个很狭窄的壁柜。陌生男人皱了皱眉头,忽然门外响起了脚步声,他毫不犹豫地钻了进去。约瑟华紧张地关上了柜门。她刚把钱袋藏好,浑身素白的莎尔小姐走了进来。"约瑟华!""小姐?""唉!我怕出事了。欧那尼怎么还不来!"莎尔小姐焦急地盼望着,"按说他这会儿该来了……你听,是他的脚步声!快去!不要等他敲门,快给他开门。"

约瑟华神不守舍地打开那扇秘密小门,欧那尼轻捷地走了进来。欧那尼身披大斗篷,头戴高帽,里面是阿拉贡山里人的装束,灰色的衣服上罩着皮制的胸甲，腰间除了佩刀佩剑外还挂着一只号角。莎尔小姐快步扑向这位英武的骑士："啊，欧那尼！你的大衣全打湿了，你一定受凉了！是吗？""不，亲爱的！见到你，我就不觉得冷了。当我血管里燃烧着一阵妒忌的爱情火焰，冰天雪地也不觉得冷！那位老公爵出去了吗？""是的，这一个小时只属于我们两个人。"她示意约瑟华去烘欧那尼的大衣。"只有这一个小时？"欧那尼切齿说道："我们本当白头偕老，永不分离，命运为什么这样残酷？""哦，欧那尼！""别打断我！那个老浑蛋，他腰弯背驼、日暮穷途，却还要娶这么一个美貌小姐，他的侄女！我恨他！死神已拉住他的一只手，他的另一只手还要牵你的手，难道硬要拆散我们的良缘？这桩婚事是谁做的主？""听说是国王卡洛斯做的主。""又是国王！"欧那尼眼中几乎冒出了火焰。"他的父王杀死了我的父亲，我们本有世仇，不共戴天！现在又是他亲手造成了这桩恶姻缘，这是有意坚定我报仇的意志吗？""欧那尼，你说得真可怕！""可怕吗？"欧那尼怜爱地看着莎尔，声音变得轻柔起来。"连我也觉得害怕，因为我是强盗首领，罪在不赦。你跟你的叔父葛梅兹公爵结婚，就不必害怕了。他会给你带来财富、地位和荣耀，而我只能给你带来恐怖和仇杀的血迹。你还是嫁给公爵吧！"莎尔赶忙用手捂住他的嘴："别说了，我爱你，我跟着你！""我的天使！我是绿林大盗，我的伙伴都很粗野。我们睡的是草地，喝的是山间的流水，我们那些人在国王的刽子手那里都是注了册的罪犯。""我不知道你是我的天使还是魔鬼，我只知道我是你的奴隶！"莎尔拥抱着欧那尼，恳求他带自己走。她爱欧那尼，离开了他，就像丢失了灵魂。她甚至要他在明天半夜里就带自己出城堡，只要他在她窗下拍掌三声。

正在这时，藏在壁柜里的男人走了出来。莎尔小姐一声尖叫，倒在欧那尼的怀里，眼里流露出惊慌的神色。欧那尼一边护着莎尔，一边麻利地拔出了剑。"看来你是一位善于从阴暗的地方突然钻出来的家伙，拿出你的剑报上姓名吧！"陌生人矜持地反唇相讥："或许你更擅长这样。你爱上了这位黑眼睛的小姐，每天晚上都来饱餐秀色，这很好，我也爱上了莎尔小姐。让我们春色平分好不好？这位美人儿一定可以使两个情人同时销魂的。我想知道你是谁，亮出你的姓名来吧！"他也拔出了佩剑。

欧那尼怒而不答，上来与陌生人交剑。正难解难分之际，约瑟华慌忙告诉不知所措的莎尔小姐，葛梅兹公爵回府了。莎尔双手合十道："真不幸。"两位年轻人不得不停止打斗，想离开这个尴尬处境已来不及了，老公爵的敲门声越来越急。陌生人很镇定，他命令约瑟华打开房门。

白发老公爵唐·葛梅兹被眼前的情形惊呆了，他捶胸顿足地指责莎尔有辱了家族的清白，指责两个年轻人侮辱了他这个德高望重的西班牙贵族，喝令仆人拿刀拿剑，跟两个强盗拼命。莎尔和欧那尼惶急不安。陌生人却傲慢地走向盛怒的老公爵："公爵，不要纠缠这种小事了，你知道日耳曼皇帝马克西米利晏驾了吗？"老公爵吃惊地盯住黑暗中的陌生人，失声叫道："天呀！您是国王？"莎尔和欧那尼这才知道，这个冒失鬼就是西班牙国王卡洛斯。卡洛斯向老公爵解释说，他因得知祖父日耳曼皇帝逝世的消息，又急于设法谋取帝位，才不得不深夜微服进府，想与忠诚的公爵共商大计。然后，他们开始密谋起来，并要肃清阿拉贡新出现的匪帮。他还特意告诉公爵，那个年轻人是他的一个跟班。葛梅兹公爵对国王的恩宠感激涕零，亲自为他秉烛，引他去休息。欧那尼知道这个陌生人就是西班牙国王，是两代的仇人。他并不感激卡洛斯救了自己，发誓真要像他的"跟班的"，始终跟着他，直到杀死他为止。

第二幕　强盗

对莎尔小姐爱慕不已的卡洛斯偷听到了欧那尼与小姐的密约，不想轻易放过这机会，不想让莎尔被别人带走。他甚至想得到莎尔小姐后，要先封莎尔为伯爵夫人，再封贵妃。第二天夜里，他带了几个近臣来到莎尔小姐的楼下，计划将莎尔小姐掠走。近臣桑科问起昨天晚上那个青年人叫什么名字，卡洛斯说只记得最后是个"尼"字。桑科和卡洛斯同时意识到那个人是强盗头子欧那尼。为了提防欧那尼的同时到来，他在周围设置了埋伏。他焦急地凝望着小姐楼上的窗户，盼着它早点露出亮光，那时他击掌三次，娇美的莎尔便会误入自己的圈套……

灯果真亮了！莎尔小姐可爱的身影映在窗上！卡洛斯叫近臣们到隐蔽的地方去，自己拍了两下巴掌，窗户开了，莎尔小姐全身素白，出现在阳台上，问："是你吗，欧那尼？"卡洛斯又拍了一下巴掌。莎尔关上窗户，灯光灭了。她手中拿着灯，肩上披着斗篷，从小门走出来。莎尔把卡洛斯当成了欧那尼，向他轻快地扑过去。但立刻她就明白了，他不是欧那尼。卡洛斯阻止莎尔小姐返身上楼，向她倾诉自己久压心头的爱恋，甚至表示愿以自己的半个王国换取她的垂怜。他说："只要你愿意，只要你下命令，王国就是你的，因为想用柔情留住你的，不是你的强盗欧那尼，而是你的主公国王，是你的奴仆卡洛斯。"又说，"你和我同登王位，你是我的王后，将来还是我的皇后。"莎尔小姐义正词严地告诉卡洛斯，她的爱人胜过他的王国。欧那尼虽是强盗，但他的气质和品德抵得上任何一个圣主贤君!"我发誓,我宁愿跟那位被社会摒弃了的罪犯,到处漂泊,忍饥挨饿,也不愿跟着你去做什么女王!""欧那尼不是强盗,你才是强盗,深更半夜,你用暴力来抢走一个女人,我的强盗比你好一百倍!国王呀,如果按照一个人的灵魂美丑来定地位的尊卑,如果上帝根据心灵是否高尚来划分人的等级,我敢说,我的强盗配当国王,而你只配做个小偷。"莎尔小姐感人肺腑的话全被匆忙赶来的欧那尼听到了,他为她感到无比荣耀与自豪,他应该随时为她的纯洁挺身而出,为她的忠贞慷慨赴死!他倏地站到了卡洛斯的身后,"真是一个无耻的国王!"声音不高,但在卡洛斯听来,犹如晴天霹雳。莎尔小姐惊喜地扑向欧那尼,卡洛斯本能地呵斥道:"强盗先生,用不着你来教训我!"欧那尼冷冷地告诉他,像他这样用冒名顶替的方式欺负贞洁小姐的做法才是真正的强盗。"放下你这国王的破架子吧!你的人都已在我的弟兄们的掌握之下了,你逃不了了,听着,你的父亲害死了我的父亲,还剥夺了我的财产和爵位,我恨你!我们两个都爱同一个女人,而你又用卑鄙的计谋欺负了她,我恨你简直恨入骨髓。那么,让我们都抽出剑来吧!"卡洛斯岿然不动,表示他不会跟欧那尼决斗的,昨天之所以动手,是因为还不十分清楚他的身份。"我是你的主公国王,我是不会和你对打的,你要杀我就杀吧,还等什么呢?你这大逆不道的强盗!"欧那尼深思了一会儿,用手折腾他的剑柄,然后突然转过身来,当着国王的面把宝剑在石头上折断。说:"我改变了我报仇念头,走吧!我们后会有期,走你的吧。"他脱下斗篷,抛在国王卡洛斯的肩上,"披上这件斗篷逃命吧!这样,我的弟兄们才不至于杀你。"卡洛斯匆匆逃走,临走还向欧那尼声明,"有朝一日,你休要向我求饶!我也不会向你道谢。"

莎尔抓住欧那尼的手,他们紧紧地拥抱在一起,几乎忘记了尘世间的一切!远处警钟声响起,一个弟兄告诉欧那尼国王的官兵已经追近,这时,"捉强盗"的叫喊声越来越近,所有的窗户、房屋和街道上的灯都亮了,萨拉戈萨城灯火通明。莎尔和欧那尼恋恋不舍地吻别。欧那尼走了,欧那尼不能离开那些绿林兄弟,他的前途属于疆场,属于荒野,属于复仇和逃遁。莎尔晕倒在石凳上。

第三幕 老人

在阿拉贡山中的西尔瓦城堡洋溢着一派喜气,装潢一新的大厅悬挂着这个家族列祖列宗威武的画像,心花怒放的葛梅兹公爵围着忧郁的莎尔小姐团团直转。今天他们将举行婚礼。

老公爵以叔父的慈爱和丈夫的威严耐心地开导莎尔:青春年少固然值得羡慕,但老人的爱情更加成熟可靠。他当然不能完全猜透莎尔的心。她正焦虑地思念着她的白马王子欧那尼。据说那天夜里国王的军队剿杀了那股强盗,国王悬赏1000金币,要欧那尼的人头。也有人说欧那尼可能已经死了。她看着絮絮叨叨的老公爵,根本没把他的话听进去。心如枯槁,面如死灰。贞洁的莎尔暗暗地下定了决心,穿上婚纱就是穿上丧服。

欧那尼假扮成朝山香客来到了公爵的府第,请求借宿。满怀喜悦的老公爵热情地欢迎着这位"远方的客人"。他认为接待背井离乡的人总会得到幸福。欧那尼的弟兄们溃散了,万念俱灰的他只求见一见莎尔,他冒险乔装混进公爵府。当他看到莎尔穿着华贵的结婚礼服时,流血的心又像被刀猛扎了一下。他撕下香客穿的长袍,露出了山里人的绿林豪杰的装束:"这里有谁想赚1000金币吗?我是欧那尼!"莎尔小姐惊喜交加,一下子怔住了。葛梅兹公爵一开始也吃惊不小，不过旋即恢复了常态。他怀疑这个人是个疯子，劝欧那尼不要如此疯狂，免得真的惹出祸事。欧那尼越发抑制不住自己的感情了，他绝望而激动地对葛梅兹公爵和莎尔说："我就是欧那尼，一个罪犯，一个亡命之徒！可我的脑袋确实值钱，取了它，那赏钱足够你们结婚的费用了！来吧，捉拿我呀！"老公爵镇静地说："即使你真是欧那尼，甚至比他还坏一百倍，但你已成了我的客人，你在我这里也要受到我的保护，就连国王也拿你无可奈何。因为你是上帝交给我的，我死也不能让人动你一根头发。"这是他家族的荣誉：舍生守信，以诚待人。他怕国王知道欧那尼在自己家的行踪，便忙着布置关闭城门，把守城堡，严阵以待。

　　老公爵走后，满腔悲愤的欧那尼向他心爱的莎尔小姐继续表达充满讽刺和挖苦意味的"祝贺"。莎尔小姐再也受不了这番委屈，从首饰盒的底层抽出了一把匕首，正色告诉欧那尼："这把匕首是从卡洛斯国王那里夺来的，他要我登上王后的宝座，我却为你而拒绝了，你现在竟来侮辱我。"当莎尔听到欧那尼已被剿杀的误传，她就没想过独生，更不会为了荣华富贵而与老公爵成婚。她准备在婚礼无可避免地举行的那一刻，用这把刀了结自己的生命。莎尔说："你以为我的爱情会那么见异思迁，你以为这些自命高贵、并不光彩的人能使我变得三心二意，忘了心上人名字！"欧那尼跪在莎尔小姐的脚下，泪如泉涌，说："你娴静而美丽，而我粗暴又不安分，我本来只知道复仇，现在我只知道爱情。"欧那尼请求她的宽恕，请求她给自己一刀！莎尔小姐俯身拥着他，泣不成声。他们忘情地抱在一起，彼此凝视，心醉神迷。忘了时间、空间以及身外的一切！老公爵的到来也没有引起他们的注意。葛梅兹公爵如蒙奇辱，想不到他一片热心保护的客人竟这样的回报！他像一头暴怒的狮子，斥责欧那尼，要求欧那尼干脆杀了他这个年迈的老人！欧那尼情知理亏，对不起这个热心的主人，诚恳地向他道歉，并愿意死在他的刀下。

正闹成一团的时候，仆人通报国王带领卫队进城堡来了。老公爵扫视了一眼列祖列宗的画像，果断地打开排在末位的自己画像后的机关，命令欧那尼钻进去，然后合上画像。

盛气凌人的卡洛斯责问葛梅兹公爵何以严阵闭城，并命令他交出匪首欧那尼。老公爵冷静地告诉卡洛斯，欧那尼确实在他这儿，但因是他的客人，无论如何不能交出来。他指着祖宗的画像，历数着祖先勇武盖世、信义传家的丰功伟绩，说是为了不辱没祖上、玷污家风，他宁愿死也不能交出客人。盛怒的卡洛斯要囚禁老公爵，莎尔小姐挺身而出为正直的叔父说话。卡洛斯一见莎尔小姐，立即打消了带走老公爵的念头，决定把莎尔小姐带走。莎尔小姐为了保护欧那尼和叔父，答应跟国王走，并暗暗地抽走了匕首。

老公爵从沮丧中恢复过来，抽出两把剑搁在桌子上，按动了藏匿欧那尼的机关："出来吧，让我们正式决斗！"欧那尼恳切地表示，他对老公爵有罪，他的生命属于公爵的裁决，他只请求在被处死以前救出莎尔小姐。他以自己父亲的名誉发了誓，并解下自己的号角，说是在任何时候，只要公爵想了结他的性命，吹响了它，无论在什么地方，他都会赶过去，引颈受戮。两人达成了协议，为了莎尔，他们一同参加了反对国王的斗争。

第四幕　陵墓

查理曼大帝陵墓的地下宫，成了反王党秘密集会的地方。卡洛斯带着侍卫躲藏在墓门后面，一边侦察反王党的反叛计划，一边静等着确定谁做日耳曼皇帝的炮声。反王党的人陆续聚齐了，老公爵和欧那尼也混在其中。大家议定要除掉卡洛斯，并且要抢在他当上皇帝之前，因为行刺皇帝太大逆不道了。欧那尼抽到了签，他要去完成杀掉卡洛斯的使命。欧那尼和反王党的成员都感到这是一个值得骄傲的使命。老公爵甚至想用莎尔小姐的婚姻和号角换得这个光荣使命，但欧那尼拒绝了，因为他还得报杀父之仇啊！

忽然，远处响起三声炮声，这是卡洛斯当选为皇帝的信号。卡洛斯带着卫兵拉开墓门，反王党的人惊呆了！他们手足无措，木然不动，人人都直愣愣地盯着黑暗中屹立着的卡洛斯，新当选的日耳曼皇帝。众卫兵缴了他们的械。莎尔小姐也被带到了这里。

威严的查理五世卡洛斯命令卫队将反王党中的贵族推到前面，人们以为贵族将首先被处置，莎尔暗喜欧那尼不在其中。可欧那尼突然宣布："我要求，把我也算在贵族里面接受惩罚。我就是简武安公爵，只因父亲被冤杀才逃进绿林。卡斯蒂利亚的卡洛斯国王啊，我们两家有血海深仇，你家有断头台，我们只有匕首。上帝授予我公爵爵位，流亡却使我成了山里人了。既然贵族们才有被杀的资格，我只好公开自己的身份。""要砍我们的头，就连我们的冠冕一起砍吧！"莎尔小姐发疯似的向卡洛斯跪下："请陛下开恩饶了他吧，或者，求陛下让我同他一起死去，因为我爱他。可怜我们吧！""好了，请起来吧，公爵夫人！"卡洛斯严肃地对莎尔说。"既然你真的爱他——简武安公爵"，卡洛斯真挚地说，"简武安公爵，把你这公爵夫人扶起来呀！"欧那尼和莎尔费了好大劲才弄明白发生了什么事，他们幸福地拥抱着，感激地看着卡洛斯。欧那尼抽出匕首，掷于地上，宣布："我的仇恨已经烟消云散了。"卡洛斯解下自己佩戴的西班牙贵族标志——金羊毛骑士勋章，将绶带挂在欧那尼的颈上。然后向所有的叛臣宣布："诸位先生，我不再记住你们的名字了，我要忘记一切仇恨，既然我得到了帝国，好了，我宽恕你们！"众人一片欢呼，日耳曼帝国万岁！荣誉归于查理五世！

老公爵看看众人，又看看幸福地偎依着的欧那尼和莎尔，怨恨地叽咕道："这么说，只有我一个人受到了惩罚。"卡洛斯也看了看那一对恋人，怅然应道："还有我呢！"他转身面向陵墓，"荣誉归于查理曼大帝！让我们祖孙两人单独谈谈。"

第五幕 婚礼

欧那尼与莎尔小姐的婚礼在阿拉贡公爵府隆重举行，达官贵妇翩翩而至。他们对欧那尼也就是简武安公爵那高雅的风度，对他所得到的巨大恩宠，对公爵夫人迷人的容貌，对他们的甜美幸福，既感到羡慕又充满妒忌。化装舞会正在进行，人们对这对新人的故事充满着好奇，对老公爵的心态调侃议论。一个身穿黑色外衣的假面人引起大家的注意和不安，看他举止乖张，心不在焉，眼中有一股不祥的火，让人们联想到死人就是这样在地狱里走路的。

欧那尼和莎尔手挽着手走来，莎尔身着华丽的新婚礼服，欧那尼穿着黑色的丝绒礼服，颈下挂着金羊毛骑士勋章，微笑挂在这对幸福的新人脸上。两个穿着豪华制服的执戟兵紧跟着他们，前面还有四个青年侍从开路，后面跟着成群结队的假面人、贵妇和贵族。大家纷纷鞠躬致敬，两人忙着还礼，热闹非凡。

人们逐渐散去，深沉的夜空下，一片宁静。幸福的一对新人毫无倦意。莎尔告诉欧那尼："现在的沉寂才是真正的幸福。"欧那尼充满哲理地表达着幸福的含义："幸福是很庄重很严肃的，幸福的微笑是眼泪多于笑声。"莎尔望着幽美的夜色，激动得热泪盈眶，万籁俱寂。大自然睁着慈爱的眼睛惺忪地看着他们，天地之间只有这两颗热烈的心醒着,她真的感到幸福,感到安宁,感到一种永恒的呼唤,她甚至愿意就此死去,也没有遗憾了。欧那尼深情地拥抱着心爱的妻子,体验着无限的安谧与幸福。他仿佛在这幽静的夜晚,听见星星在歌唱,礼赞他幸福的婚姻和美好的前程。

啊,有一种声音在天空中幽幽地回荡,似是一种诱惑,似是一种召唤!怎么带着这么凄惨阴森的调子?怎么这么熟悉?天哪!原来是自己号角的声音,自己的号角!哦,他明白了,那是老公爵,他吹起了催命曲!莎尔听到了这奇怪的号角声,感到了丈夫失魂落魄的神情,不由得一阵恐怖,忙问欧那尼发生了什么事情。欧那尼说自己有点儿不舒服,让她去拿止疼药水。她疑惑地离开了。

穿黑外衣的假面人出现在阶梯上,他就是失意的老公爵。欧那尼目瞪口呆地停住了。老公爵向欧那尼宣布,谁也别想得到莎尔,你必须马上履行自己的诺言,你说过,在任何时候,只要我想了结你的性命,吹响了它,无论在什么地方,你都会赶过去,引颈受戮。我到你的府上来,告诉你或者用刀自刎,或者用毒药自杀,这两样东西我带来了,让我们同归于尽吧。欧那尼选择了毒药。当他从老公爵手上接过毒药,准备喝下去的时候,忽然恳求面前的这个魔鬼:"请您发发善心,高抬贵手,让我明天再喝吧!如果你曾经体验过一点儿恋爱的幸福,如果你知道和自己心爱的人儿结婚是怎样一种无上的幸福,那么,那就请你等到明天吧。"葛梅兹公爵不答应:"我的丧钟今天早上已经敲响,今晚我就要魂归地狱!我不情愿一个人孤零零地走那条路,你必须为我做伴!如果你的誓言只是个骗局,如果你凭你父亲的名义立的誓只是个玩笑,那我就没什么说的了,我一个人走向属于我自己的归宿。""请等一等!"欧那尼诅咒道,"你这个残酷的老头,让我回到天堂的门口吧……"他刚想把毒药一饮而尽,莎尔小姐急步赶来阻止。当她知道了事情的原委以后,她对她叔父拔出了短刀,斥责他阴谋毁坏她的幸福,然后又掷刀于地,恳求叔父可怜自己,饶恕欧那尼,因为她发狂似的爱着他。她虔敬地跪在了老公爵的脚下。老公爵泪流满面,他不忍心他的侄女,也是他的恋人如此伤心,如此卑躬屈膝,她本是高傲的公主,属于伟大的宗室!她本可以成为自己的爱妻,她的脚下应该受千万人顶礼膜拜!而现在……现在!她却这样跪着,是给另一个男人求情!她发狂地爱着他!妒火如焚的老公爵大吼一声:"不!"欧那尼知道事情已无可挽回。他耐心地劝导莎尔:"让我喝了吧,我和公爵有言在先,还有我的父亲在天之灵作证啊。"为了信义,为了父亲的荣誉,他一定得应誓,一定得喝下毒药。

莎尔小姐绝望了,望了望这两个铁石心肠的男人,抢过药瓶,喝了一半。剩下的一半是给欧那尼留的,可当她递给欧那尼之后,又声嘶力竭地恳求他别喝:"快把那瓶子扔掉吧,别喝了,我的简武安。这药真厉害,喝下去便像一条毒蛇用千颗牙齿在啃啮你的心,咬我的内脏。太痛苦了!别喝……"欧那尼仇恨地看了老公爵一眼:"你的心肝太狠毒了,你就不会给她选择别的毒药?"他没理会老公爵那死灰色的脸,将毒药一饮而尽。莎尔说:"到我的怀抱中来吧,亲爱的。"

欧那尼爬到莎尔身边,两人互相依偎,坐在一起。莎尔小姐强抑制钻心的疼痛,面带凄惨的笑容向欧那尼倾诉着内心的痛苦:"这就是我们的新婚之夜!不过,我这样做一个新娘,脸色太苍白了些,也过于娇弱了点。"欧那尼此时也如万箭穿心,但看着她痛苦,心里更像火烤似的难受。他抱紧自己的爱人,脸部不断地在扭曲、抽搐:"亲爱的,感谢上苍给了我生命,虽然我生活在苦海之中,被恶鬼缠身，但到最后，却获得了……你的怀抱……真不枉……生此一遭……"一声深长的叹息，他死了。莎尔惨然一笑："不，他是在睡觉。新婚之夜，他就这样睡着了。"她俯身吻了吻欧那尼，对老公爵正色说道："公爵，他太累了，别叫醒他。你可以走了，这儿是我们的婚床啊！"然后温柔地扳转过欧那尼的脸，"脸向着我，近一些，再近些……"她渐渐入睡了一般，一动也不动了。

老公爵此时已成了疯子，絮叨着"死了，死了"，不知所往地旋转了一番，突然似有所悟："我也该死了。"便拔剑自杀。

仍然是那一片寂静的夜，一切都已失去了生机。

3. 赏析

《欧那尼》是一部五幕诗体悲剧，该剧讲述了绿林强盗欧那尼的传奇经历，高度赞美了欧那尼的侠义精神和高尚品质。雨果把身为强盗、土匪的复仇者欧那尼塑造成高贵、勇武、忠诚、知恩图报的正面人物形象，突出了反暴君的主题，具有鲜明的时代特征。雨果通过描述欧那尼与莎尔爱情的纯洁美好和临死前对光明和理想的憧憬，表达了强烈的反对封建社会的思想以及对现实社会的痛恨，揭露了封建统治阶级对自由和爱情的戕害。雨果以饱满的政治热情、丰富的诗歌意境与尖锐的戏剧冲突，刻画了以国王和老公爵为代表的封建贵族的自私、卑鄙、冷酷的性格特征。剧本一反古典主义创作的陈规陋习，道出了反专制、要民主、要自由的时代最强音。

《欧那尼》否定了古典主义服从理性、节制情感的主张，而是以爱情为主线，全剧满是感情奔放的对话；以复仇和反封建为副线，全剧展现了惊心动魄的场景和激烈的戏剧冲突。其主观化的艺术主张与古典主义所提倡的严谨、理性、克制的审美背道而驰。

《欧那尼》完全冲出了"三一律"的古典戏剧理论的"篱笆"。在戏剧发生的时间和地点上，自由转换，大大拓展了戏剧的表现空间。剧情进行的时间大大超过了24小时，五幕的场景地点不断变换，分别在公爵卧室、广场、山间别墅、墓室、阳台等5个地方。故事情节错综复杂，也突破了单一线索的限制。全剧有两条情节线，一是欧那尼和莎尔的爱情线；二是欧那尼与国王的斗争线。作者运用发现与突转的手法，使得两条线索在情节的开展中交叉运行，高潮迭起、扣人心弦、变幻莫测。剧中的人物也并非单一概念化，而是富有鲜明的个性：贵为王者的卡洛斯被赋予了平凡人的许多言行；作为强盗的欧那尼却体现了生命的尊严和道义色彩；作为贵族小姐的莎尔不仅形象好、心灵高贵，而且忠于爱情，性格坚忍，富有主见；作为贵族公爵的葛梅兹下作到强娶自己的侄女、逼死自己的情敌。

《欧那尼》一反古典主义戏剧赞美王权和贵族的规则，而是贯穿着反王权反封建的主题，全剧处处展现反抗专制的桥段，如雨果借女主人公莎尔之口斥责国王："国王呀，如果按照一个人的灵魂来定位他的尊卑，如果上帝根据心灵是否高尚来划分人的等级，我敢说我的强盗配当国王，而你只配做个小偷！"

剧本打破了古典主义在悲剧和喜剧之间规定的不可逾越的界限，让悲、喜的成分在一个剧里体现，使得剧情曲折跌宕，悲喜因素交织。如在结婚的日子里，新郎新娘双双自尽的场面就是一个典型的例证。

剧本采用通俗的民间口语，摒弃古典主义矫揉造作的典雅语言，使得对话奔放热情。还运用了乔装、密室、假面、计谋、决斗、毒药、机关布景等手法，强化了舞台效果。

剧本运用了浪漫主义的对照原则。在内容结构上，第一幕的标题《国王》与第二幕的《强盗》相对照；第四幕的《坟墓》与第五幕的《婚礼》相对照。在人物塑造上，白发老公爵与翩翩简武安相对照；绿林大盗与当朝国王相对照。在人物品质上，欧那尼的纯洁、侠义、崇高与老公爵的自私、狭隘、狠毒及国王的卑劣、荒淫、暴虐相对照。在这样的强烈对照中，突出了卑者贵、尊者鄙的民主思想。

可见，不论在内容还是在形式上，《欧那尼》都摆脱了古典主义创作的清规戒律的束缚，使作者的主观思想和作品的思想倾向都有了展现的空间，实现了自由的、奇异的构思。惊世骇俗的民间语言，鲜明的人物对照，表达了浪漫主义的思想，体现了浪漫主义的艺术特色。

《欧那尼》是以反对古典主义的姿态出现的，但剧中仍有古典主义的痕迹。如葛梅兹公爵宁愿牺牲莎尔来拯救欧那尼，是出于贵族"崇高"的尊严和荣誉；国王卡洛斯得到帝位后，大赦反王党成员、恢复欧那尼的爵位并赐婚，转眼间变成宽厚仁慈的"明主"。这种追求"激变""突转"的离奇效果，使剧情结构和人物性格发展的逻辑性和合理性存在不合理处，体现出了创作者的随意性。

《欧那尼》的成功演出，使浪漫主义取得了彻底胜利，从而确立了年轻的雨果为浪漫派领袖的地位。1830年2月25日这一天，在欧洲文学史上也就成了浪漫主义胜利的纪念日。

《巴黎圣母院》

《巴黎圣母院》是雨果第一部浪漫主义风格的长篇小说。小说共十一卷，是一部具有鲜明的反封建、反教会的浪漫主义文学作品，其影响深远，意义非凡，是雨果的代表作。这部小说发表于1831年，当时雨果29岁。

1.创作背景

1789年，法国大革命的烽火让整个欧洲处于政治的大动荡中，各国的封建势力同资产阶级进行着复辟与反复辟的激烈较量。在法国，曾在1789年资产阶级革命中被推翻的波旁王朝，在国外封建势力的支持下，于1814年、1815年两次复辟。

反动的波旁王朝保护大地主贵族和天主教高级僧侣的利益和特权，归国的亡命贵族用恢复的封建制度胁迫着农民，教士们在宫廷、行政机关里专横跋扈，底层人民的不满情绪日益强烈。加上1826年的工业危机，1829年至1830年的经济萧条和农业歉收，劳动者的生存条件更加恶化，法国人民生活在水深火热之中。人民群众的革命情绪在增长，人民的民主自由意识在积聚。而在整个欧洲，民主运动和民族解放运动已处于高涨期。

资产阶级自由派的反政府行动与时俱进着。他们反对大地主贵族的压榨盘剥，反对教皇派的思想禁锢，他们要求扩大选民范围，实行大臣对议会负责的制度，实行地方自治和区域自治，他们要求思想自由，要求取消出版限制，要求建立一个资产阶级君主制国家。

1827年的选举使君主立宪派和资产阶级自由派在众议院中取得多数，国王查理十世不得不解散原保王党的内阁，组建新内阁，新内阁由马丁雅克伯爵为首的君主立宪派组成。1829年8月，国王把内阁的权力又交给以国王的宠臣波林亚克公爵为首的极端保王党人。

1830年3月中旬，众议院表示不信任波林亚克内阁，要求内阁辞职。国王于5月中旬解散了众议院。之后，在6月和7月间进行的选举中，自由派和君主立宪派击败了保王派，政治局势紧张起来。

查理十世一心想恢复被大革命摧毁的旧制度，又害怕人民反抗，其统治越发专制和猖獗，对重视宪章的律师和新闻记者决定镇压。

查理十世于1830年7月26日在官方《箴言报》上颁布了《波林亚克敕令》。敕令规定：解散新选举的众议院，取消所有工商业企业主的选举人资格，限定只有大地主、即主要是贵族出身的人才有选举权，对报纸杂志的出版实行事先审定制度。

7月26日晚上，愤怒的人民在巴黎街头同警察发生了冲突。7月27日，法国人民在资产阶级自由派和君主立宪派的领导下爆发了反对君主政体和教会僧侣的七月革命。巴黎的大学生、工人和小资产阶级代表走上街头，拿起武器，高喊着"打倒波旁王朝！打倒内阁！宪章万岁！自由万岁！"的口号，攻占王宫，构筑街垒，竖起革命的三色旗，与政府军展开激战。

七月革命推翻了波旁复辟王朝的封建统治。查理十世逃亡英国，旧贵族在法国的统治结束了。奥尔良公爵即位，被称为路易·菲利普一世，建立了金融资产阶级统治的七月王朝，实行君主立宪制。

银行家、交易所经纪人、铁路大王、大矿主、大森林主、大地主组成了金融贵族执政的圈子，封建的残余势力和金融资产阶级贵族还在盘剥人民，社会矛盾日益加深，劳动阶层和资产阶级的矛盾尖锐起来。而七月王朝维护的是银行资本家和封建贵族的利益。

雨果对七月革命后的现实感到失望，在这种情况下，雨果开始写作《巴黎圣母院》。在这部小说里，雨果对封建专制和天主教会对人民的戕害进行揭露和批判，也是对1815至年1830年的波旁王朝反动暴政的深刻批判。它是一部反封建反教会的长篇历史小说，可以说是革命高潮时期的产物。小说很好地体现了那个时代的特色，表达了19世纪30年代法国人民的正义呼声。

1831年1月14日，雨果创作的小说《巴黎圣母院》出版。在这部小说中，雨果以法国中世纪的巴黎圣母院为历史背景，写的是1482年法王路易十一统治末期出现的社会问题。那时的法国已结束了封建割据，君主专制制度已经确立，王权和教会勾结起来镇压人民的反抗斗争。教会在中世纪有着特殊的作用，它是封建统治的精神支柱，它不仅以虚伪的说教欺骗愚弄人民，还在经济上残酷地剥削人民。巴黎圣母院还享有"圣地"的特权，它可以不受法律的管辖。当时的贵族、僧侣高高在上，为所欲为。

雨果在这部小说中，通过爱斯梅拉达被巴黎圣母院副主教克洛德和国王路易十一迫害而死的事实，揭露了贵族和僧侣残害人民、无恶不作的丑恶本质，再现了邪恶宗教势力的黑暗、封建专制制度的残酷，揭示了禁欲主义压抑下人性的扭曲和堕落。同时，雨果赞颂了底层人民的优秀品质和反抗精神，展示了法国社会善与恶、美与丑、爱情与欲念、贫穷与富有的矛盾冲突，表达了对人民的深切同情，宣扬了博爱、仁慈的人道主义思想。

2. 故事梗概

当你翻开这部小说的扉页，呈现在你眼前的两座塔楼之一的暗角上，有手刻的"ΑΝΑΓΚΗ"。这是希腊字，意思是命运或者命数。如果你以为这部小说的中心主题就是命运观念，那就错了。它是巴黎一个副主教放纵欲念、戕害良善的罪恶记录。

1482年1月6日，巴黎市民在欢度两个传统节日，即主显节和愚人节。河滩广场上按照惯例要放焰火，在布拉克小教堂要用花和彩带扎成五月柱，司法大厅要上演宗教剧。头一天晚上，市政府里的人们就用喇叭通知大家一个消息：法国王太子与佛兰德的公主玛格丽特·德·佛兰德联姻，佛兰德的使臣们要观看宗教剧的演出和狂人教皇的选举。一清早，巴黎的市民们就锁好房屋关闭店铺，从四面八方涌向河滩广场、布拉克小教堂和司法大厅。市民们有的去观看焰火，有的去观看五月柱，有的去观看宗教剧。民众知道，前天抵达巴黎的佛兰德的使臣们要来观看宗教剧的演出，也观看在同一个大厅里举行的狂人教皇选举活动，所以人流涌入通往司法大厅的各条大街上。笑声、叫声、千万人的脚步声，形成一片巨大的声浪。潮水般的人群中有手艺人、卖艺女、牧师、商人、大学生、流浪汉和乞丐等。在一片嬉笑怒骂中不时夹着"行行好"的乞讨声。每家的门口、窗户上、天窗上、屋顶上出现各式的面孔，尤其是妇女们娴静的面孔尤为醒目，她们凝望着司法大厅，凝望着嘈杂的人群，努力地搜寻着什么。巴黎的民众正在热闹非凡地庆祝着主显节和愚人节。主显节和愚人节是基督教的节日，传说1月6日是耶稣受洗的日子，人们称这一天为主显节。4月1日为愚人节，人们在这一天可以尽情笑闹。由于两个节日相距很近，人们往往把这两个节日连在一起庆祝。

司法大厅按照惯例在正午12点上演戏剧。今天上演的是宗教讽刺剧《圣母玛丽亚之审判》。由于主教先生和佛兰德的使臣们等贵族老爷迟迟不到而使戏剧不能按时开演。观众发出怨愤声，几个学生在叫嚣："如果再不开演，就要吊死四个司法执事。"四个司法执事的脸都吓白了。群众等了许久，最后在主教和贵族未到之前将帷幕拉开了。

舞台上的朱庇特（罗马人称宙斯为朱庇特。宙斯是希腊神话中众神之父，是掌管雷电之神）装束得很美，身着锁子铠，上罩金色大纽扣的黑绒外套，头戴镀金的银扣子的尖顶头盔；他手执一个缀满金属饰片、毛刺布满金箔条子的金色圆筒，双脚穿着希腊式的绳鞋。这华丽的服装，异样的打扮，激起观众一阵热浪。他说："市民先生们，市民太太们，我们将不胜荣幸地在红衣主教大人阁下面前，朗诵和献演一出极其精彩的寓意剧，名为《圣母玛丽亚之审判》。在下扮演朱庇特。大人阁下此刻正陪伴奥地利大公派来的尊贵的使团，使团这时在博代门听大学学董先生的演讲，等显贵的红衣主教大人驾临，我们就开演。"他的声音被雷鸣般的倒彩声淹没了。

戏台里面传出高低音乐器的乐声，帷幕升起，舞台上四个花面文身的人物开始朗诵序诗，他们是农妇和牧师、商女和工人。两对快活的夫妇共有一个俊美、金贵的嗣子，他们要给他娶个绝代佳人。于是他们走遍天涯海角，到处寻觅倾国倾城的美女。

剧情被容貌俊美而性情顽皮的青年约翰·弗罗洛的喊声所打断。原来"奇迹王朝"的"国王"克洛潘·特鲁伊福装成病鬼模样，半闭着眼睛，用凄惨的声音在行乞："请行行好吧！"被打断的剧情刚续上，又被奥地利公爵马克西米利安的48个使臣的到来所打断。

贵宾进来,乞丐王克洛潘摆出一副怡然自得的架势,索性把两条腿交叉搁在柱顶盘下楣上,露出少有的傲慢举动。

现在戏开演了,却无人理睬。可是就这同一出戏,开场时全场有着那么一致的欢呼声!民心起落,真是变化无常!

人们对宗教剧不感兴趣,刚进城的裤袜商科普诺勒霍地站了起来提议选举狂人教皇。选举的办法是:大家聚集在一起,每个人轮流从窗口伸出头去向别人做鬼脸。哪一个鬼脸最丑,得到众人的欢呼越热烈,这个人就在群众的欢呼声中当选为王,就是"狂人教皇"了。这个提议得到大家热烈的拥护。于是窗口出现了一个个绝妙的怪笑,其中尤以巴黎圣母院敲钟人加西莫多的怪笑最使观众叫绝,赢得了热烈的喝彩。加西莫多当选了。

这个"狂人教皇"有一个四面体的鼻子,马蹄形的嘴,被茅草似的棕色眉毛堵塞的细小左眼,被一个大瘤子遮盖的右眼,那上下两排残缺不全、宛如城堡垛子似的乱七八糟的牙齿,那沾满浆渣、上面露着一颗大门牙的嘴唇,那弯曲的下巴,特别是笼罩着这一切的那种狡黠、惊奇和悲哀混合的表情,引起全场欢呼。大家急忙向小教堂涌去,把这位"狂人教皇"高举着抬了出来。

"教皇"选举

整个人就是一副怪相。一个巨大的脑袋,红棕色头发竖起,两个肩膀之间隆起一个偌大的驼背,与其相对应的是前面胸骨隆凸。大腿与小腿,七扭八歪,不成架势,两腿之间只有膝盖才能勉强并拢,从正面看去,活像两把月牙形的大镰刀,只有刀把接合在一起。宽大的脚板,巨大无比的手掌。这样一个畸形的身躯,却有着一种难以描述的体态:精力充沛,矫健敏捷,勇气非凡。

"教皇"头上戴着纸糊的冠冕,身上穿着可笑的袍子,乘着绘有花纹的轿子,由11个愚人之友会的会员把他抬在肩膀上,穿过司法大厅走廊,到大街和公共场所开始游行。

一眨眼间,司法大厅空了。宗教剧演不下去了。这时,一个青年喊道:"爱斯梅拉达来了!爱斯梅拉达在广场上!"这名字有奇异的效果,所有大厅里的人通通跑到窗口,有的甚至搬走了演员上场的梯子,爬到墙上,将目光投向广场。

宗教剧演出失败,剧作者格兰古瓦随着人群来到广场。广场的中央燃着焰火,四周围了一圈人。在人群与焰火之间的一个宽阔空

疯狂的"教皇"大游行

地上，有个少女在跳舞，身边有只小山羊。少女身材细长、发肤略带棕色，她那纤秀的小脚在一张随便垫在她脚下的旧波斯地毯上翩翩起舞。她旋转着，每次旋转，她那张容光焕发的脸蛋儿从人们面前闪过，那双乌亮的大眼睛投过来闪电般的目光。这姑娘在人群中一边舞，一边敲着小鼓。格兰古瓦不由自主地发出"究竟是人，还是仙女，或是天使？"的惊叹。他已被这眼花缭乱的景象迷住了。

人们对吉卜赛女郎爱斯梅拉达的舞姿心向神往，广场上的人越聚越多。所有在她周围的人都目不转睛，大张着嘴。她就这样飞舞着，两只圆润的手臂高举过头，把一只巴斯克手鼓敲得嗡嗡作响；她身着金色胸衣，平整无褶，袍子色彩斑斓，蓬松鼓胀；双肩裸袒，秀发乌黑，目光似焰；裙子不时掀开，露出一对优美的细腿。

在这千万张被火光照得通红的脸孔中间，一张似乎比其他所有的脸孔更加全神贯注地凝望着这位舞女。这是一张男子的面孔，严峻、冷静、阴郁。这个人有 35 岁，但已经秃顶了，只有两鬓还有几撮稀疏的灰白的头发。然而，那双深凹的眼睛里却闪着一种奇异的、炽热的青春活力和深沉的情欲，他把这种目光投向那个吉卜赛女郎身上。当他看到这个姑娘旋转的舞蹈让众人看得神魂飘荡，他那种想入非非的神情看起来愈发显得阴沉了。他的嘴唇不时掠过一丝微笑，同时发出一声叹息，只是微笑比叹息还痛苦。

在人们为姑娘和小山羊的精

吉卜赛女郎爱斯梅拉达

彩表演而发出的阵阵喝彩声中，有个阴沉的声音说道："这里面准有巫术！""这是亵渎神明的！大逆不道！"但雷鸣般的喝彩声盖过了那个阴沉的声音。这阴沉的声音是那个秃头的人发出的，姑娘战栗了一下。从广场最阴暗角落里传来一个尖锐的声音："你还不滚开，埃及蚱蜢？"这是关在罗朗塔楼的女修士居第尔发出来的喊声。16年前，她的独生女儿被吉卜赛人偷走了。她疯了，她憎恨所有吉卜赛人。

从司法大厅通往广场的路上，加西莫多这位"狂人教皇"平生第一次尝到自尊的乐趣，品尝着受群众欢呼的滋味。即便他的庶民是一群精神病患者、残疾人、盗贼、乞丐，他仍喜在心头，踌躇满志，那张丑陋的面孔容光焕发。这时，一个穿教士衣裳、秃脑门的人从人群中闯出来，怒冲冲地把他手中的那个作为"狂人教皇"标志的金色木头权杖夺了过去。加西莫多急忙跳下担架跪在他的脚下。教士一把扯去他头上的"教皇"冠，折断他的权杖，撕碎他身上那缀满金箔碎片的袍子。教士愤怒地喊叫着。加西莫多乖顺地跪在他的脚下，又随着教士小心翼翼地向暗处走去。格兰古瓦看清了这个人正是克洛德·弗罗洛副主教。

夜深了，吉卜赛女郎带着小鼓，牵着小山羊加里从人群中走出去。格兰古瓦不顾一切地跟在女郎的后面。走进窄巷，穿过弄堂，那条街漆黑一团。格兰古瓦忽然听到一声尖锐的叫喊，借着街角上圣母像的铁笼里燃着的一支蜡烛的光亮，看见有两个汉子正抱住吉卜赛女郎，竭力堵住她的嘴，不让她叫喊。她拼命挣扎着。可怜的小山羊吓得魂不附体，耷拉着双角，咩咩直叫。格兰古瓦大喊："快来救我们啊，巡逻队先生们！"并勇敢地冲上去。加西莫多反掌一推，就把他抛出四步开外，摔倒在地。加西莫多一只手臂托着吉卜赛女郎一下子消失在黑暗之中。可怜的小山羊在他们后面追着,悲伤地咩咩叫个不停。"救命呀!救命呀!"不幸的吉卜赛女郎不停地喊着。正在这时,一个骑士从邻近的岔道上猛冲过来,把吉卜赛女郎夺了过去,横放在马鞍上。这是御前侍卫弓箭队队长菲比斯,他戴盔披甲,手

菲比斯救下被抢的女郎

执一把巨剑。他命令他的十五六个弓箭手,将抢人的加西莫多抓住并绑上。但加西莫多的另一个同伴跑了。

格兰古瓦被摔晕了,他在昏乱中奔跑一阵之后,误入了乞丐和流浪者的聚居地"奇迹王朝"。这里蜷缩着一群残疾人、精神病患者,聚集着乞丐、扒手、卖艺人、诈骗犯,他们生活在脏污的市区角落,他们是巴黎社会的底层。与此相对照的是市区中心高耸的建筑物中住着衣饰华丽的贵族和操纵生杀大权的僧侣。

"奇迹王朝"里的"国王"克洛潘·特鲁伊福,就是白天在司法大厅要钱的叫花子,正在审判格兰古瓦。按照"奇迹王朝"的对误入"奇迹王朝"的"上等人"一律绞死的法规,判决格兰古瓦绞刑,就像帝王政府绞死流浪人那样被绞死,除非有一个"奇迹王朝"的女人肯嫁给这个外来人,他就可以免于一死。"奇迹王朝"的各种各样的女乞丐都拒绝做格兰古瓦的妻子,格兰古瓦绝望地等待死亡。爱斯梅拉达恰好回到"奇迹王朝",善良的姑娘为了从绞刑架上救

下这个无辜的人，宣布同格兰古瓦结为夫妻，婚期四年。但爱斯梅拉达告诉格兰古瓦，她深深地爱上了救她脱险的弓箭队队长菲比斯。

巴黎圣母院是一座哥特式风格的教堂，它明丽而又庄严，是法兰西艺术家和劳动者的杰作。巴黎圣母院的副主教克洛德·弗罗洛出身于一个中产家庭，从小由父母做主献身神职，定为牧师职业。他低眉垂目，轻声细语，生性忧郁、庄重严肃。他从小用拉丁文阅读，是在弥撒书和辞典之中长大的。他学完了宗教法规课程，又致力于法典的研究，还学医学和文艺，懂得拉丁文、希腊文和希伯来文。他和国王路易十一有来往。他18岁时，父母在瘟疫中死去，躺在摇篮里的小弟弟成了克洛德的唯一亲人。他爱怜襁褓中的弟弟约翰。他既是孤儿，又是兄长，这让自己从神学院那种沉思默想中猛醒过来，回到了这人世的现实中来。他又以极大的悲悯抚养被弃于圣母院钟楼前廊上装在麻袋里的残废孩子。他暗自发誓，一定要把这弃婴抚养成人。他给这个养子洗礼，取名加西莫多。长大的加西莫多成了圣母院的敲钟人。

克洛德怀着虔诚的宗教信仰和如饥似渴的求知欲，在年轻的时候就成为教会的头面人物和博闻强识的学者。他把自己关闭在圣母院里，终日研究炼金术，清心寡欲，永远以一副令人生畏的冷漠神情出现在公众面前。他远离人群，企图以天主教提倡的禁欲主义去抑制人类的本能的侵扰。无论老少，已婚与未婚的一切女人，就是国王的女儿来探访，他也加以拒绝。他是禁止吉卜赛女郎到教堂空地上跳舞的，但当他看见在广场上翩翩起舞的爱斯梅拉达时，他身上蛰伏多年的情欲之火开始奔涌，他完全失去了自制力。他清楚地意识到，这种无法控制的欲念必将把他带向可怕的深渊。他面前只有两种选择，不惜一切占有她，或者置她于死地。他指使加西莫多在夜深人静时抢走她。加西莫多抢人时被卫队抓住了,而他却偷偷地溜走了。

第二天早上,被捕的加西莫多被带到法庭上接受审判。加西莫多在生活中除了养父克洛德外,就是与教堂和教堂内的大钟相伴,长年的钟声让他丧失了听力,成了聋子。而负责审理加西莫多的检察官孚罗韩·巴赫倍第昂也是一个聋子。他是一个不关心百姓痛痒、草菅人命的赃官。他装腔作势,一点儿也不知道犯人是聋人。检察官提了三个问题:"我们当面宣告:第一,深夜扰乱治安;第二,欲行侮辱一个患有精神病女子的人身,犯有嫖娼罪;第三,图谋不轨,对国王陛下的弓箭侍卫大逆不道。上述各点,你必须一一说明清楚。书记官,被告刚才的口供,你都记录在案了吗?"这句自作聪明的问话,在听众和书记们中引起一阵哄笑。因为加西莫多一句话也没有说,可怜的敲钟人听不到对方问的是什么。在经过一番答非所问的"审讯"后,"聋人法官"竟做出"公正"的判决:将犯人带到圣母院广场的绞台上鞭挞并磨转两个钟头。

这个昨天被人崇奉为"狂人教皇"的加西莫多,今天就被绳子和皮带绑在绞台转盘上。他跪在绞台的板上,衬衣被人剥到胸脯。刽子手用脚转动绞盘的轮子,皮鞭在空中发出尖厉的响声,像阵雨似的落在可怜的敲钟人的肩膀上,一下接着一下,又是一下,又一下……轮子一直不停地转动,鞭子落下,血迸溅出来,血在肩膀上流淌。加西莫多眼里冒着怒火,拼命挣扎着,最后筋疲力尽地垂下了头。加西莫多的不白之冤及所受的酷刑在围观者中不仅没赢得丝毫同情,反而遭到咒骂、嘲笑,甚至有人向他投石子。加西莫多在烈日的暴晒下和围观者们的无情的唾骂中延挨着时间。他突然眼前一亮,原来副主教克洛德骑着一头骡子经过这里。他愤怒、悔恨和失望的脸上顿时露出了温和的笑容，充满了难以形容的甜蜜和温柔。可是这位使他受刑的罪魁匆忙躲开了。加西莫多很悲哀。一个多小时过去了，加西莫多口渴难当，便不顾一切用一种不像人声而更像动物咆哮的声音号叫道："给我水喝！"这悲惨的呼叫没有激起人们的同情，反倒引起一阵戏弄和咒骂声。加西莫多的脸涨得紫红，淌着汗，眼里闪着狂野的光，嘴里因愤怒痛苦地吐着泡沫，舌头一半伸出在嘴唇外面。几分钟之后，他又用更愤怒的声音叫道："给我水喝！"仍然只有哄笑声。有的抛出浸过阴沟污水的海绵，有的投去一块石头，还有的扔出一个破碗。加西莫多第三次发出"给我水喝"的喘息声。这时只见一个装束奇特的少女，带着她那金色犄角的小白山羊，手里拿着一只巴斯克手鼓，拨开众人，走向绞台。加西莫多见到来人正是自己昨夜想要背走的那个少女，他害怕了，以为少女要对自己报复。少女一言不发，默默走近那个扭动着身子妄图避开她的罪人，然后从腰带上解下一个水壶，轻轻地把水壶送到那可怜人干裂的嘴唇边。

爱斯梅拉达送水给加西莫多

这个代别人作恶而受刑的人，这个可怜人的眼睛里，滚动着一大滴泪珠，随后沿着那张因失望而长时间皱成一团的丑脸，缓慢地流下来。这是他有生以来第一次流下的眼泪。他渴得口干舌燥，一口气接一口气地喝着。喝完了水，那可怜的人用一种带有自责和悲哀的眼光注视着少女。这样一个美女、娇艳、纯真、妩媚，却又如此纤弱，竟这样诚心诚意地跑来援救一个可怜、难看和凶恶的人。这也许是世上最感人肺腑的一幕了，台下的围观者也被感动了，大家拍手叫好。然而，住在"老鼠洞"里的女修士居第尔望见站在耻辱柱台上的埃及女郎，刻毒地诅咒道："你该千刀万剐，埃及妞！千刀万剐！千刀万剐！"

三月上旬，一个阳光照耀的日子，一群漂亮的贵族妇女在富丽的哥特式建筑拱顶的石头露台上狂欢。她们谈笑着、嬉戏着。这些妇女从外省来到巴黎，聚会在国王的前弓箭手寡妇家里，等待殿下及其夫人四月间来巴黎，为佛兰德公主遴选伴娘。

寡妇的女儿贡得罗西耶·佛勒赫·得·李是侍卫长菲比斯的未婚妻。菲比斯是个惯于玩弄女性、喜新厌旧的花花公子，此刻他心神不定。贡得罗西耶小姐疑心菲比斯和卖艺的吉卜赛女郎有暧昧关系，便把爱斯梅拉达从卖艺的广场叫到贵族的府邸。吉卜赛女郎的美貌惊呆了她们，她们对她进行尖刻的讽刺和恶毒的讥诮，表现出贵族阶级的傲慢与残忍。爱斯梅拉达的眼睛燃烧着愤怒的光芒，鄙视她们的那种傲慢。她始终没有开口，望着菲比斯，她的目光中满含着幸福和深情。菲比斯为爱斯梅拉达的美貌所吸引，出于玩弄女性的恶习，他要爱斯梅拉达深夜到指定的地点同自己相会。爱斯梅拉达带着她那颗受伤的心，牵着她那可爱的小山羊离开了这个令人生厌的地方。

副主教克洛德偷听了菲比斯告诉约翰今晚与爱斯梅拉达约会的事情，愤怒和嫉妒如烈火般灼烤着他的心。克洛德被天主教禁欲主义的精神枷锁折磨成了一种可怕的情欲的俘虏，他每天从圣母院的塔楼顶端监视着少女的行动。他投向女郎的目光是阴沉、可怕的。他对爱斯梅拉达的垂涎达到不能容忍任何人去亲近她的程度，他要是不能将她据为己有，他就要不顾一切地使出罪恶手段将她毁灭。他甚至找出这样一种理由为自己辩护："谁叫她生得这样美"，并且准备叫皇家检察官逮捕吉卜赛女郎。

克洛德一路跟踪菲比斯来到夏娃苹果酒馆。菲比斯和爱斯梅拉达幽会时，爱斯梅拉达向菲比斯倾吐了热烈真挚的情感，而菲比斯却逢场作戏、轻佻放荡。窥视这一幕的克洛德欲火中烧、难以克制，像一个黑色的幽灵从阴暗的角落窜出来，用匕首将菲比斯刺伤，然后跳窗潜逃，以此嫁祸给吓得不知所措的爱斯梅拉达。

爱斯梅拉达被指控为女巫，以伙同黑衣人刺杀军官的杀人罪名打入监牢。爱斯梅拉达在法庭上接受刑讯逼供，而真正的杀人凶手克洛德却高坐在审判席上诬陷爱斯梅拉达是以巫术害人的杀人凶手。不管爱斯梅拉达怎样申诉，怎样大叫冤枉，教廷和法庭仍然串通一气。爱斯梅拉达被屈打成招，克洛德利用副主教的权势通过法庭判了爱斯梅拉达绞刑，翌日执行。爱斯梅拉达被丢进死囚地牢。当晚，克洛德窜进地牢，向少女坦白了自己所做的一切，向她表露了内心的巨大痛苦，要带她一起逃走。他企图诱使爱斯梅拉达满足他的兽欲，但被爱斯梅拉达拒绝了。

第二天，爱斯梅拉达被拖到广场的行刑柱旁。广场上聚集了数不清的人。副主教克洛德借口听犯人忏悔，接近女郎并且对她说，只要答应爱他就可以把她从死刑柱上救下来。爱斯梅拉达拒绝了。刽子手把她的双手捆起来，押上囚车。她由于对生命的眷恋而无比悲伤，她望着天空、太阳，无意中见到了菲比斯，女郎的心为之快乐，忘记了死的悲哀，叫喊："菲比斯！我的菲比斯！"站在露台上冷眼观看执刑的菲比斯队长，却皱了皱眉头，同身旁的贵族小姐一起躲进露台上的玻璃窗门后面去了，窗门随即关上了。爱斯梅拉达的心碎了，她一下子瘫倒在地。刽子手要执刑了，就在这千钧一发的时刻，敲钟人加西莫多迅速地跨过长廊的栏杆，手脚膝盖并用，抓住绳子，滑到教堂正面，从屋顶上跳了下来，飞快地跑向两个隶役，挥动两只大拳头，将他们打翻在地，抱起吉卜赛女郎，像闪电一般跑进了巴黎圣母院。他把爱斯梅拉达举过头顶，用一种令人惊骇的声音叫道："圣地！"这时，在广场上的人们也反复喊道："圣地！圣地！"成千的人向紧抱着爱斯梅拉达的加西莫多鼓掌欢呼。加西莫多的独眼闪耀着快乐和自豪的光芒。

　　加西莫多将爱斯梅拉达安置在巴黎圣母院的钟楼上。圣母院是禁区，只准圣职人员出入，这里是不受任何法律管辖的。这个外貌粗野、丑陋的下等人对害怕的爱斯梅拉达说："我吓着您了，我很丑，是吗？别看我，只听我说话就行。白天您待在这里，夜里您可以在整个教堂里到处走。不过，无论白天或夜晚，你都不要走出教堂。不然的话，你就完啦。人家会杀了你，我也会死去。"他对爱斯梅拉达的爱是一种崇敬的仰慕的爱，他对爱斯梅拉达的爱达到了无私、忘我、崇高的地步。他忠心地、小心地、充满无限爱怜地照顾着给他以灵魂的美丽而不幸的少女。他将爱斯梅拉达对照自己，觉得自惭形秽。当他知道爱斯梅拉达思念卫队长菲比斯而郁郁寡欢时，他甘愿赴汤蹈火，前去寻找负心的菲比斯，要菲比斯同姑娘会面。他每天给爱斯梅拉达送食物，深夜就蜷伏在她的住屋外面的一块石头上，小心地保护她。副主教克洛德在钟楼上发现了爱斯梅拉达藏身的地方，他夜深入室，对爱斯梅拉达恐吓说："我要得到你，否则我就把你交出去！你或者死去，或者属于我！"爱斯梅拉达宁死不从。加西莫多对克洛德的图谋不轨行为予以坚决的阻止，他头一次向这个自己俯首帖耳的恩人表示了反抗。

爱斯梅拉达在加西莫多的保护下，在圣母院的钟楼上生活着。然而，宗教法庭宣布，教堂圣地不容女巫亵渎，要取消避难圣地。国王已经作了决定，要在3天后绞死这个无辜的姑娘。司法机关要去圣母院重新逮捕爱斯梅拉达。"奇迹王朝"的下层人民得知这一消息，在"国王"克洛潘·特鲁伊福的带领下，当晚即聚集在圣母院门前。午夜12点，一大群衣服破烂的男男女女，他们高举着镰刀、长矛、尖锄等向巴黎圣母院广场前进，营救他们的姊妹爱斯梅拉达。这支奇特的行列尽可能保持肃静。然而，总会弄出一点儿声响来，纵然只是轻微的脚步声。加西莫多觉得有些蹊跷，那运动着的队伍又在教堂前庭街上出现了，尽管夜色浓重，他还是看见一支纵队从这条街涌出，一转眼，一群人在广场上四处散开，黑压压的一群。只见一道亮光，有七八支火炬在黑夜中燃起。"国王"克洛潘·特鲁伊福一手持火炬，一手持短棍，爬到一个木桩上演讲。他称爱斯梅拉达为妹妹，他是她的保护人。他激动地大声说："巴黎的大主教、国会议员听着，我们的姐妹，以莫须有的行妖罪名受到判决，躲进了你的教堂，你必须给予庇护。然而，法庭要从你的教堂里把她重新逮捕，你们竟然同意，致使她明天就要在广场上被绞死。主教，假如你的教堂是神圣的，我们的姐妹也是神圣的。要是我们的姐妹不神圣，那么你的教堂也不神圣。所以责令你把那姑娘还给我们，如果你想拯救教堂的话。否则，我们要把姑娘抢走，并洗劫你的教堂！"

克洛潘的话音刚停，30个强壮的弟兄就冲上去敲打巴黎圣母院的大门。圣母院门前11级石阶上站满了手持武器的群众。正当大家齐心协力向前冲时，突然，空中掉下来又粗又长的梁柱，砸烂了教堂台阶上十来个流浪汉，人们吓得四处逃开。不一会儿，克洛潘又指挥人群用弓箭、火枪向教堂前墙射去。爆炸声把邻近住宅的居民都惊醒，他们打开窗子伸出头向外看。被激怒了的流浪汉们用弓箭、火枪向窗子射击，市民赶快将窗子关上了。克洛潘指挥强壮的弟兄扛着柱子往圣母院的门上撞。不料，空中又掉下许多石子，石子像雨点似的落在流浪汉们的身上，成堆的弟兄被打死，成百的人被打伤。大家更加劲地捶打大门，嵌板破裂，雕刻四散迸飞，大门动摇了，雨点一样落下的石头不足以打退人们的进攻。正当大家齐心合力向大门猛攻的时候，两道铅的熔液从顶上倾注到稠密的人群中，有的人来不及叫喊就被烫死，有的人发出撕裂人心的号叫声。克洛潘派人四处寻找梯子。副主教的弟弟约翰搬来了大梯子，并第一个爬上梯子到了钟楼上。然而大梯子被加西莫多推开了。16岁的约翰被加西莫多倒提双脚摔死在教堂下面的人丛中。加西莫多误认为这些人是来"抢劫"爱斯梅拉达的，所以独自一人在"抵抗"。流浪者们为救出他们的姊妹，为救出他们理想中美与善的象征，他们奋不顾身，前赴后继地向巴黎圣母院这块禁地冲去。广场上一片喊杀声，火光冲天，烈焰滚滚。圣母院眼看就要被流浪汉们攻陷了。

  这天夜里，路易十一得到密报，说巴黎的民众袭击了法院大厅的审判官，他欣喜若狂，高举着帽子喊道："好啊！我的百姓们做得好！打倒这些冒充的君主，打倒他们，杀他们，绞死他们，推翻他们！"后来，皇家侍卫官将平民攻打圣母院的消息报上来，路易十一才知道起义群众不是针对法院大厅的审判官，而是攻打象征封建势力的巴黎圣母院。这危及了王室的安全和王权的统治，他不再笑了，脸色变得狰狞可怕，发出"砍碎他们，杀！杀！""把平民杀尽，把女巫绞死"的命令。国王的军队出动了，巨大的马蹄声响彻邻近的街道。只见火把如长龙，骑兵密密麻麻，浩浩荡荡冲向前来。那狂呼怒吼的嘈杂声，宛如暴风骤雨，席卷广场："法兰西！法兰西！把贱民碎尸万段！"加西莫多听不见喊声，却看到刀剑出鞘，火把通明，戈矛闪亮。他认出骑兵队为首的是菲比斯队长，他带领着马队前来攻打起义的人们。他从这意外救援中又重新鼓起勇气，把已经跨上柱廊的头一批进攻者扔到教堂外面去。流浪者们拼死抵抗，勇敢的克洛潘被罪恶的子弹打倒。军队的炮弹不停地射向失去首领的人群，大批的平民百姓倒在血泊中，圣母院门前的广场上留下大批的尸体，其余的人只得四散逃命。加西莫多看到流浪汉们溃逃，以为"抢劫"女郎的人群被他"打垮"了，他欣喜若狂，如痴似醉，愚蠢地以为受他保护的吉卜赛女郎安然无事了。当他怀着胜利者的快乐心情走进爱斯梅拉达住的小屋时，他愣住了，惊呆了，里面空无一人。

　　流浪汉进攻教堂时，爱斯梅拉达在睡梦中被惊醒。她对群众的这种狂怒百思不得其解，却预感到这一切将导致十分可怕的结局。惶惶中，忽听到有脚步声，遂转头一看，是格兰古瓦和一个黑衣人，其中一个提着一盏灯，走进她的小屋。爱斯梅拉达对蒙面黑衣人本能地反感，但同他一道来的有女郎的同伴格兰古瓦。格兰古瓦说："外面有人要把您重新抓去吊死，我们是您的朋友，救您来的，快跟我们走。"蒙面黑衣人捡起灯笼，走在前面。爱斯梅拉达随同他们走下塔楼，穿过教堂，黑衣人用他随身带的钥匙开了门，穿过荒地，向岸边走去。

　　圣母院周围的喧哗声更厉害了。胜利的欢呼声可以听得相当清楚。突然，教堂的钟楼上、柱廊上、扶壁拱架下，出现许许多多火把，把武士的头盔照得闪闪发光。这些火把似乎正在四处搜寻什么。不一会儿，这些喧哗声清晰地传到这几个逃亡者的耳边，"抓埃及女人！抓女巫！处死埃及女人！"

他们上了小船，那个黑衣人划桨，船朝岸边而去。小船震动了一下，他们知道船靠岸了。她独自跳下船去，木然地站了一会儿，望着流水出神。等她稍微清醒过来，发现只剩下自己和黑衣人一起待在码头上。看来格兰古瓦下船后就牵着山羊溜走了。黑衣人一声不哼，紧紧抓住她，迈开大步向河滩广场走去。只见广场中央矗立着一个像十字架样的东西，那是绞刑架。她认出了这一切，明白自己身在何处了。当他们来到广场绞架下，蒙面人露出克洛德的真面目，指着绞刑架，冷冷地对她说："在我和它之间抉择吧。"

她挣脱出他的手，一下子扑倒在绞刑架下，拥抱着那根阴森恐怖的支柱，沉痛而又绝望地对克洛德说："它叫我厌恶的程度，还远不如你呢。"不管克洛德怎样哭泣、威吓，爱斯梅拉达就是不能爱他，并且拒绝从克洛德手中获救。克洛德疯狂了，将爱斯梅拉达拖到广场边的石屋，将爱斯梅拉达交与已经疯了的对吉卜赛少女极端仇视的女修士居第尔看管，他去找官兵。

居第尔在16年前被吉卜赛人偷走了她的独生女儿，她仇恨吉卜赛人到了疯狂的程度。尤其是与自己女儿年龄相仿的，更是她诅咒的对象。看到这个吉卜赛姑娘，顿时眼里露出了凶光，她使出了全身力气要将这个无辜的女孩子撕碎。正当她死命地撕扯时，突然从爱斯梅拉达的胸前掉下来一只小绣鞋。这只小鞋同她紧握在手里的那一只恰好是一对。这小鞋上缝着一张羊皮纸，上面写着："此鞋若成对，汝母抱汝臂。"这是一个奇迹，母女俩在危难中相认。母亲使出平生力气，用石头砸断窗上的铁条，把女儿藏在仅能容身一人的斗室中。追兵来了，克洛德指明爱斯梅拉达藏在这里。母亲苦苦哀告，用尽全部的力气去阻挡，可是王家卫队还是将爱斯梅拉达从母亲手中抢走了。一个心已破碎的母亲眼见亲生女儿失而复得，得而又失，惨痛失望到极点。她呼唤女儿，她女儿不是吉卜赛人，是从小被人偷走的基督徒的女儿；她不是巫女，她是一个好姑娘。可是罪恶的教廷和封建统治者没有丝毫的慈悲心。母亲向刽子手猛冲过去，狠狠咬住他的一只手，结果被狠狠地推开。只见她的脑袋耷拉下去，重重地砸在石板地上，倒在地上死去。

回到教堂顶上的克洛德，高踞巴黎圣母院的钟楼，亲眼看见爱斯梅拉达被送上绞架，不禁发出魔鬼般的狞笑。处在无比悲痛中的加西莫多见到克洛德脸上露出魔鬼的笑容，疯狂地向他猛扑过去，用两只巨掌从教士的后背狠命一推，把克洛德推下了他正欠身俯视的深渊。加西莫多抬眼望着爱斯梅拉达，只见她的身子悬吊在绞刑架上，在白袍下面，微微颤抖，那是临终前最后的战栗。接着，他又垂目俯视副主教，只见他横尸在钟楼下面，已不成人形。他泣不成声，凹陷的胸脯鼓起，说道："天啊！这就是我所爱过的一切！"傍晚，圣母院的敲钟人加西莫多失踪了。

格兰古瓦救出了小山羊。

菲比斯队长结婚了。

18个月之后，有人在埋葬爱斯梅拉达的鹰山地窖发现一男一女两具尸体，男尸将女尸紧紧抱住。女尸，有珠链，颈上挂有袋子，显然是爱斯梅拉达。那一具男尸是驼背，瘸腿，颈骨无断痕，显然是加西莫多。人们把他从他所搂抱的那具骨骼分开来时，他顿时化作了尘土。

3. 赏析

《巴黎圣母院》是一部浪漫主义长篇小说，描述的是 15 世纪法国巴黎圣母院发生的一个故事。雨果通过爱斯梅拉达为代表的善良无辜的平民百姓受到教会和封建专制制度的摧残、迫害直至死亡的故事，有力地控诉了教会和封建专制制度的罪行，揭露了禁锢人们思想的宗教的虚伪，歌颂了下层劳动人民的善良、友爱和舍己为人的精神，反映了雨果早期的人道主义思想。

人物形象的塑造

雨果在小说中塑造了一系列浪漫主义的典型人物：爱斯梅拉达集美貌与善良于一身，其人格力量是非凡的；加西莫多的丑陋外貌下有着一颗善良的心，他的非凡表现在可怕的外貌、奇特的举动、巨人般的体力，以及对爱斯梅拉达高尚而充满自我牺牲的爱情方式上；克洛德的禁欲和纵欲表现在他自我纠结的矛盾中，以及他迫害爱斯梅拉达的阴险心态和残忍手段等。这些人物的特点，表现了雨果创作的独具的浪漫主义特征，即追求夸张、驰骋想象，不求细节的真实、不求酷似现实。

爱斯梅拉达

爱斯梅拉达是雨果塑造的理想人物，是善与美的化身。她纯洁善良，酷爱自由，热情豪爽，品格坚贞，是一个被下层人民所同情和喜爱的姑娘。她本生长在基督徒的家庭，在襁褓中就被吉卜赛人偷走。长大后，她流浪街头，以卖艺为生，与流民为伍，饱尝了人间的苦难与辛酸。

她富有同情心，肯于帮助不幸者，她把辛苦卖艺得来的钱，分散给穷人家的孩子。当流浪诗人格兰古瓦误入"奇迹王朝"，乞丐们要吊死他的时候，为挽救格兰古瓦的生命，爱斯梅拉达尽管不爱他，却也公开宣称愿意同格兰古瓦结婚；当加西莫多被鞭打，在烈日下口渴难忍之际，她不计前嫌，不顾众人的讥笑，在大庭广众之下送水给受刑的加西莫多喝。

她忠于爱情，对爱情抱着至死不渝的信念。她丝毫不怀疑心上人菲比斯的背叛；她面对克洛德的淫威，宁为玉碎，不为瓦全。她憎恨一切伪善者和残害他人的人。

这个洁白无瑕的姑娘在黑暗的中世纪引起人们强烈的爱和憎，下层人民喜爱她，他们在爱斯梅拉达身上寄托了希望与理想。上层社会容纳不下她，他们栽赃、诬陷，指控她是杀人犯、是巫女。是黑暗的封建专制和教会势力活活地将她杀害了。她的被毁灭，有力地控诉了封建专制的残酷统治，揭露了教会邪恶势力的罪恶，同时也唤起了人们对真善美的追求。

加西莫多

加西莫多是雨果理想中的"善"的化身。他是巴黎圣母院敲钟人，他面目丑陋、身体残疾，但他心地善良，是一个富有正义感、富于感情、知恩图报的人。加西莫多因心目中的至真至善至美的偶像爱斯梅拉达遭到杀害而绝望，愤怒地把恶人克洛德从顶楼推下摔死，自己也在爱斯梅拉达的尸体旁自尽。

加西莫多是令人同情的，他在襁褓中就被父母抛弃在教堂中，是副主教克洛德将他抚养长大。他担任巴黎圣母院的敲钟人，把生的欢乐和希望全部注入洪亮悦耳的钟声中，钟声给了他无上的安慰和快乐。他崇拜克洛德，感戴他的养育之恩。因此当克洛德要他去抢劫爱斯梅拉达时，他习惯地服从了。当他在烈日下被拷打得口干唇裂，得到爱斯梅拉达的救助之后，他被爱斯梅拉达美与善的人格所感化，愿意为她赴汤蹈火。当爱斯梅拉达受绞刑时，他从刑场上将无辜的爱斯梅拉达救走。他对爱斯梅拉达的爱混合着感激、同情和尊重，是一种无私的、永恒的、纯洁的爱。他深深地爱上这个天使般的姑娘，他的爱是谦卑的，富有自我牺牲精神的。他为了保护爱斯梅拉达不被克洛德玷污，日夜守卫在门外。为了爱斯梅拉达不被"抢走"，他赤手空拳"抗击"愤怒的人山人海。这种爱完全不同于克洛德那种邪恶的占有欲，也不同于花花公子菲比斯的逢场作戏。爱斯梅拉达被杀害了，当他认清自己一向尊崇、爱戴的副主教克洛德竟是谋杀美与善的爱斯梅拉达的元凶时，他毫不犹豫地除掉了这个人面兽心的伪君子。

加西莫多是雨果笔下的下层人物，他的思想行为的变化体现了作者一贯主张的以道德感化为中心的人道主义思想，这是雨果长篇小说的基本思想。他力图使人们相信善良、仁慈等道德力量能够战胜邪恶、挽救人类。雨果通过加西莫多这一形象，树立起一个人类灵魂美的典型。这一形象还体现了善战胜恶、真诚战胜虚伪的信念。

克洛德

克洛德是巴黎圣母院的副主教，他道貌岸然、蛇蝎心肠，因爱生恨，迫害和致死美丽、纯洁、善良的吉卜赛女郎爱斯梅拉达，他既是施暴者，也是宗教桎梏下性格畸形发展的悲剧性人物。

克洛德曾是神学院的一个优等生，18岁时已精通四门学科，很快在修道院引起敬仰和尊崇。他性格中既有好学、专注、虔诚的一面，也不乏慈悲和善良的一面。当父母被瘟疫夺去生命后，他抚育了襁褓中的弟弟，他还收养了因畸形而被遗弃的加西莫多，还帮助了父母先后死于非命的格兰古瓦，使他成为一个诗人、圣迹剧作者。小弟的放荡不羁使他觉得尘世的生活正如圣经所说充满罪恶和堕落，对上帝的信仰更加坚定。爱斯梅拉达的出现打开了他对尘世生活的向往，渴望一份庄严的爱情，这又直接触及基督教"禁欲"的禁区。他最初想赶走吉卜赛女郎以斩断外界的诱惑，但被人性唤醒的生命激情在宗教与人性的博弈中不能自拔。长期的宗教禁欲使他的灵魂和肉体处于尖锐的冲突和分裂状态，其性格中自私、虚伪、阴暗和残忍的一面占据了上风。

克洛德的身上体现了天主教倡导的禁欲主义同他本质上的纵欲主义之间的矛盾。一方面，他是宗教恶势力的代表，表面道貌岸然，仪表堂堂，实则自私、虚伪、极端残忍，内心阴险毒辣。为满足自己的欲念不择手段，他指使加西莫多劫持爱斯梅拉达，他出于嫉妒刺伤菲比斯却嫁祸于爱斯梅拉达，他因得不到爱斯梅拉达的爱情和肉体而将她置于死地。另一方面，他又是宗教禁欲主义的牺牲品，长久的禁欲扭曲了他的灵魂。他越是意识到自己失去了人间的欢乐，越是仇恨世人，仇视世间一切美好的事物。宗教的教条要求他摒

克洛德教弟弟读书

弃世俗的享乐生活以换取灵魂救赎。因此，他表面上躲避女性，远离人群，似乎厌弃生活中的一切乐趣，实际上他忍受不了禁欲主义的枷锁。他对美丽的爱斯梅拉达产生了疯狂的淫邪念头，像一个幽灵追随着爱斯梅拉达的行踪。他对爱斯梅拉达的渴望不是出于爱情，而是出于一种变态的、可怕的欲念。为此，他施展了种种恶毒的、阴险的手段：先是引诱，引诱不成就让加西莫多去抢，抢不到就诬陷。他亲手刺伤了菲比斯，却诬陷爱斯梅拉达所为。得知爱斯梅拉达被加西莫多从刑场救出并藏在圣母院的钟楼，他夜深入室，进行祈求、恫吓和欺骗。克洛德说："我要得到你，否则我就把你交出去！你或者死去，或者属于我！"爱斯梅拉达宁死不从。克洛德害死了爱斯梅拉达之后，自己也落个粉身碎骨的下场，真是咎由自取、罪有应得。雨果塑造的克洛德形象是最有深度的，它触及了社会道德、教会权势和人性发展的方方面面。

菲比斯

菲比斯是一个颇具风度的青年军官，他具有贵族子弟奢侈、放荡、轻浮等一切恶习败行。他被爱斯梅拉达的美貌所吸引，对爱斯梅拉达的爱是逢场作戏。当爱斯梅拉达被诬受审时，他不但不为她作证洗清她的"罪名"，反而同贵族小姐贡得罗西耶·佛勒赫·得·李情意绵绵，打得火热，把爱斯梅拉达忘得一干二净，心安理得地同富家小姐结婚。看到爱斯梅拉达即将上绞刑架，他却和贵族小姐一起站在露台上，冷眼旁观，冷酷地关上了窗。他熄灭了爱斯梅拉达心中对爱情的最后的一丝美好，他是封建势力的帮凶，他是在外貌上气宇不凡、在道德上败坏的人物。

法王路易十一

小说中还出现了法王路易十一的形象。路易十一身材瘦小,像老狐狸一样狡猾。他穿着普通的市民服装,戴着粗呢缝制的帽子。他平时住在自己的城堡中,有时住在阴森可怖的巴士底监狱的房间中,这样他会感觉安全些。他一方面利用人民的力量同封建领主明争暗斗,以扩大和巩固国王的权力;另一方面他又害怕人民的力量危及他的王权,对人民的反抗斗争进行血腥镇压。小说中对他有如下的描写:当路易十一得到密报,说巴黎的民众袭击了法院大厅的审判官,他欣喜若狂,高举着帽子喊道:"好啊!我的百姓们做得好!打倒这些冒充的君主,打倒他们,杀死他们,绞死他们,推翻他们!"当他弄明白起义群众不是针对法院大厅的审判官,而是攻打象征封建势力的巴黎圣母院,危及王权的安全时,他不再笑了,脸色变得狰狞可怕,发出"砍碎他们,杀!杀!""把平民杀尽,把女巫绞死"的命令。小说里的路易十一就是这样一个一手惩治封建贵族,一手镇压平民的封建专制君王。

小说中人物众多,但每一个人物的形象都泾渭分明。雨果笔下的下层人民,衣衫破烂,甚至外形奇丑,但人格高尚,比如"奇迹王朝"中的"国王"克洛潘·特鲁伊福;上层社会中的人,尽管他们衣冠楚楚,外貌俊雅,但内心丑恶,精神卑下,比如佛勒

路易十一

赫·得·李为代表的傲慢贵族。

雨果通过加西莫多、克洛德、菲比斯等具有不同身份、地位、品质和外貌的典型人物对爱斯梅拉达的态度，以及法王路易十一对待人民的态度的描写，歌颂了真、善、美的道德情操，鞭挞了假、恶、丑的不道德行为。

美丑、真假、善恶、正义与非正义的对照

《巴黎圣母院》鲜明而集中地表现了雨果浪漫主义的创作原则和美学观点。雨果依据美丑对照的艺术原则，将人物塑造和情节设置等进行对照描写，体现了奇人、奇事、奇情、奇境的浪漫主义艺术特色。

小说的人物塑造对照：

①正面人物与反面人物的对比。爱斯梅拉达和加西莫多是纯洁善良、真诚美好的人性的代表；克洛德、菲比斯则是虚伪卑鄙、自私丑恶的人性的代表。善与恶鲜明地体现在这两组人物身上，产生强烈的对照。

②正面人物与正面人物的对比。爱斯梅拉达与加西莫多，外貌一个奇美，一个奇丑，而心灵同样高洁，体现了人在心灵深处的道德层面的至善至美。

③人物自身内外的对比。加西莫多外貌的丑陋和心灵的美好成反比，菲比斯外表的潇洒和内心的丑恶成反比，克洛德外表的道貌岸然和内心的邪恶成反比。

小说的情节发展对照：

克洛德追踪迫害爱斯梅拉达与加西莫多时刻保护爱斯梅拉达构成对比；克洛德收养加西莫多与加西莫多的"恩将仇报"构成对比；

女修士居第尔先前对爱斯梅拉达的仇恨与后来对爱斯梅拉达的疼爱构成对比。这三组对照关系是在情节发展过程中、故事脉络越发清晰后而形成的。

小说的环境描写对照：

巴黎城市和巴黎圣母院和谐、美丽、壮观的自然环境与底层人民阴暗、脏乱、不幸的生活环境构成鲜明对比；草菅人命、任意诬陷、腐朽黑暗的封建王朝与尊重人权、公正廉明、高尚纯洁的"奇迹王朝"形成尖锐对比；爱斯梅拉达和小山羊加里表演的热烈场面与克洛德阴沉枯燥乏味的书斋构成对比。通过这样的环境对比，表现出封建王朝统治下的社会面貌和存在的社会问题，由此形成的尖锐的社会矛盾，必将由一场深刻彻底的革命来解决。

叙事结构和场面描写的对照：

小说以宗教盛会的欢乐气氛开头与少女凄凉惨死的悲剧结尾构成鲜明对比；格兰古瓦在"乞丐王国"受审之离奇、加西莫多广场受审之荒诞、爱斯梅拉达法庭受审之悲惨，形成鲜明对比；圣母院的巍峨壮美、绞刑架的阴森恐怖与奇迹王朝的离奇怪诞，形成鲜明对比；"乞丐王国"内的人人平等、互助互爱，对爱斯梅拉达的尊重和爱护与路易十一的封建王朝内部的明争暗斗、血腥屠杀民众，将爱斯梅拉达迫害致死形成鲜明对比。这多重的对照，构成了强烈反差，将表面上色彩斑斓的巴黎置于深刻的社会阶层之中，极富艺术感染力。

通过雨果的极尽浪漫主义的强烈对比，小说的情节和人物显得更奇特，主题更鲜明、突出。主人公爱斯梅拉达就是在与其他人物的对照中显示出完美的艺术形象的。特别是将两个法庭、两种审判、两个绞架、两个社会等进行对照描写，更突出暴露了封建暴政的黑暗。这也体现了雨果作品中的丑就在美的旁边，畸形靠近优美，丑怪藏在崇高的背后，美与恶并存，光明与黑暗相共的美学观点。

浪漫主义的手笔

雨果在小说的艺术构思和表现手法上是浪漫主义的，他在小说的情节安排上颇具匠心，故事情节曲折离奇，富有戏剧性，充满了现实生活中不可能有的巧合、夸张和怪诞。如：女修士居第尔与爱斯梅拉达母女重逢的悲喜急转；加西莫多孤身劫刑场的壮举，一人抵御攻打圣母院的千军万马；"奇迹王朝"对格兰古瓦的奇特审判；加西莫多的尸骨化为灰尘等。这些曲折、紧张、多变的情节，奇异、夸张、变幻的场面，不同寻常的环境，个性鲜明的人物，华丽活泼的语言，构成小说绮丽多姿、色彩绚烂的艺术特色，体现了雨果主观感情的强烈，想象的丰富，大大加强了小说的戏剧性，从而增强了小说的感染力。

雨果早期的人道主义思想与文艺复兴时期的人道主义思想一脉相承，他赞美普通人，希望人们都能从封建势力的压迫中走出来，享受人类应该拥有的现实生活的幸福；他反对宗教，反对禁欲主义，拒绝愚昧，要将人们从违背人性的宗教控制下解放出来。《巴黎圣母院》以全美的艺术形象和深邃的思想力量，沉重打击了宗教和封建势力。

《巴黎圣母院》这部扣人心弦的浪漫主义长篇小说，早在清朝乾隆年间，就以《活冤孽》为书名传到中国。后来又译作《钟楼怪人》和《巴黎圣母院》。这部誉满全世界的文学作品，曾多次被改编为电影、歌剧和芭蕾舞剧而搬上许多国家的银幕和舞台。迄今已接近200年，它的艺术生命经久不衰，是一部脍炙人口的艺术珍品。

《悲惨世界》

《悲惨世界》是雨果在流亡时期创作的一部长篇小说，发表于1862年。它是雨果创作高峰时期的作品，是雨果现实主义小说中最成功的一部作品，是19世纪法国最著名的小说之一。雨果自称这部《悲惨世界》为"社会的史诗"。

小说《悲惨世界》以主人公冉·阿让的活动历程为主线，融进了法国政治、道德、哲学、法律、正义、宗教信仰等社会人文历史。全书共分为五部，每部又分若干卷，每卷又分若干章。它是一部篇幅浩大、卷帙繁多的长篇文学巨著。

1. 创作背景

《悲惨世界》是雨果以真实的故事为蓝本而创作的小说。有关资料提及，1801年有一个名叫彼埃尔·莫的穷苦农民，因饥饿偷了一块面包而被判5年苦役。出狱后，他带着黄色身份证寻找工作，结果处处碰壁；雨果年轻时的好友维多克，因参加秘密活动被政府通缉，被迫逃亡；1828年，雨果搜集到了米奥利斯主教及其家庭的资料，其中有一个释放的苦役犯受到主教感化而弃恶从善的故事；雨果参观了布雷斯特和土伦的苦役犯监狱；雨果在街头目睹了类似芳汀受辱的场面。这些真实事件深深地刺激着雨果，他决定以这些事件为材料写一部长篇小说。

在1829—1830年间，雨果还搜集到了大量的有关玻璃制造业的材料，这便是冉·阿让到滨海蒙特勒伊，化名为马德兰先生，从苦役犯变成企业家，开办工厂致富情节的由来。

七月革命之后，法国建立了以路易·菲利普为首的大资产阶级统治的奥尔良王朝——"七月王朝"。金融贵族和银行家掌握了国家政权之后，社会矛盾日益加深，劳动阶层和资产阶级的矛盾尖锐起来。1831年11月21日，法国爆发了大规模的里昂工人反对资本家压榨的武装起义，但起义被政府军血腥地镇压下去了。

1832年6月1日，共和党领袖让·马克西姆利安·拉马克将军病逝，共和党人感到和平变革的希望幻灭了。6月4日，数以万计的拉马克将军的送葬队伍中，有大学生、工人、各国的政治流亡者，还有退伍军人。共和党人乘机喊出反对政府、支持共和的口号，得到民众的响应。共和党人举行了大规模的示威游行。王家骑兵赶来阻止，一场恶战发生了，一场由巴黎共和党人领导的起义开始了。不到一个小时，起义者占领了军火库、市政厅和巴士底狱。到了晚上，共和派控制了三分之一的城区。一夜间，大街上垒起了数百个街垒。政府调来的常备兵团和重炮部队与起义军展开了街垒战。6月6日晚，起义被镇压了。雨果的《悲惨世界》的第三部分再现了那个令人惊心动魄又让人无比鼓舞的历史时刻。

1832年，雨果开始构思这部小说，1840年拟好了小说的提纲：一个圣徒的故事，一个男人的故事，一个女人的故事，一个女娃的故事。

1841年，雨果当选了法兰西学院的院士，他要发挥一个政论家的作用，他要寻找资产阶级民主政体与君主政体相结合的政治制度，写作的事情就耽搁下来。1843年，他写的剧本《城堡里的伯爵》首演时被观众喝倒彩，遭到失败，这使他想创立一种既雄心勃勃又平民化的戏剧风格的愿望破灭了。同年，大女儿和她的丈夫在塞纳河不幸溺水身亡，雨果的心情低落到了极点。一直到1845年11月，雨果才开始创作，定名为《苦难》。在完成全部作品的五分之四时，1848年2月22日，法国爆发了"二月革命"。雨果又停下写作，和激昂的人们一起走上街头、走向市政厅大楼。人民占领了政府，推翻了"七月王朝"。二月革命胜利了，临时政府宣布成立共和国，即法兰西第二共和国。雨果被选为国民立宪会议代表。路易·拿破仑·波拿巴成为共和国总统。

1851年，路易·拿破仑·波拿巴发动政变，宣布帝制，大肆镇压民众。雨果坚决反对路易·拿破仑·波拿巴恢复帝制和修改宪法，遭到了政府的通缉，被迫流亡国外达19年之久。

流亡，给了他一个孤独者的自由，从此他再也无所顾忌了，不再顾忌社会、法律、权威、信仰，也不再顾忌虚假的民主、人权和公民权，甚至不再顾及自己的成功形象。他重新审视一切，反思一切。他同本阶级决裂了，也同他所信奉的价值观念、文学主张决裂了。

刚刚过去的19世纪40年代，是法国革命情绪高涨的时期，雨果受到了血雨腥风的现实的阶级斗争的洗礼。流亡期间，他与法国当局的独裁政权进行着不懈的斗争，这种政治斗争激情推动着他的创作激情，促使他在原来构思的基础上深化了作品的主题思想。

1860年4月，雨果对《苦难》手稿做了重大修改和调整，增加了大量的内容，定名为《悲惨世界》。1861年7月30日，雨果完成了这部巨著。《悲惨世界》第一卷于1862年4月3日问世，到6月陆续出版完毕。雨果写作这部小说的时间跨越了20年（若从1830年开始构思计，历时30余年），终于完成了这部具有丰富的社会、历史内容和巨大艺术感染力的长篇小说，完成了这部时代的巨著。

《悲惨世界》以巴黎人民举行起义推翻"七月王朝"这一波澜壮阔的历史事件为背景，生动地描写了19世纪法国劳动者因失业、贫困而招致堕落、毁灭的悲惨生活图景。同时，穿插了各种社会政治事件，如滑铁卢战役和共和党人起义等历史场景，是一部法国现代社会生活和政治生活的长篇史话。故事情节错综复杂，结构设计巧妙，跌宕起伏。在描述底层人民与邪恶势力的斗争中，体现了人类本性的纯洁善良，坚定只有经过苦难的历程才能走向幸福的信念。

雨果在《悲惨世界》中，力图表现"最高的法律是良心"，认为严刑酷法只能使人更加邪恶，要用道德感化的方法处理。他认为资产阶级的残酷剥削和法律的不公平，是导致社会一切问题的根源，为此，他提出了强烈的抗议。

雨果在1862年为《悲惨世界》写的序中谈到本书的作用和意义，说："只要因法律和习俗所造成的社会压迫还存在一天，在文明鼎盛时期人为地把人间变成地狱并且使人类与生俱来的幸运遭受不可避免的灾祸；只要本世纪的三个问题——贫穷使男子潦倒，饥饿使妇女堕落，黑暗使儿童羸弱——还得不到解决；只要在某些地区还可能发生社会的毒害，换句话说，同时也是从更广的意义来说，只要这世界上还有愚昧和困苦，那么，和本书同一性质的作品都不会是无用的。"（见陈周方著，《雨果》，辽宁人民出版社，1980年版，57页）

《悲惨世界》这部作品对世界产生的影响是巨大而深远的。19世纪俄国的伟大批判现实主义作家列夫·托尔斯泰认为它是当时法国最优秀的作品。

2. 故事梗概

第一部　芳汀

在法国南部一个称作迪涅的小城里，有一位名叫查理·佛朗沙·卞福汝·米里哀的主教。这个 75 岁的老人品貌不凡、身材瘦小，他出身贵族，学识渊博，淡泊名利，为人谦卑。法国大革命后，其家族随之败落，他的生活俭朴清寒。无论对待什么事情，他都是那么正直公平。他一生乐善好施、博爱人道、克己恕人、济世救人。他每一天都在祈祷、布施，为抚慰人们心灵和医治社会痛疽而奋斗。他种一块地，用收获的粮食和蔬菜来招待过路的客人，还把每年从政府那里领的一万五千法郎的薪俸全都捐给当地的慈善部门。所以，这里的人们都很喜欢他。他经常说："我活着是来保护世人心灵的，而不是为了自己的生命。"为了不踩死一只蚂蚁，他扭伤了筋骨。当一些村镇受到强盗的骚扰时，他亲自去安慰他们。他认为，只有彼此相爱才能解除人们的痛苦。

1815 年 10 月初的一个黄昏，有一个劳累不堪的行人来到这里。他大概四十六七岁，身材中等，体格粗壮。一顶皮帽遮住了大半个被太阳晒黑的脸，粗布衬衫的领口上露出毛茸茸的胸脯，一条破领带胡乱地挂在脖子上；蓝色棉布裤也磨损不堪，一个膝头成了白色，一个膝头有了个窟窿；一件破旧褴褛的老灰布衫，左右胳膊肘处，都用麻线缝上了一块绿呢布；他背上有只布袋，装得满满的；手里拿根多节的粗棍，没穿袜子的双脚穿着钉鞋。他汗流浃背，脸上有一种说不出的狼狈神情。

这时，稀稀落落的居民站在各自家门口和窗前，有些不安地看着这个人。他的到来,引起了整个迪涅城的惊慌。人们纷纷揣测,这个人是从哪里来的?他是干什么的?

这人名叫冉·阿让,他出生在一个贫穷的家庭,自小失去了父母,由姐姐抚养成人,成为一个靠剪树枝为生的农业工人。姐夫不幸去世,留下7个可怜的孩子,最大的8岁,最小的才1岁,全靠冉·阿让每天不停地工作来养活他们。在修剪树枝的季节里,他每天可以赚18个苏,而在不忙的时候,他就替人家割麦子、放牛等。

1795年的冬季,冉·阿让失业了。他找不到工作,兜里一点钱都没有了,眼看着姐姐的7个孩子挨饿。在一家人濒临饿死的情况下,一天夜晚,他万般无奈地用拳头打破面包店的玻璃橱窗,抓走了一块面包。为此,冉·阿让被捕,他以偷盗罪被法院判处五年苦役。冉·阿让在监狱中记挂那几个无衣无食的孩子,特别是听到他姐姐带了一个7岁的孩子在印刷厂做工的消息之后,他就常想其余6个孩子到哪里去了。他在第四年的年末越狱了,但被抓了回去;第六年他又越狱了,也没能逃脱;第十年他又逃了一次,也没有成功;在第十三年,他又逃了最后一次,仅4个小时就被拘捕了。由于逃跑了几次,加判了徒刑,直到第十九年才刑满释放。冉·阿让从1796年被关了起来到1815年释放出来时,已有46岁了。他承认自己不是一个无罪的人,但自己是愿意工作而没有工作,愿意劳动而又缺少面包的情况下走上犯罪道路的,他认为法律对自己的处罚太重了。他的结论是:他所受的处罚,实际上不仅不公允,而且不平等。他认为不仅社会有罪,上帝也有罪。这个年近半百的苦狱囚犯怀着愤懑从监狱中出来。

他已经走了4天了,这一天他走了12法里来到迪涅城。天色渐渐黑了下来,他开始找旅店投宿。由于他是从苦狱里出来的,身上带的是黄色身份证，他走遍了所有的店铺、旅馆和酒店，没有人愿意让他住。他走到监狱，想去找一个住处，看门的也不肯开门。他到过狗窝，狗把他咬了出来。无奈的他只好敲居民的门，想借宿一夜，但居民也没有人愿意收留他。天已经黑了，他到城外，想在田野上露宿。这时天要下雨了，他找到一块石板，准备躺下去时，一个老婆婆指给他主教的家。他敲响了主教的大门。

米里哀主教刚从外面回来，听到了敲门声，说"请进来。"冉·阿让进来之后就开始向主教介绍自己："先生，我是个苦役犯，已经坐了19年牢，刚刚被放出来。我打算到别的城市去，今晚要在这里过一夜，但是这里却没人愿意收留我。我有109个法郎15个苏的积蓄，是我在监牢里用19年的时间做工赚来的，可以付账。我困极了，走了12法里，我饿得很。您能让我住下吗？"主教说："先生，请坐，烤烤火。等一会儿，我们就吃晚饭，您吃饭的时候，您的床也就会预备好的。不用付账。"说完便安排了晚餐。冉·阿让在晚餐端上来后，立刻狼吞虎咽地吃了起来。临睡前，主教还给他在床上铺了一张洁白的床单，这是冉·阿让19年来第一次睡床。

冉·阿让没有想到主教不但不撵他走，还称呼他先生，给他一张有褥子有床单的床，请他吃饭，还不要他付钱，这是他做梦也想不到的。他虽然一时受到感动，但由于长期的牢狱生活，仇视法律、对社会充满敌意的他不再相信任何人，性格变得凶狠而孤僻。可能由于第一次睡得这么舒服，半夜时，他反而醒了，就在他胡思乱想的时候，他看到主教家6副发亮的银器，不禁心中一动。他轻轻地下了床，偷了银器逃跑了。很不幸的是，没跑多远他就被警察逮住了。

清晨，冉·阿让被警察押来见主教。他有些灰心丧气，心想自己只能等待厄运的到来了。但这个以仁爱为怀的米里哀主教出乎他的意料。主教一见到他们出现在门边,便加快脚步迎了上去,"呀!您来了!"他望着冉·阿让大声说,"我真高兴看见您。怎么?那一对烛台,我也送给您了,它和其他的东西一样,都是银的,您可以变卖200法郎。您为什么没有把那对烛台和餐具一同带去呢?"冉·阿让睁圆了眼睛,瞧着那位年高可敬的主教。"我的主教,"警察队长说,"难道这人说的话是真的吗?我们在路上碰到了他。他走路的样子像是个想逃跑的人。我们就把他拦下来,看看,他拿着这些银器……"主教笑容可掬地打断他说道,"这些银器是我送给他的,他还在我家里住了一夜。我知道这是怎么回事,你们误会了。"警察以为抓错了人,便把冉·阿让放了。冉·阿让几乎不敢相信这一切,他惊愕地说:"我被放了?"主教拿出一对银烛台递给冉·阿让,然后低声对他说:"不要忘记,您用这些银器是为了成为一个诚实的人。"他又郑重地说:"冉·阿让,我的兄弟,您现在已不是在恶的一面的人了,您是在善的一面了。我赎的是您的灵魂,我把它从黑暗的思想和自暴自弃的精神里救出来,交还给上帝。"

冉·阿让受到极大的震动,他全身发抖,就像要昏倒一样,不知说什么好。他拿上主教先生交给他的一对银烛台,逃走似的仓皇地出了城。

冉·阿让离开主教后,心情很不平静,说不出是受了感动还是受了侮辱,许许多多莫名其妙的感触一齐涌上他的心头。正胡思乱想时,他看见一个10岁左右的穷孩子走来,手中拿着几个钱,做着"抓子儿"的游戏。突然,小孩子那个值40苏的钱落了空,滚到了冉·阿让的脚边。冉·阿让一脚踏在上面,"你叫什么?""小瑞尔威,先生。""滚!"冉·阿让说。孩子哭着讨要硬币,冉·阿让也没有给他。抢走了孩子钱的冉·阿让抬起头,仍旧坐着不动,他的眼神迷糊不清，他在紊乱的心绪中听到了孩子逐渐远去的哭声。这时，他想起了主教对他说的话，后悔莫及，他追向孩子离去的方向，却没有看到小瑞尔威的身影，他心里暗骂自己是个无赖。冉·阿让感到十分懊恼，流着热泪，泣不成声，他经历了痛苦的思想斗争后下决心洗心革面，从此改恶向善，重新做人，走一条自新的光明之路。那晚夜深人静，一个马车夫在主教院附近等人，他看到冉·阿让在主教院门前跪了很久。

1815年12月的一个黄昏，冉·阿让来到法国偏僻的滨海小城蒙特勒伊时，正遇到区公所失火，他不顾生命危险跳到火里，救出两个小孩。那两个小孩恰是警察队长的儿子，因此大家都没有想要验他的护照。从那一天起，大家都知道了他的名字，他叫马德兰。

蒙特勒伊是一个轻工业城市，有一种仿造英国黑玉和德国烧料的特别工业。那种工业素来不发达，因为原料贵，生产水平很低，影响到工人的工资。在燃料工业方面，马德兰在制造中发明了用漆胶代替松胶，改革了生产的工艺，大大地降低了成本，增加了利润，提高了工人的工资。特别在手镯方面，他在做底圈时，采用只把两头靠拢的方法代替那种两头连接焊死的方法。不到3年，马德兰已成了蒙特勒伊的大富翁。

马德兰用获得的利润在城里建造了高大的厂房，招聘有技术又诚实的男女工人在车间干活儿。他要求男工要有毅力，女工要有好作风，无论男女都应当贞洁。他为工人们兴办了许多慈善事业，如幼儿园、小学校、医院等。小城也因他而繁荣起来，人们拥戴他做了市长，尊称他为马德兰市长先生。

现在的马德兰已经50多岁了，虽然他拥有财富，但他的生活还是和当初一样朴素。他头发灰白、目光严肃、神情沉郁，像个哲学家。他经常戴宽边帽，穿粗呢长礼服。白天，他在市长岗位上工作，下班以后便闭门深居。他待人温和，谈吐谦恭文雅，做了许多善事。

　　一天早晨，马德兰先生经过蒙特勒伊城一条没有铺石块的小街。他听见一阵嘈杂的声音，远远望见一群人。他赶到那里，看见一个叫割风的老人被压在马车下面，整个车子的重量都压在他的胸口上。割风老人被压得惨叫，也许过不了5分钟，老人的肋骨就会折断。马德兰市长看出此时找工具已经来不及了，只有一个办法可以救出这个垂死的老人，那就是必须有人钻到马车底下把马车顶上来，老人才能得救。周围的人虽然多，但他出20个路易也没有人愿意这么做。马德兰不顾自身的年龄和危险，双膝跪下，爬到车子下面去，用腰使劲儿将马车向上顶。他使尽了自己最后的一点力气，车子慢慢地从泥坑里升起来了。割风老人终于得救了。割风老人吻着马德兰的膝头，称他为慈悲的上帝，围观的人都感动得哭了。割风老人的膝盖骨脱臼了，马德兰叫人把他抬进工厂疗养室医治，还给了他一张1000法郎的票据，又把他介绍到巴黎圣安东尼区一个女修道院里做园丁。

　　就在大家赞叹马德兰先生的善行的时候，有个身材高大，穿一件铁灰色礼服，头戴平边帽，手拿粗棍的人一直注视着马德兰先生。这个人是警察局的警探，名叫沙威。他40来岁，目光像一把钢锥，是一个令人心悸的恐怖人物。巴黎警察厅安插他来这里的警察局工作，暗中访察马德兰市长的来历。

　　在马德兰的工厂里，有一个叫芳汀的女子。她从小失去父母，从10岁开始，她不得不以做工来维持生活。她很漂亮，满头浅黄色的头发，有着洁白的牙齿。15岁那年，她和几个伙伴来到了巴黎，想在这里实现自己的梦想。她在这里被骗生下了一个女孩，叫珂赛特。在巴黎无法维持生活的她，只好背着孩子返回家乡，把女儿寄养在酒店店主德纳第夫妇家里，自己便进了马德兰工厂的妇女车间当了女工。

芳汀在马德兰工厂当女工后，租了一间小屋子，还以将来的工资作担保，买了些家具。她为自己能够自食其力感到很快活，不过她不和任何人谈自己的女儿，也隐瞒着自己的过去。但为了按月给酒店主德纳第付孩子的寄养费，她定时找人代写书信。终于，这个秘密被一个妇人知道了，这个妇人随即向车间女管理员告了密。女管理员对芳汀说："你是个不诚实的女人，我只能解雇你，你违反了马德兰先生在招收工人时提出的条件。"

从此，芳汀苦难的生活开始了。失业后的芳汀，生活困难万分，家里除卧榻之外，一无所有，还欠着100法郎左右的债款。她想去做佣人，但没有人肯雇佣她，她女儿的寄养费也无法按月寄去。另外她还拖欠房东的房租。她只得去兵营给士兵们缝补粗布衬衫，每天可以赚到12个苏，而这12个苏中有10个苏要交给收养珂赛特的酒店店主德纳第夫妇。雪上加霜的是，德纳第夫妇是一对贪婪残忍的人，他们不断地要求增加寄养费，费用由每月6法郎加到12法郎后，又强迫她从12法郎增至15法郎，他们想各种办法来勒索芳汀。

芳汀欠的债愈来愈重了，德纳第夫妇给她写信的次数也愈来愈多了。有一次，信上说小珂赛特在寒冷的冬天没有一点儿衣服，需要一条羊毛裙，要10法郎才能买到。芳汀无奈只得将自己的一头金发剪掉卖了10法郎，买了一条绒线编织的裙子寄给了德纳第。可是德纳第将裙子给他自己的女儿穿了，小珂赛特仍然赤身露体，在寒风中战栗。过了不久，德纳第夫妇又来信，说珂赛特患了猩红热,务必在 8 天之内寄来 40 法郎,否则孩子就完了。芳汀被逼无奈,将两颗雪白的门牙卖了 40 法郎,寄给了德纳第。可是小珂赛特并没有害病。可怜的芳汀,她已经穷到把一块破布当被子、一条草席当褥子了。她每天缝补 17 个钟头,由于工资压低了,她只能挣 9 个苏。债主们又成天逼她还债,使她没有片刻的休息。正当她无路可走的时候,德纳第又来信说要 100 法郎,否则就要把珂赛特撵出去。在德纳第夫妇的要挟下,芳汀为了自己的女儿,最后不得不做妓女。她变老了,比以前丑了很多,而且还得了肺病。

1823 年 1 月,一个雪后的夜晚,一个时髦的纨绔子弟对着芳汀喷烟雾,嘴里还讲着侮辱人的话。芳汀不理他,那人弯腰抓了一把雪,一下子塞到芳汀赤裸裸的肩膀中去。芳汀忍无可忍惊叫一声,跳上去,揪住那个人,用指甲掐进他的面皮。警察沙威恰巧看到了这一幕,不由分说地抓住芳汀。他认为应该判芳汀 6 个月监禁,其理由是一个娼妓竟敢冒犯一个绅士。马德兰目睹了事情发生的经过,出面解救芳汀,命令沙威放人,并答应替芳汀还债,还要把她的孩子接来,让她脱离现在这种下贱的生活。

芳汀被安顿在厂房疗养室治病,尽管马德兰几次寄钱要德纳第把珂赛特送到蒙特勒伊城,然而店主找出各种理由不放孩子走。马德兰准备必要时自己走一趟,正在这个关头,

芳汀受辱

发生了一件大事。

有一个叫商马第的工人，由于拾了道旁有苹果的树枝，被当作盗窃犯关在阿拉斯省级监狱。监狱看守布莱卫原先是个老苦役犯，他认为商马第就是冉·阿让，因为两人无论是年纪、相貌还是身材都很像。另外两个被判终身监禁的囚犯也见过冉·阿让，他们也认为商马第就是冉·阿让。而被误当作冉·阿让的商马第也即将在高等法院接受审判。

沙威本以为马德兰市长就是冉·阿让，但现在有人告诉他，冉·阿让竟在监牢里了。他感到对马德兰市长的怀疑是不应该的，便登门向他道歉。

商马第案件要开庭审判了，马德兰市长内心的斗争也越来越激烈，因为自己就是冉·阿让。这时候，他只要不闻不问这件事，商马第便会成为他的替身去到监狱受苦，他的"马德兰老爷"的身份就更加无人怀疑了。但是，他的良心不允许自己这么做。他心想，我隐姓埋名做好事，已经忘记过去，皈依上帝，但却偏偏发生这样的事。现在，我只有两条路可走：一是昧着良心，让那人顶替我的名字；二是去自首，再次进监狱。我要选择后一条路，去投案，我要救那个蒙受不白之冤的人，让商马第自由。他赶到阿拉斯高等法院，要用自己遭受终身监禁之苦来替换商马第无辜受刑。

在阿拉斯法庭上，正当庭长准备做出判决的时候，一个声音响了起来："你们不认识我了吗？"大家转回头，看到了刚刚进来的马德兰市长，全场立刻鸦雀无声。马德兰平静而又庄严地说："庭长先生，请拘禁我吧，我才是真正的冉·阿让。"

冉·阿让从阿拉斯高等法院出来，已是夜间12时半了。早晨6点前，他便赶到了蒙特勒伊城，到疗养室看望病危中的芳汀。

高等法院逮捕状签发出去了。检察官派了专人,星夜兼程送到滨海蒙特勒伊城。沙威奉检察官之命连夜逮捕冉·阿让。沙威来到芳汀所在厂房疗养室,找到了冉·阿让,要将他逮捕。冉·阿让说:"再给我3天时间吧,等我把芳汀的孩子接来和芳汀团聚后,我自己会来找你。"

沙威抓住冉·阿让衣领,大声骂道:"你这个土匪、下贱的苦役犯,给你3天?我为什么要给你3天,你现在就跟我走!"芳汀重病在床,见到沙威凶相毕露地威胁冉·阿让时,她因惊吓过度而死,魂归大地。冉·阿让告慰死者,发誓一定要把她女儿抚养成人。之后,沙威把冉·阿让关进监狱。

夜晚,冉·阿让想,我现在还不能坐牢,芳汀的后事无人料理,我还答应她,接回她的女儿,我要完成对芳汀的承诺!冉·阿让折断监狱窗口的铁条,从屋顶上跳下来,逃了出来。他在守门嬷嬷的帮助下进了他自己的屋子,拿起一张纸,写好了几行字:请本堂神父先生料理我在这里留下的一切,用以代付我的诉讼费和芳汀的丧葬费,余款捐给穷人。冉·阿让从橱柜里取出了一件旧衬衫,撕成几块,用来包那两只银烛台。他躲过沙威的搜查,离开了滨海蒙特勒伊城,向巴黎走去。

第二部 珂赛特

1823年7月,冉·阿让从银行里提取了五六十万法郎的巨款,他把它秘密地藏在孟费郿的大森林里。当他正准备乘车去孟费郿时,他被捕了,被华尔州高等法院判终身苦役。

1823年10月,冉·阿让在战船"阿利雍号"服苦役。

"阿利雍号"被复辟王朝派往西班牙镇压那里的资产阶级革命,

因在海上受到风灾的损害，回港修理。这条装有120门大炮的巨舰停在都隆港口，引来了无数的观众。这条战舰庞大到惊人的程度，它的桅杆有30多丈长，它的链子堆起来就有4尺高，20尺长，8尺宽。造这样一艘船需要3000立方米木料。这艘船简直像一座森林在水上浮着。

冉阿让逃生

11月17日的早晨，观众目睹了一个意外事件的发生。一个海员从高处跌落下来，只有两手抓住了绳环，身子在空中荡来荡去，眼看就要松手跌落下去，下面便是海。在这千钧一发之际，只见一个穿红衣、戴绿帽的苦役犯一锤砸断了脚上的铁链，登上索梯，滑到海员身边，用索子把那个海员系住，然后攀上横杠，把那个遇险的海员提了上去，送回了桅棚。这时观众齐声喝彩，有的人还流了眼泪。码头上的妇女们互相拥抱，所有的人一齐喊道："应当赦免那个人。"而那个人遵守规则，立即归队。他迅速顺着帆索滑下，又踏着下面的一根帆杠向前跑，突然落到海里去了。经过打捞，也泅到海底去寻找，一直寻到傍晚也不见尸首。这救助海员的苦役犯，不是别人，正是小说的主人公冉·阿让。

第二天，报纸上刊登了这样一条消息：

昨天，一名水手在"阿利雍号"的桅杆上遇到了危险，此时，一名在战船上服苦役的犯人搭救了水手。在回队时，这名苦役犯却失足落水了，没能找到他的尸体。据推测，他也许陷在兵工厂堤岸尽头的那些尖木桩下面。那人在狱里的号码是九四三，名叫冉·阿让。有发现其尸体的可以联系当地的警察局。

冉·阿让跳到海里逃走了。在圣诞节的晚上，他出现在孟费。在一片森林的泉水边，一个面黄肌瘦的小女孩，拎着一个大水桶向河边走来。她装满了一桶水，但她只走了十几步，就累得喘不过气来。她走走停停，每次停下来，桶里的水都会洒出来一些，淋在自己的赤脚上。此时，一只大手抓住了桶把，冉·阿让用低沉而又沉重的声音说："孩子，你提的东西太重了。"小女孩说："是的，先生。"冉·阿让说："给我吧，我来帮你提。"又问："你几岁了？你的父母怎么会让你做这个？"小女孩说："8岁了。我不知道，我应该是没有父母，别人都有，可我没有。"冉·阿让有些奇怪，便问："你叫什么名字？"小女孩回答说："珂赛特。"听到这个名字，冉·阿让像触电了一般，浑身抽动了一下。

这个小女孩就是芳汀的女儿珂赛特。这个8岁的小女孩看上去就像个6岁的孩子，长期的营养不良使她比同龄的孩子瘦小了

珂赛特

一些。两只大眼睛深深地隐在一层阴影里，已经失去了光彩，这是经常哭泣的缘故。她嘴角的弧线显示着长久的内心痛苦，教人联想起那些自知无救的病人。她身上穿的根本不能称为衣服，只不过是挂了一些破布，处处都露出被打得青紫的皮肤。那孩子锁骨的窝处深陷，说话的声音，语言的迟钝，看人的神情，一举一动都表露出她时刻笼罩在恐惧之中。由于她经常冻得发抖，已经养成了紧紧靠拢两个膝头的习惯。

德纳第的酒店生意十分冷清，只要有客人来，他就会狠狠地宰一笔。他原是法军里的一个中士，靠着盗尸所得，后来在孟费郿开了一家小酒店。他的老婆凶狠而恶毒，是个身材高大的婆娘。芳汀的女儿珂赛特正落在他们的魔爪之中。珂赛特在这里受尽了苦难，冬天连一双鞋子都没有，还经常被老板娘毒打，全身上下都伤痕累累。

冉·阿让和珂赛特很快到了酒店，珂赛特敲了敲门。

德纳第太太探出头来，看到是她，张口便骂道："你这个小贱货，怎么去了这么久，你看看现在都什么时候了！"

"太太，"珂赛特浑身发抖地说，"有位客人要住店。"

冉·阿让在德纳第的酒店中住了一夜。第二天，他给了老板1500法郎，带走了珂赛特。他俯下身子，让珂赛特趴在自

冉阿让带着珂赛特走了

己的背上,背着她向远处走去。

冉·阿让带着小女孩珂赛特住到巴黎最僻静的一条街道上的一所破屋的楼上。珂赛特就像一株葡萄藤的幼苗,紧紧攀附在已经55岁的冉·阿让这个老人的身上。冉·阿让把全部热情和慈爱倾注在这个幼小的孩子身上。如果说主教是促使他向善的第一个人,那么珂赛特就是第二个促使他向善的人。

8个星期过去了,这一老一小在这简陋不堪的破屋里过着幸福的日子。他们父女相称,相依为命。一到天亮,珂赛特便又说又笑,唱个不停,就像小鸟一样。冉·阿让开始教她识字和练习拼写。冉·阿让白天从不出门,只有在黄昏的时候,才带着珂赛特出去溜达一两个小时,而且总是拣那些最偏僻的胡同走。在他们散步经常经过的一个地方,有一个可怜的乞丐,冉·阿让每次都会给这个乞丐一些钱。

老屋里的二房东是个喜好打探别人私情的老婆子。一天,她扒着门缝张望,见到冉·阿让从大衣下摆的里子里拆开一个小口,从里面抽出一张1000法郎的钞票。老婆子在打扫屋子的时候,将冉·阿让挂在钉子上的大衣捏了一阵,觉得在衣摆和袖子腋下之间的里面,都铺了一层层的纸。她还注意到冉·阿让的衣袋里面不仅装有针、剪子、线,还有一个大皮夹、一把很长的刀和几种颜色不

沙威的跟踪

同的假发套。

冬去春来,有一天傍晚,冉·阿让吃惊地发现,蹲在礼拜堂门口行乞的老头竟是警探沙威装扮的。他迅速地摆脱了沙威的跟踪,回到家里。太阳落山的时候,冉·阿让牵着珂赛特的手离开破屋,走出门去。

沙威原以为冉·阿让在战船"阿利雍号"上落水死了。后来,他在一张报纸上读到一则新闻,说有位不知名的苦役犯,在一家旅店骗走了一个小女孩。他怀疑冉·阿让还活着,便四处寻访,一直到了巴黎。他在巴黎发现一个和冉·阿让很像的人,这人只在黄昏出来,而且每次都会给一个乞丐一些钱,他怀疑这个人就是冉·阿让。于是,他化装成乞丐,果然发现那个人是冉·阿让。

沙威带着警察,紧紧追赶冉·阿让。

冉·阿让牵着珂赛特离开大路,转进了小街。他回头看见街道黑暗处有3个人紧跟着他。冉·阿让隐在一个门洞里,不到3分钟,黑暗中出现了4个人,其中的一个一回头,月光正照着他的脸,冉·阿让看得清清楚楚,那人是沙威。冉·阿让不再迟疑,赶快从藏身的门洞出来,将珂赛特抱起,两步当作一步地往前走。过了桥,他来到一条小街的岔路口上,往右走是一堵墙,墙的左面胡同已经被一个黑影挡住了去路,另一面是个没有通路的死胡同。冉·阿让看到一

冉阿让带着珂赛特逃进了修道院

栋非常高的房屋，房屋的一面是斜壁，一棵菩提树的枝杈从斜壁的顶上伸出来，墙上覆满了常春藤。冉·阿让瞧见沙威调来了七八个大兵组成的巡逻队，很明显，他们是来搜查每一个墙角、每一个门洞和每一条小街的。冉·阿让知道处境十分危险，必须赶快行动起来。他从路灯柱子上取来一根绳子，解下自己的领带接上，一头绕过孩子的胳肢窝打了一个结，自己咬着绳子的另一头。他脱下了鞋袜将它们扔过墙头，从墙角往上攀。不到半分钟，冉·阿让到了墙头上。不一会儿，珂赛特离了地面，身子往上升，很快也到了墙头。冉·阿让把她抱起，驮在背上，爬到斜壁上面，再顺着屋顶滑下去，滑到菩提树那里，再跳到地面上，落在一个园子里。园子相当宽广，旁边有一座堆东西的破屋，冉·阿让找来鞋袜穿上，将大衣脱下裹着珂赛特。这时候天已经快亮了，在一阵奇怪的铃铛声中，走着一个瘸腿的男人。冉·阿让走上前去，不料，那人却说："啊，是您，马德兰先生！"这老头不是别人，正是冉·阿让曾经救助过的割风老人。这里是坐落在比克布斯小街六十二号的一座女修道院。割风现在是女修道院里的园丁，同时负责看护园子，这个差使还是当初冉·阿让做市长的时候安排的。割风老人感戴冉·阿让救命之恩，就把冉·阿让和珂赛特安置在自己的园丁屋子里。

　　这座修道院和任何一所修道院一样，是一个悲惨的地方。一扇古旧厚实的大门将它与世界隔绝。修女们戴黑头兜，嬷嬷们戴白头兜，胸前挂一个 4 英寸[1]高的圣体像。她们整年吃素，念经，做早祷。逢到一些宗教节日，还得禁食。修女们低声说话，低头走路。修道院里除了大主教，不准任何男人进来，割风老人膝上的铃铛就是告

---

[1] 1 英寸 =2.54 厘米。

知修女们避开他而设的。修女们每人都得轮流行"赎罪礼",连续12小时跪在圣体面前的一块石板上,两手合掌,脖子上吊一根绳子。到了实在不能支持时,也只准全身伏在地上,脸朝地面,两臂伸出成一个十字形。她们在正祭台下面造了一个地窖,是用来安置她们死后的灵柩的,但政府考虑到卫生的问题,不准在地窖停柩。修女们死了还是得像世俗的人一样被抬到墓地里埋葬。在修道院教规的折磨下,修女每年都有疯了或是死掉的。

冉·阿让来到修道院的荒园。割风就跟院长请求说我的弟弟没有什么事做,是否可以让他带上他的小女孩(指珂赛特)在这里做园丁,院长答应了。这样进入修道院藏身的问题解决了,只是还得先出去,再正式进入修道院来。这时修道院死了一个嬷嬷。修道院院长要将她偷偷埋在祭台的地窖下面,由割风将死了的嬷嬷钉在修道院的棺材里,而将殡仪馆送来的那口棺材装成有死尸的样子从修道院抬出去。这让冉·阿让有了绝处逢生的办法。

第二天,太阳偏西的时候,一辆老式的灵车上面有一口棺材,棺材上遮了一块白布,布上摊着一个极大的十字架,在神父、殡仪执事等护送下,慢慢地向坟场走去。此前珂赛特已经在前一天被装

墓地逃离计划

在背篓里离开了修道院，寄存在水果店老板娘家里，而冉·阿让正躺在殡仪馆抬来的棺材里。割风已经和坟场埋葬工人梅斯千计划好了冉·阿让的逃离计划。不承想梅斯千的爷爷死了，来接替他工作的是个有着一个瘦长的青色面孔、冷酷到极点的青年工人。在坟场，割风请他喝酒，他拒绝了。他说为了养家糊口，他除了当埋葬工人，还在市场摆了一个写字棚，早上要代人写信，晚上便来挖土填坑。他不敢耽误自己的工作，不敢喝酒。他一锹一锹地往棺材上填土时，割风偷偷抽出了埋葬工人衣服口袋里的卡片，那个埋葬工人找不着自己的卡片大惊失色，便急着返回家去寻找。割风忙撬开棺木的盖板，此时冉·阿让已经失去了知觉。割风以为冉·阿让死去失声痛哭，过了一会儿，冉·阿让的眼睛渐渐地睁开，活了过来。他从棺材里爬了出来，两人一齐把盖子钉好，埋了那口空棺材。

这时，天已经黑下来了，割风把镐和锹，还有埋葬工人的卡片给了坟场的门房，并通知埋葬工人明天去取。

一个钟头以后，割风、冉·阿让和珂赛特三人一同进了女修道院的大门。冉·阿让改名为羽尔迪姆·割风，修女们称他割二。从此，冉·阿让成了膝上挂着铃铛的修道院园丁，而珂赛特也成了修道院寄读学校的一名免费生。

珂赛特换上了院里规定的学生制服。冉·阿让把珂赛特换下的衣服连同毛线袜和鞋子，都收在他的一只小提箱里，箱子里面还搁了许多樟脑和各种各样的香料。他把提箱放在自己床边的一张椅子上，将钥匙揣在身上。

冉·阿让和割风老人住在园子里的由残砖破瓦搭起来的一个破房子里，一共3间屋子。那间正房，割风硬让给冉·阿让住了，屋内的墙上除了挂膝带和背篓的两个钉子外，在壁炉上钉了一张保王党在九三年发行的纸币。珂赛特每天到他的房间玩一个小时。她一进来,屋子便立即成了天堂,冉·阿让喜笑颜开,想到自己能使珂赛特幸福,自己的幸福感也增加了。在学校课间休息时,冉·阿让从远处望着珂赛特嬉戏玩耍,他能从许多人的笑声中辨别出她的笑声来。因为现在的珂赛特会笑了。

割风老人为自己所做的事感到快乐,他的工作被冉·阿让分担了很多,这样也减轻了他自己的负担。当园里的园艺需要到外面去跑腿时,都是割风在外面跑。冉·阿让安安静静待在园里工作,因为他知道沙威会注视着这个地区。

修道院对冉·阿让来说,好像是个四面全是悬崖绝壁的孤岛,那四道围墙以内便是他的活动范围了。他在那里望得见天,这已使他感到舒适,看得见珂赛特,这更使他感到快乐。对他来说,一种非常恬静的生活开始了。

有时,他双手倚在锄柄上,回忆起狱中的那些伙伴。他们的生活多么悲惨,他们在天刚亮时就得起来,一直劳苦工作到深夜,几乎没有多少睡眠的时间。一年到头,只是在最寒冷的几个月里才能生火取暖。他们没有自己的姓名,全部按照号码来区分。他们穿着奇丑的红囚衣,剃去头发,低着头低声地说话,生活在棍棒下和屈辱中,那里的种种严刑峻法是法律的罪恶和处罚的不公。冉·阿让曾是苦役牢中的一分子,现在又是修道院的旁观者。眼前的这些修女,同样落发、低眼、低声,虽然不是生活在屈辱中,却也受着世人的嘲笑。背上虽然不受捶打,两个肩头却都被清规戒律折磨得血肉模糊了。她们的姓名也在人间消失了,只是在一些尊严的名称下面生存。她们从来不吃肉,也从来不喝酒,还常常从早到晚不进食。她们虽不穿红衣,却得穿黑羊毛衫,在夏季感到过重,冬季感到过轻，既不能减，又不能加，甚至想随着季节换上一件布衣或毛料外衣也办不到。她们住的，不是那种只在严寒时节生火的大屋子，而是从来就没有火的静室，睡的不是褥子，而是麦秸。可是她们连睡眠的机会也没有了。在一整天的辛劳以后，每晚正是困倦逼人或是刚刚睡到身上有点儿暖意时，她们又得醒来，走到冰冷阴暗的圣坛里，双膝跪在石头上做祈祷。在某些日子里，每个人还得轮流跪在石板上，或是头面着地两臂张开，像一个十字架似的伏在地上，连续12个小时。这是他亲眼所见的第二处囚禁人的地方。

冉·阿让怀着惶惑的心情将囚犯和修女加以比较。前一种人他们偷过抢过暗杀过，他们是匪徒，是骗子。而后一种人她们什么也没有干过，她们有的，只是天真。他又将监狱和修道院加以比较，两者都是奴役人的地方，第一个地方还有得救的可能，总还有一个法定的限期，再说还可以潜逃。而第二个地方却永无尽期，唯一的希望，就是悬在悠悠岁月的尽头的一点儿微光，解脱的微光，也就是人们所说的死亡。冉·阿让感到修道院也是一种囚牢，和他已经逃脱了的那个牢狱很相像，甚至比牢狱更可怕，更凄惨，更加冷酷无情。经过对照比较，很显然，监狱是可怕的，而修道院是阴森可怖的，它是扼杀柔弱女性的牢笼。

冉·阿让常常在夜半时分坐起来听那些在清规戒律下受煎熬的天真的修女感恩谢主的歌声，想到有些受惩罚的人仰望苍天时总是一味亵渎神明，而他自己也曾对上帝举起过拳头，感到自己是多么渺小孱弱，为此还痛哭过无数次。他6个月以来所遭遇的一切已把他引回到那位主教的感化中了。他的心完全溶化在感恩戴德的情感中了。

这样又过了好几年，珂赛特成长起来了。

第三部 马吕斯

巴黎有一个叫吉诺曼的老人,是个顽固的保王党人。他有两个女儿,大女儿在家里侍候他,已经50岁了还没有嫁出去。二女儿嫁给了拿破仑手下的一个军官上校乔治·彭眉胥。二女儿死后,遗留下一个孩子叫马吕斯。吉诺曼老人蛮不讲理地从女婿那儿夺来了小外孙。在外祖父的带领下,马吕斯从小出入贵族们的客厅,接受的都是保王主义观点。他一直认为父亲不爱他,否则不会不管他。因此,他从中学开始,一直到在法学院上学,从来没有主动去见过父亲。这个勇往直前的青年内热外冷,他慷慨、自负却又虔诚。在他17岁的时候,他的父亲在滑铁卢战役中受重伤去世了。父亲在遗书上说,在滑铁卢战场上,自己因作战勇敢被拿破仑亲自封为男爵。但王朝复辟后,当权者剥夺了自己用鲜血换来的爵位,但他认为,他的儿子马吕斯继承这个爵位应当是当之无愧的。

马吕斯从一个老年神父那里进一步了解了父亲。原来,父亲还是很爱他的,并不是像他想的那样。他从图书馆里借阅了一套政府的公报,知道了法国共和时期和帝国时期的全部历史。拿破仑在他心目中不再是一个杀人魔王,而是一轮冉冉升起的太阳。他惋惜自己的父亲

马吕斯同外祖父决裂

死得早，在他心中父亲是个了不起的英雄。他经常背着外祖父，到父亲的坟前大哭。彭眉胥的死深深地教育了马吕斯，他同外祖父决裂了。1831年，巴黎一批青年拥护共和政体，成立了一个秘密组织"ABC朋友社"（人民之友社）。社员中的主要人物有安灼拉、公白飞、让·勃鲁维尔、赖格尔等，这是信仰共和的大学生的秘密团体，他们常在咖啡厅里讨论政治和人权问题。马吕斯从外祖父家中出走后接触并参加了这个社团活动，这促使马吕斯产生了共和主义的信仰。

毕业之后，马吕斯成为一名律师。工作之余，他喜欢到卢森堡公园的小路上散步。在这里，他经常看到一个白发老人和一位年轻姑娘坐在靠椅上说话。这就是冉·阿让和珂赛特。这时的冉·阿让已离开修道院，化名为勒布朗。珂赛特也已经长成一个容貌秀美的姑娘了。马吕斯暗暗爱上了珂赛特，他每天都会穿戴整齐到卢森堡公园散步，就是为了遇到她，看看她的笑脸。后来，他托人打听到老人和姑娘的名字，有一次还暗暗地跟踪他们，不料却被冉·阿让发现了。冉·阿让以为马吕斯是密探，立刻和珂赛特搬家了。马吕斯见不到他们，心里很是懊悔。

马吕斯的隔壁住着房客容德雷特一家人，他们就是破产了的酒店老板德纳第一家。他们全家来到巴黎，德纳第改名为容德雷特，以乞讨、诈骗和偷盗为生。冉·阿让没有识破他，相反，拿出钱来救济他的一家。德纳第知道了勒布朗就是领走小姑娘珂赛特的冉·阿让，他设下圈套准备陷害冉·阿让。马吕斯事先得知了这个情况，他迅速设计帮助冉·阿让，使得冉·阿让跳窗逃生。德纳第和他的同伙由于作恶多端被沙威带着警察一网打尽。

第四部　卜吕梅街的儿女情和圣德尼街的英雄史诗

1832年是人民革命风暴席卷巴黎的很不平常的一年。冉·阿让为了躲避警探的追捕，迁到卜吕梅街住。马吕斯与珂赛特相遇后，两人产生了热烈的爱情。6月，共和主义者在巴黎起义，酝酿已久的人民起义爆发了，整个巴黎都沸腾了。巴黎市民在街头巷尾筑起了街垒，在战斗中，斗志昂扬的人民表现得十分勇敢，80岁的老翁马白夫在紧急关头，高擎红旗，登上石阶，高喊着"革命万岁！""共和万岁！"的口号，最后牺牲在敌人的枪弹之下。马白夫是国民公会的代表，是一个曾经投票要求处死国王的人，他活得长久，死得壮烈，他的英雄气概给年轻人做出了榜样。街垒战的指挥安灼拉赞誉他说："这便是我们的旗帜。"不管是老人还是孩子，都进入了革命的战斗行列。马吕斯出于对共和主义的信仰，也参加了圣德尼街头的战斗。由于反动势力的血腥镇压，共和党人在圣德尼街头的起义失败了，大批起义军战士战死在街垒，流血牺牲的共和主义英雄们写下了圣德尼街悲壮的史诗。

第五部　冉·阿让

两座为内战而构筑的街垒耸立在6月晴朗的碧空下，一座堵塞了圣安东尼郊区的入口处，另一座挡住了通往大庙郊区的通道。这两座骇人杰作标志着这是有史以来规模最大的一次巷战。

安灼拉亲眼见到那些起义者利用夜晚的时间对街垒进行了修整，而且还扩大加高了2尺，他心中充满着希望。打退了敌人的进攻后，起义者心情激愤，他们既不怀疑自己的事业，也不怀疑自己的胜利。

整个巴黎的政府军队都出动了，三分之一的军队攻打大庙郊区的街垒。那里只有80人防御，却被1万人攻打。到第四天，80位起义者全部英勇牺牲。在圣安东尼郊区入口处街垒，起义军炮兵已经倒下了，剩下的人仍在镇定地使用火器，可是子弹已经不多了。忽然发现有个叫伽弗洛什的小孩子从容地在死尸之间奔跑着。他一边搜集子弹，一边唱着歌，而敌人的子弹正在不断地向他发射，烟雾在孩子的周围腾起。起义的人们急得喘不过气来，眼睛直盯着他。街垒在发抖，而他，却在唱歌，他拾起子弹夹装进手中的篮子。在人们的眼中，他不是个孩子，也不是个大人，而是一个小精灵似的顽童。突然，他被敌人的子弹夺去了幼小的生命。马吕斯冲出了街垒，将倒在血泊中的孩子抱了回来。战士公飞白拾回了装子弹的篮子。

　　战斗进行了一天一夜，起义军虽然英勇奋战，但寡不敌众，守卫街垒的共和主义英雄们大批地倒下。冉·阿让也参加了街垒的战斗，起义军要他看守趁混乱之机混进起义队伍被俘的沙威。然而，他却放走了被捆绑起来准备受处决的沙威。起义遭到了惨重的失败，马吕斯也负了重伤。安灼拉和战友们的枪中已没有子弹，只有枪托，他们战斗到最后，壮烈牺牲。冉·阿让背着马吕斯从肮脏的下水道逃命。中途，他遇到了沙威，但这次沙威出乎意料地放走了冉·阿让和马吕斯。沙威放走冉·阿让之后，陷于职责与道德的两相矛盾之中，于是投入塞纳河中自尽了。

　　冉·阿让将受伤的马吕斯背到他外祖父家。吉诺曼受到了感动，同意了马吕斯与珂赛特的婚事。冉·阿让拿出了全部存款给珂赛特作嫁妆。马吕斯在外祖父家治伤，他和珂赛特不久便结了婚。冉·阿让把自己的身世和一生的遭遇告诉了马吕斯，希望自己的女婿能同情和原谅自己。可马吕斯受传统旧观念的影响，他认为冉·阿让是个屡犯窃案的罪犯，竟要冉·阿让离开他的家。冉·阿让带着一颗被伤害的心孤独地离开了。

德纳第知道了马吕斯的妻子就是曾经寄养他家的珂赛特，他嗅到了诈骗钱财的时机，于是向马吕斯讲述了冉·阿让与珂赛特的关系。马吕斯知道了冉·阿让不仅是珂赛特的恩人，并且还几次救过自己的性命。

马吕斯被冉·阿让的道德精神所感动，他同妻子开始寻访冉·阿让的下落。可等到他们找到冉·阿让时，冉·阿让在病床上已奄奄一息。冉·阿让把珂赛特离开德纳第家时穿的一套旧衣衫和米里哀主教送给他的一对银烛台留给他们作纪念。在生命的最后时刻，他似乎看到了米里哀主教在对他说："我已经帮你赎罪了，你已经得到上帝的原谅，记得以后要重新做人！"这个受资本主义剥削压榨与法律迫害一生的苦难老人，在女儿和女婿的臂膀里，带着微笑离开了冷酷的人世。

在巴黎公墓一个最偏僻地方，多了一座墓，墓碑上有这么几行字：

  他安息了。

  虽然命运多舛，

  他仍偷生。

  失去了它的天使，他就丧生，

  事情是自然而然地发生，

  就如同夜幕降临，白日西沉。

小说的故事到此结束了。

3. 赏析

《悲惨世界》是一部宏伟的社会史诗般的作品，它以磅礴的气势，全面展示了从1815年拿破仑失败到1832年巴黎人民起义这一历史时期法国的社会风貌。作品通过冉·阿让、芳汀和珂赛特的经历，深刻地批判了当时社会的政治经济制度、伦理道德观念。鞭挞了反人道的法律制度，抨击了资产阶级法律的虚伪性和反动性，揭露了司法机关的黑暗和腐败。雨果在这里明确指出，法庭是一个拼凑罪状的地方，法律是草菅人命的工具。

《悲惨世界》的主要内容及表达的主题思想是：描写了贫苦人民的悲惨生活，说明了社会是造成人民不幸的根源；肯定人民反抗不合理的社会及其制度的正义性；阐明了仁慈、博爱可以杜绝人们犯罪和拯救社会的人道主义思想，这是贯穿全书的根本思想。

这部小说呈现给世人的是一幅真实的历史画卷。从米里哀主教经历的1793年法国大革命高潮的年代开始，一直延伸到马吕斯参加的1832年巴黎人民起义，从拿破仑失败、波旁王朝复辟到"七月王朝"建立及垮台，作品将18世纪末到19世纪30年代历史进程中的社会生活画面一一展现出来。外省偏僻的小城，滨海的新兴工业城镇，可怕的法庭，黑暗的监狱，悲惨的贫民窟，阴暗的修道院……这一漫长浩大的画卷中的每一个场景，无不栩栩如生，其细部也真切入微。而画面上的人物形象又是那么鲜明突出，画面的色彩是那么浓重瑰丽，整个画卷的气势是那么磅礴浩大，堪称文学史上现实主义与浪漫主义结合的典范。

这部长篇小说以冉·阿让为中心，通过描写冉·阿让与芳汀、珂赛特等人的故事，交织出一幅穷苦人民的悲惨生活画面。冉·阿让因为偷一块面包被监禁了19年；芳汀抗拒了侮辱她的绅士，被判6个月监禁；商马第路过田野拾了一根有苹果的树枝，被指控为盗窃犯和逃跑的苦役犯，要判无期徒刑；珂赛特是一个延续了母亲苦难的私生女，被母亲托付给酒店店主一家寄养，没有童年的无忧生活，只有当童佣的苦难。雨果对这些不幸的贫苦人民寄予了真挚的同情，指出他们的不幸和痛苦的命运代表了当时法国人民水深火热的生活和苦难，指出是不公平的法律制度和虚伪的道德观念造成了这个悲惨世界。

主人公冉·阿让的人生道路极其坎坷。他本是一个劳动者，有着劳动人民勤劳善良的品质，现实生活的残酷使他成为被压迫、被损害、被侮辱的苦难者。为了姐姐家里7个孩子能活下来，找不到工作的他偷一块面包，却被监禁了19年。社会的残害、法律的惩罚、现实的冷酷使他盲目向社会进行报复。由于受到米里哀主教的慈爱和教诲，以致这种报复社会的心态让他终身悔恨，而这种悔恨导致一种更深刻的觉悟，促使他的精神人格上升到崇高的境界。他的全部经历与命运，都具有一种崇高的悲怆性。

雨果理想的未来社会是没有饥荒、没有压迫、没有厮杀的太平盛世。这部长篇小说描绘了海滨小城蒙特勒伊，说它是一个"世上乐园"。他说蒙特勒伊"在这一乡已经没有一个空到一文钱也没有的衣袋，也没有苦到一点欢乐也没有的人家。"事实上这只是一种幻想中的乌托邦，因为在雨果的现实主义的描写中芳汀的悲惨故事恰恰发生在蒙特勒伊这个"世上乐园"。大革命后的半个世纪的不同阶段里，尽管爆发了多次的要民主、要自由、要生存的呼吁和起义，但下层人民的处境并无实际的变化，始终处于悲惨艰难的困境中。

为了法律和习俗所造成的社会压迫不存在，为了人间不再是地狱，为了人民不再有愚昧和困苦，为了能治理社会弊病，雨果从人道主义出发，主张道德感化。他认为仁爱是一种不可抗拒的力量，能有效地解决社会问题。

小说中的米里哀主教是雨果以仁爱为中心的人道主义思想的艺术体现，雨果用了两卷篇幅描写这个人物，赋予了他改造社会的巨大力量。米里哀主教是促成冉·阿让弃恶从善的决定因素；冉·阿让又同样使用仁爱去感化恶势力的代表沙威。沙威的身上充分体现了资本主义现行法律的冷酷、残忍和与穷人为敌的反动本质，是一个死心塌地为统治阶级卖命的鹰犬，是旧制度的卫道士和打手，就是这样一个铁石心肠的沙威最终也被冉·阿让的仁慈感化了，沙威放走冉·阿让后自杀。这反映了雨果思想上存在着小资产阶级改良主义的幻想，认为慈悲和仁爱能把人改造成为新人。这是雨果受当时流行的空想社会主义思想的影响在小说中的局部表现。

雨果在本书的第三部中塑造了马吕斯这个人物形象。马吕斯的生活经历和思想认识过程与自己一样，经历了三个阶段，保王主义者、波拿巴主义者、共和主义者。他和他的父亲一样成为一名光荣的共和主义战士，为人类的理想社会的实现，奋战在反对资产阶级统治的"七月王朝"前沿阵地上。在这里，雨果要把人民起义作为全书的核心和高潮部分，以便更好地体现这个世界的悲惨程度。

这也反映了雨果世界观中的矛盾：他宣扬仁爱至上，但也感觉到它不是解决社会矛盾的唯一办法。因此，他用大量的篇幅描写共和党人最初的小组活动、斗争的开展和爆发，一直写到英雄们的壮烈牺牲。他热情歌颂起义者的英勇无畏、坚强不屈，肯定他们事业的正义性，通过塑造马吕斯、马白夫老人和小英雄伽弗洛什的感人形象，描述共和党人安灼拉临死前的演说，歌颂他们身上无所畏惧的精神，从中可以清楚地看出雨果同情革命，并且对革命寄托了自己的期望。

由此可见，雨果虽然坚持道德感化的人道主义，但革命思想因素明显地在增长。他赞扬可歌可泣的群众性的起义斗争，歌颂起义的共和主义英雄，这是雨果进步的民主主义思想的体现。

雨果在《悲惨世界》中，运用了浪漫主义与现实主义紧密结合的写作手法，在人物形象塑造上，在情节设置上，以及在语言的运用上，都表现出自己的特色。

小说中人物繁多，形象各异，生动感人，有傲慢的贵族，有贪婪的小市民，有悲惨的工人、囚徒。在人物描写中，雨果善于抓住人物的性格特征，加以对照进行夸张的描写，以引起读者强烈的爱憎。他对人物形象的描写采用浪漫主义的对照原则，让人物形象壁垒分明，善恶对比强烈，比如，米里哀主教是善的化身，而沙威则是恶的典型；一个代表道德感化，一个代表法律惩办；他对不平凡的人物的描写运用夸张的手法，渲染他们不同寻常的品质、力量和经历，如冉·阿让的善良、勇敢和智慧；在具体描写人物的遭遇和环境时，又带有现实主义成分。如芳汀的命运，珂赛特的童年，巴黎街垒战等。

小说的情节富有戏剧性，雨果经常将浪漫主义的夸张手法使用在情节和场面上，使小说出现了一个个紧张的惊心动魄的瞬间和画面：如冉·阿让从高大的战舰上跳海逃生；在圣诞节的黑夜出现在穷乡僻壤的密林；在搜捕中背着珂赛特爬上高墙跳入修道院藏身；为正式进入修道院躲进棺材被抬入墓地惊魂脱险等。情节丰富而生动，事件巧合而离奇，气氛紧张而奇险，扣人心弦，增强了作品的艺术效果。

小说的语言丰富、生动。时而是娓娓动听的叙述，时而是激烈的说教，时而是辛辣的嘲笑，时而又是诗意的沉思，构成绚丽多姿的语言特色。

《悲惨世界》这部作品的内容丰富度、深度、广度及情节的复杂性是雨果的文学作品之最。小说是现实主义的，特别是用了很长的篇幅描绘人民起义和街垒战斗，把人民群众的革命斗争视为解决社会矛盾的有力手段，从而将小说的主题升华到了一个新高度。同时，小说又糅合了大量浪漫主义的情节因素，使小说在思想性和艺术性方面都达到了很高的境地，是最能代表雨果的思想艺术风格的一部杰作。

《悲惨世界》是一部劳苦大众在黑暗社会里挣扎与奋斗的悲怆的史诗。自它问世以来，已有一个多世纪，它在时间的流淌中傲然挺立。它是不同时代、不同国度的人民不断造访的一块艺术圣地，而且将永远是人类文学史上一块不朽的圣地。

《九三年》

《九三年》是雨果晚年的重要作品，是继《巴黎圣母院》《悲惨世界》之后创作的又一部著名长篇小说。1862年开始构思，写于1872年12月至1873年6月，出版于1874年，当时雨果已经72岁了。

1. 创作背景

《九三年》是描写18世纪末法国资产阶级大革命时期革命与保守势力对决的一部作品。"九三年"指的是法国大革命时期的1793年，这是一个充满了暴风骤雨的年份，这是革命力量与反革命力量生死大搏斗的年份。雨果选取了法国大革命斗争最激烈的年代，即雅各宾专政时期这一重大的历史题材，生动地再现了法国大革命高涨时期众多的历史人物和事件。

1870年9月，雨果结束了19年的流亡生活回到了故土巴黎。当时普鲁士军队正长驱直入进入法国东北部，雨果在报纸上发表了一篇《向德国人民呼吁书》，想阻止战争的脚步。结果，巴黎的局势越来越紧张，雨果的呼吁没有起到作用。雨果开始发表演说鼓舞人民斗志，发表了《告法国人民书》，号召巴黎的人民群众组织起来，拿起武器保卫祖国。工人、农民，青年、老人拿起了武器，成立了一支50万人的志愿军，奔赴战场阻击敌人。

但是，敌军还是进入了巴黎。

雨果和巴黎各界人士纷纷解囊捐献，铸造大炮。正当法国人民准备与敌人浴血奋战的时候，挂着"国防"招牌的临时政府以割让领土等条件与入侵者私订和约，这激怒了巴黎人民。

10月30日夜，巴黎爆发了以左派共和党领导的推翻临时政府的起义。雨果站在共和主义立场，坚决反对卖国政府。由于缺乏统一的领导以及明确的政治纲领和斗争策略，这次起义失败了。

法国的无产阶级在反革命的进攻面前奋起自卫，成立国民自卫军中央委员会。1871年3月18日，巴黎的革命群众举行了具有划时代意义的巴黎无产阶级起义，无产阶级掌握了政权。3月26日，巴黎进行了公社委员会的选举。3月28日，巴黎公社成立。

雨果的儿子查理病故，他来到儿子的住处布鲁塞尔处理儿子的财产。当他听说巴黎公社起义被政府军镇压，幸存的社员们纷纷外逃时，雨果开放自己的住处，提供避难所，住宅却遭到暴徒袭击。雨果还因此被比利时当局驱逐出境。

残酷的现实再一次激发了雨果的人道主义思想和创作激情。他回顾1789年发生在法国的资产阶级大革命那段波澜壮阔的历史，那是法国历史上第一次彻底的反封建的革命。巴黎的革命人民攻陷巴士底狱，判处法王路易十六死刑，成立法兰西第一共和国。新生的共和国遭到了国内外反革命势力疯狂反扑。1793年3月，欧洲的奥地利、英国、普鲁士、荷兰、俄国、西班牙、意大利等君主国组成了反法联盟向法兰西进攻，力图扑灭革命的胜利成果。国内的反动势力在欧洲反法联盟的支持下，在全法国83个郡当中的60个郡里掀起了叛乱。尤其是在法国南部旺代森林地区，由保王党人发动的有10万落后农民参加的反革命暴乱，严重地威胁了新生的共和国的安全。在革命危亡的紧急关头，临时政府雅各宾派面对国外反法联盟支持的保王党发动的叛乱，实行革命的专政，毫不留情地镇压敢于反抗的敌对分子，派出共和国军前往旺代等地，平定叛乱，

1793年法国的革命同反革命的大决战

终于使共和国转危为安,巩固了大革命的成果,捍卫了法兰西的革命政权。雨果在小说中谈到了对这场革命与反革命较量的认识,"九三年是欧洲对法兰西的战争,又是法兰西对巴黎的战争。革命怎样呢?那是法兰西战胜欧洲,巴黎战胜法兰西。这就是九三年这个恐怖的时刻之所以伟大的原因,它比本世纪的其余时刻更伟大。"(见李迎丰等著,《外国小说经典赏析(上)》,中国社会出版社,2006年版,55页)

雨果以1793年法国的革命同反革命的大决战为背景,以大革命时期旺代地区保王党人的叛乱、共和国军同旺代反革命军惊心动魄的斗争为题材,创作了小说《九三年》。他在小说中描绘了这一疾风暴雨的时代,阐发了自己革命到底的思想和决心。

雨果在《九三年》里肯定了革命的不可避免性。认为革命是社会分配不均,贫富对立的必然结果,是人民向压迫者讨债的过程,是对专制体制压榨的必然反抗,是一件不得已而为之的举动,革命铲除压迫必然会使用暴力。他肯定了保卫革命政权武力平定旺代叛乱的正当性和必要性。同时,他又批判了以"革命"的名义不施人道的暴力,并弘扬以人道为革命的前提与归宿的人道主义。他认为革命只是一种手段,而不是真正的目的,人道才是目的。只有服从人道的革命，才是理想的革命。在革命之上，更为重要的是建立一个人道主义社会。革命的真正目的是让丧失或被蒙蔽的人性得以恢复，从而建立一个更人道、更合理的社会。雨果阐述的核心思想是"在绝对正确的革命之上，还有一个绝对正确的人道主义"。

雨果在小说中塑造了旺代叛军首领朗德纳克侯爵及其侄孙、镇压叛乱的共和军司令郭文，以及郭文的家庭教师、公安委员会特派员西穆尔登这三个中心人物，围绕他们展开了错综复杂的故事情节，展现了资产阶级和封建势力在1793年进行殊死搏斗的历史场面。特别是小说结尾处，朗德纳克因良心发现，返回大火中的城堡救出三个孩子，郭文为朗德纳克的人道精神所感动，情愿用自己的头颅换取朗德纳克的生命。西穆尔登则在郭文死于绞刑的同时开枪自杀，引发了人们对革命与人道这个人类终极目的的深层思考。

2. 故事梗概

《九三年》分三部分，故事分别在海上、巴黎、旺代三个地方展开。

第一部　在海上

1793年5月末，巴黎国民军总司令部派到布列塔尼（位于法国西部的半岛）镇压叛军的部队已由1.2万人剩下不到300人了。他们仍然在阴森可怕的森林里搜索着。由30名近卫兵组成的红帽子连队在灌木丛最繁茂的地方发现了一个农妇和她的三个小孩，农妇的名字叫米歇尔·弗莱夏。由于战火烧毁了她的房子，弗莱夏带着四岁、三岁和一岁半的三个孩子躲藏在森林深处。弗莱夏是一个深受封建贵族剥削和压榨的妇女，她的爹爹被地主打断了腿，爷爷被神父送去做苦工，公公被国王绞死，而她的丈夫还被征去为国王打仗、送死。红帽子连队战士收养了这三个孩子和弗莱夏。

6月1日傍晚，太阳落山前一小时，在泽西岛上一个荒凉的小海湾，一艘巡航舰正扬帆出海。此刻雾气弥漫，航行十分危险，船上的人员是法国人。此船属于为了警戒而驻守泽西岛东端的英国小舰队。指挥舰队的是布伊翁家族的图尔多韦尼亲王，巡航舰正是奉他之命去执行一项紧急而特殊的任务。这艘军舰从外形看是一艘笨重的运输舰，而实际是一艘装有30门大口径的青铜炮的战斗舰。船上全是忠于保王党的法国人，有流亡国外的军官和开小差的水手，他们都是精选出来的好水手、好士兵。有一位高大健壮的老人，身体挺得直直的，面孔严肃，精力充沛，白发苍苍却目光炯炯，从精力上看有40岁，但从威望上看有80岁。他跨上船时，大衣微微敞开，露出里面名叫布拉古·布拉的宽大长裤、带腿套的长靴以及山羊皮上衣。这种上衣的面子镶有丝花边的皮革，里子是横七竖八的粗毛，这是布列塔尼农民的装束。他戴一顶时新的圆帽，帽顶很大，帽檐很宽，他是布列塔尼亲王朗德纳克，是一个极端恶毒残暴的保王党分子。

军舰在秘密地行驶中，突然，一门发射24磅重炮弹的大炮挣断了铁链，变成一头奇怪的、超自然的野兽，机器变成了妖魔。这个庞然大物像台球一样冲来撞去，随着船的纵横颠簸而起伏摇摆，在甲板上疯狂地四处滚动，将桅杆撞出了裂痕，还撞坏了另外20门大炮，压死了好几个炮手。现在炮队只剩下9门炮了。底舱已经进水了，船员们立即开始向外排水，修补破损的地方，全船覆没的危险暂时消除了，但舰艇的破坏程度过于严重，难以修补。船壳板上有五条裂缝，其中一条大裂缝位于船头。事故的责任在于那门炮的炮长,他没有拧紧固定铁链的螺母,也没有系牢大炮的4个轮子。由于这个事故,朗德纳克下令枪毙了失职的炮手。这只偏离了航向的战舰被共和国军8只战舰包围了。朗德纳克同一个叫阿尔马洛的水手乘舢板逃脱。阿尔马洛是被枪毙的那个炮手的兄弟,他本来是要为哥哥报仇的,但被朗德纳克的言论诱惑了,他不仅放弃了报仇的打算,还表示要为朗德纳克忠实地服务。阿尔马洛拿着朗德纳克交给他的绿绶带,到布列塔尼各处叛军那里传达口令,要他们一致采取游击行动抗击共和国军。

朗德纳克独自一人走到圣米舍尔山海湾的沙墩顶上,看见石碑上赫然张贴着捉拿他的告示。就在这时,一个年迈的乞丐突然出现在他面前,但这个老乞丐不是要将他交出去,而是把他藏了起来。这使朗德纳克顺利地找到了旺代的一支叛军,有7000人。朗德纳克做了这支叛军的首领。他下令烧掉所有村庄的茅屋,枪毙所有的俘虏,连女人也一齐杀掉。在他的指令下,保王党的叛军向孩子的母亲米歇尔·弗莱夏开枪,打断了她的锁骨,带走了那三个孩子。这残酷的景象,使乞丐退尔马克后悔自己不该放走那个杀人不眨眼的侯爵。

第二部 在巴黎

这个时期,巴黎的人们将饭桌搬到大门外用餐,女人们坐在教堂前的石阶上一面用旧布做绷带,一面唱着《马赛曲》。蒙梭公园和卢森堡公园都成了练兵场。所有的十字路口上都有紧张忙碌的兵工厂工人,他们当着过路行人的面制作长枪,并赢得掌声。人们满怀豪情地微笑。巴黎仿佛在大搬家。旧货铺里堆满了王冠、主教冠、金色的木权杖和百合花饰,这是皇室王族的旧东西。这是革命的圣地巴黎。

在1793年革命的危急时刻，在最高统帅部国民公会内部出现了意见分歧。罗伯斯庇尔、丹东、马拉三人执政。执政中的第一人是罗伯斯庇尔，他32岁，面色苍白，神态严肃，嘴唇很薄，目光冷酷。他的头发上扑着粉，戴着手套，衣服刷得笔挺，纽扣扣得整齐，浅蓝色上装没有一丝褶痕，米黄色套裤，白色长袜，带银扣的鞋，高领带，前襟上有裆形装饰。他认为共和国面临着危难。敌人正在旺代，而且旺代的保王党已经有了一个统一的领袖，将有10万人起来叛变，紧接着的是英国人的登陆。半个月之内，他们将有一支30万人的匪军。他认为平定内乱是当务之急。

执政中的第二人是丹东，他的看法同罗伯斯庇尔相反。丹东身材高大，戴着假发，脸上有麻点，双唇很厚，牙齿很大，拳头粗壮，眼睛闪闪有光。他不修边幅，穿着宽大的鲜红色呢上装，散开的领带垂到前襟装饰以下，露着脖子，外衣敞开着，上面的纽扣有些已经掉落。他认为共和国的危险在东边，认为普鲁士对法国的威胁才是当务之急。

执政中的第三人是马拉，他的看法同他们两人又不同。马拉是一个身材矮小，黄皮肤的人，眼睛布满血丝，脸色苍白。他认为真正的危险既不在旺代，也不在德国，

罗伯斯庇尔、丹东、马拉三人执政

真正的危险在咖啡馆和赌场。会议已经开了很久,议题是桌上那堆文件,他们争吵不休,几乎要决裂。他们提高嗓门,愤怒在他们中间鸣响。

这时,一个名叫西穆尔登的教士出现了。西穆尔登貌不惊人,衣着随便,外表贫寒。他年轻时受过剃发礼,年岁大了便成了秃头,几根稀疏的头发变成灰白色。他前额宽大,说话生硬、热情,声音短促,语气武断。他严肃地撇着嘴,目光明亮而深沉,整个面孔表现出一种难以说清的愤慨。他和罗伯斯庇尔有同样的看法。他认为一个旺代比十个德国更可怕,为了使法兰西生存,必须消灭旺代的保王党势力。最后三个执政人一致以公安委员会的名义派西穆尔登做远征军的全权代表,由他去监督贵族出身的青年指挥官郭文作战,如果指挥官有宽容敌人、放走保王党领袖的错误,就由西穆尔登处死他。西穆尔登的脸色苍白了,因为郭文是他心爱的学生,在精神上有着情如亲子般的关系。

西穆尔登年轻时在一个可以称作王公的家庭里当教师。他的学生就是郭文。西穆尔登的爱,可以说全部倾泻到这个孩子身上。这个温顺的、天真无邪的孩子也全身心地去爱他。两人的关系像父子、兄弟,又像朋友。西穆尔登完成了教育以后,不得不离开已成年的学生,回到教会的阴暗底层,即下层教士中去,于是他失去了学生的音信。革命来临了,他一直想念被他培养成人的那个学生。

大革命时期,巴黎的革命气氛高涨,革命的最高权力机构是国民公会。在人类的政治生活中从来没有出现过如此崇高的权利。国民公会是人民权力的化身,它翻开了历史新的一页,展示了一个美好的将来。但是国民公会成员之间存在不同的政治见解以及他们的纷争。面对贵族残忍地烧杀,共和国军以牙还牙,绝不宽大敌人。

在雅各宾派内部，三巨头——罗伯斯庇尔、丹东、马拉虽然政见有分歧，但都一致同意采取强有力的手段。他们选中主张"恐怖必须用恐怖来还击"的西穆尔登为特派代表，颁布用极刑来对待放走敌人的严厉法令。他们的理由是要保存革命成果，就不得不用暴力来对付暴力。

第三部 在旺代

旺代的反革命势力猖獗，革命同反革命进行着惊心动魄的斗争。布列塔尼地区有七个可怕的森林，布列塔尼的居民主要是一些住在洞穴里的农民，他们中的许多人只有长矛，但他们是非常凶猛和十分强悍的。

当时的旺代，一边是法国革命军，一边是布列塔尼农民；一边是这些无法比拟的大事，咄咄逼人的恩惠、愤怒的文明、过激的行动、难以理解的大幅度改良；另一边是严肃古怪的野人，眼睛清澈的长发人。

布列塔尼农民以牛奶和栗子为生，他们身着有丝织装饰图案的皮外衣。他们的眼睛只看得见自己的茅屋顶、篱笆和壕沟。他们尊敬虐待他们的主人，信仰圣母和显圣。他们跪拜在圣坛前，跪拜在矗立于荒原中央的神秘巨石前。他们在平原上是农夫，在海边是渔夫，在荆棘丛中是猎人。这样的人们能接受如此的光明吗？

当法兰西共和国军队突然出现时，保王党用死来威胁当地人参加叛军，并征用他们的牲口、车辆和粮食。旺代有50万叛乱者，包括女人和小孩。布列塔尼的5个省加上诺曼底的3个省，结成8省联盟。旺代叛乱就在旺代地区，在那里他们无懈可击，不仅如此，还神出鬼没。布列塔尼人的心中只有恐怖和愤怒，布列塔尼的树林中已布满了地洞。布列塔尼反叛了,因为强加给他们的解放反而使他们感到在受压迫,奴隶们常产生这种误会。

这支叛军的首领就是有着贵族头衔的七森林领主,布列塔尼亲王朗德纳克。

这些被裹胁的旺代人企图筑起一道黑暗的屏障来挡住光明,这是愚昧无知对真理、正义、法律、理智和解放而作的一次愚蠢而又傲慢的抵抗,荒谬到了极点。

1793年的夏天,天气酷热。由于内战,布列塔尼几乎没有道路了。黄昏时分,一位披着宽大的斗篷,戴着一顶有三色帽徽大帽子的骑马人出现在驿站,他打听了去道尔的路线之后策马离开。骑马人双臂下面是三色腰带,腰带上方露出两只手枪柄,斗篷下露出一截马刀。

道尔是布列塔尼的一个西班牙式的法国城市。此时,道尔城正陷入狂暴的混乱之中。早上抵达的保王军和晚上突然赶到的共和国军正展开一场血战。但双方力量悬殊,保王军有6000人,共和国军只有1500人,但都同样顽强。引人注目的是,这1500人竟向那6000人发动进攻。这一边是勇猛的军队,那一边是嘈乱的人群。

那6000名的保王军,是由一些愚昧无知的农民组成。他们的皮短衣上挂着心形的耶稣像,圆帽上系着白色饰

西穆尔登

带，袖章上写着基督教箴言，腰带上吊着念珠。他们装备简陋，他们手中的长柄叉多于马刀，他们还有带刺刀的长枪。他们用粗绳拖着大炮，纪律松弛，武器粗劣，但却十分狂热，他们为的是君主政体。而这边1500名共和国军，是为祖国而战的革命军，他们头戴三色帽徽的三角帽，身穿大垂尾、大翻领的上装，挂着交叉的武装带，手持铜柄短马刀和上了刺刀的长枪，他们也是志愿兵，然而是革命派的志愿兵。共和国军的战士们是很苦的，他们脚上没有鞋，身上穿着破旧的衣服，他们既柔顺又凶猛。

保王军的领袖是一个70多岁的老头子，而共和国军的领袖是一个30岁的年轻人。年老的是朗德纳克，年轻的是郭文；一个是叔祖父，一个是侄孙。

郭文，高大魁梧，眼神深沉，笑起来像小孩。他不抽烟，不喝酒。他打仗时随身带着梳洗用具，特别在意自己的指甲、牙齿和那头棕色秀发。行军休息时，他亲自将身上那件布满弹孔、沾满尘土的队长制服脱下来拍打。他在战场上一向身先士卒，勇猛冲杀，但从未受过伤。他的声音柔和，但下命令时会突然变得洪亮。不论是刮风下雨还是下雪天，他都裹着斗篷，将可爱的头枕在石上，席地而卧。这是一颗英勇无邪的心灵，但拿起军刀他便改变了容貌。

朗德纳克也是军事领袖，只是他更审慎也更大胆。与年轻的英雄相比，他更为冷静，因为他远离黎明；他更为大胆，因为他接近死亡。没有什么可以害怕失去，一切都微不足道。因此朗德纳克的计谋既勇猛又巧妙。

在这一老一少的顽强搏斗中，郭文几乎一直占上风。英勇善战的郭文偷袭了叛军守卫道尔的岗哨，进了城。叛军在慌乱中退到市场里面，那是一个宽阔而昏暗的堡垒，敌人固守在里面。在道尔山勘察地形的朗德纳克亲自瞄准郭文开炮射击，形势十分严峻。1200人的队伍面对6000守敌，硬攻显然是不行的。怎么办呢？郭文决定智取道尔。他熟悉这一带地形，一面命令盖桑大尉用连珠炮弹打破敌人的防御工事，牵制住正面的敌人，同时，叫鼓手和红帽子联队（这个联队只剩12个人了）跟着他迂回到敌人后面。他叫战士们用草绳缠在枪支上以免互撞时发出响声。郭文带着鼓手和联队的战士一共20人钻进寂静无人的小巷。突然一声号令，12支枪齐放，7个鼓手敲起进攻的鼓点。这一突击的效果非常惊人，叛军以为背后来了一支军队袭击他们，就四处逃窜。不到一刻钟，整个市场便空空如也，共和国军大获全胜。保王军的散兵穿过城市，消失在田野里，其速度之快如风卷残云。朗德纳克目睹了这次溃败，用手关上了大炮的火门，无可奈何地自语："毫无疑问，农民是顶不住的。我们需要英国人。"

面临绝境的叛军，有的投降，有的还在继续顽抗。在乱糟糟的溃逃中，有一个旺代人掩护别人逃跑而自己不逃。他一手持短枪，一手持马刀。谁也不敢靠近他。突然，郭文看见他踉跄了几下，靠在大街上的一根石柱上。郭文将剑夹在腋下走到那个受伤流血的叛军面前劝他投降，那个勇猛异常的汉子使出全身力气，举臂，对准郭文的胸口开了一枪，同时另一只手举刀向郭文的头部砍去。在这千钧一发之际，冲过来一个骑马人，冲到旺代人和郭文之间，打倒了这个叛军。可他的马挨了一枪，他的脸上挨了一刀，摔在地上昏厥过去。受伤的人披着斗篷，系着三色腰带，带着两把枪和一把马刀。这个人正是奉公安委员会的命令，派来监视郭文的西穆尔登。郭文欣喜若狂双膝跪在他面前，喊道："我的恩师！"西穆尔登苏醒过来，脸上现出快乐的光辉。他们有很多年没有见面了，这次见面郭文已是高大、英勇、令人生畏的指挥官了，是革命在旺代地区的支柱。在这张年轻的面孔上闪烁的正是他西穆尔登的思想。西穆尔登仿佛看到自己的灵魂成为天才。他刚才目睹了郭文的作战，感到一个年轻的共和国的生命正在升起，壮丽非凡，他对这个生命拥有全部权力，对此深感快乐。只要郭文再获得一次类似的战果，西穆尔登就可以将共和国军托付给郭文。

被红帽子联队救了的农妇米歇尔·弗莱夏被叛军打伤之后，在乞丐退尔马克的照料下身体恢复了。她到森林深处去寻找她那3个可怜的孩子。她日日夜夜不停地走。她一路乞食，吃草根。晚上就在露天歇宿。她一直朝着别人指给她的拉·杜尔格堡垒走去，因为那边正在打仗。

拉·杜尔格是中世纪的建筑物。它从9世纪就开始建筑，到12世纪第三次十字军东征以后才完成。它在40年前已经是一座废墟。它的主人由子爵升为亲王后住到宫廷去了。这座属于郭文家族的古老城堡今天成了保王党旺代叛军的堡垒。它有墙洞、地牢、石桥、高塔、铁门、图书室、仓房以及围绕这一切的一条沟渠。朗德纳克打了败仗后退缩到这个堡垒中。

郭文的包围圈收缩得越来越紧。共和国军向叛军喊话，要他们投降。西穆尔登喊话说："把朗德纳克交给我们，把我抓去，这样你们大家都能保住性命。朗德纳克将上断头台，我听由你们处置。"保王党拒绝交换和投降，他们提出用3个小孩作交换，让他们安全离开堡垒，否则3个孩子就要活活被烧死。郭文限令他们24小时内无条件投降。郭文手下已有4500人了，而堡垒里的保王党叛军只有19个人。郭文命令盖桑大尉去找梯子，准备进攻。而朗德纳克则在碉堡里布置防御工事。战斗开始了，红帽子联队的曹长拉杜作为前锋攻进堡垒去了，战斗进行得很激烈，双方都有伤亡。朗德纳克只剩下7个人了，他们在绝望中做了祈祷，准备以死相拼。突然，坚实的墙上露出一个洞口，阿尔马洛旋开石头进来了，原来这里有一条秘密地道。通道很窄，只能过一个人。在这扇出乎意料的石门内侧，可以看见一个螺旋形楼梯的头几个梯级。于是，除了"杀蓝魔王"伊马纽斯留下断后之外，他们6个人一个跟一个沿着狭窄的地道走出去了。受伤的拉杜把一柄军刀刺进伊马纽斯的肚子。伊马纽斯临死前点燃炸药引线，火在蔓延，从铁门下过去，抵达桥上一小城堡。桥上堡垒的最下层燃烧起来了。

农妇米歇尔·弗莱夏终于来到高原边上，这儿离桥很近，几乎伸手就能够着，只是隔着一道深沟。在黑暗中，她看到桥上是三层楼的城堡，三层楼的窗户是开着的。突然间，她什么也看不见了。火焰从一个像嘴一样的东西里吐出来，那是一扇熊熊燃烧的窗户，它在桥上城堡的一楼，窗上的铁栅栏已烧得通红，浓烟遮蔽了一切。刹那间，大火烧到三楼，在明亮的火光中突然出现了三个孩子睡觉的身影。弗莱夏发出了可怕的喊声。这种说不出的痛苦、悲惨的喊声就像一只母狼在嗥叫。

突然间，在与孩子们相邻的另一扇窗口，在红红的火光中，出现了一个高高的人影。所有人的头都抬了起来，所有人的目光都凝住了。一个男人站在楼上，站在图书室里。烈火中，他的身影在火焰中发黑，但是满头白发。人们认出这是朗德纳克侯爵。

原来，残暴的朗德纳克侯爵听到弗莱夏发出可怕的喊声停下脚步。面对一场大火，众人束手无策。侯爵摸了摸衣袋里的钥匙，居然向他刚才走出来的那条地道走回去。他到了图书室，在窗口摆好长长的梯子，燃烧的大厅和地面建立了联系。共和国军的20个人跑了过来，拉杜一马当先，他们很快便从上到下站到了梯子上，背靠着梯级，像是上下传递石头的泥瓦工。这是木梯上的人梯。拉杜站在梯头，挨近窗口，面向大火。侯爵往返火场三次将孩子一个一个地递给拉杜，拉杜又递给身后下方的士兵，士兵又递给另一位士兵。三个孩子全部从火焰中被救了出来，现场掌声雷动。朗德纳克在窗前待了几分钟，若有所思，仿佛在决定去留。接着他便不慌不忙地、慢慢吞吞地、高傲地跨过窗栏，头也不回地直立在梯子上，背靠梯级、大火，像威严的幽灵一样默默走下楼梯。梯上的人们赶紧下来，在场的人都不寒而栗，面对这个自天而降的人感到一种神圣的恐惧，纷纷后退。他那大理石一般苍白的面容上没有一丝皱痕，幽灵般的眼神里没有一丝闪光。人们在黑暗里惊恐地盯着他。他每走近一步，就似乎又高大一分。当侯爵走下最后一个梯级，踩上地面时，西穆尔登立即将他逮捕了。

朗德纳克被关进拉·杜尔格的地牢。西穆尔登准备明天召开军事法庭审判朗德纳克，后天送他上断头台。

郭文知道西穆尔登的决定后，思想发生动摇了。

朗特纳克侯爵在这场大火中，他选择救出3个孩子，自己选择了死亡。而人们将给予他死亡，这是对英雄行为的何种回报，以怨报德！这会使革命行为处于劣势，是贬低共和国！凶狠恶毒的朗特纳克突然转变，回归人性，而我们这些争取解放和解脱的人却仍滞留在内战阶段，滞留在兄弟残杀之中！而尊重最高的神圣法则"宽恕、忘我、赎罪、牺牲"的人将不是为真理而战，而是为谬误而战！本来是强者却甘当弱者，本来是胜利者却甘当谋杀者，而且让别人说君主制的拥护者拯救儿童，而共和制的拥护者屠杀老人。他的头将被置于铡刀之下，那三个获救的小天使的心灵将围着这个头飞舞、祈求。而且，在使刽子手感到羞辱的这个死刑面前，这个人将露出微笑，而共和国人将面红耳赤！郭文被朗德纳克的人道行为感动，良心上经历着一场严峻的战斗，他认为朗德纳克既然救出了三个孩子，交出了自己的头颅，人们砍掉他的头颅是用野蛮的手段回答一种慷慨行为。郭文想到家族，仿佛他祖父的灵魂在愤怒地注视着他；难道革命的目的是歪曲人？难道进行革命是为了粉碎家庭、扼杀人性？绝对不是。郭文又想到祖国，觉得放了朗德纳克，等于放虎归山，旺代的战争又得从头打起。他踌躇，让朗德纳克送命，还是救他，他在考虑哪个是他的责任。

夜里两点钟，郭文私自到地牢去看朗德纳克。他脱下指挥官的斗篷，将它披在朗德纳克侯爵身上，并拉下风帽遮住眼睛。他们两人一样高。"你这是干什么？"侯爵问道。郭文提高嗓门喊道："中尉，给我开门。"门开了。郭文又大声说："我走后要关好门。"接着他便将惊呆的朗德纳克侯爵推出门外。在朦胧的微光下，未入睡的士兵看见一个身材高高的，身着带有饰带的斗篷和风帽的人从他们中间走过，朝出口走去。他们向他敬军礼。

郭文把朗德纳克放走了，自己替代朗德纳克关在牢里。

西穆尔登发现郭文这个不可饶恕的错误之后，好像受了雷击，他已经不以亲昵的口气来称呼郭文了。他召开了军事法庭会议审判郭文。在审判时，郭文承认自己是有罪的，要求判自己死刑。表决时，第一法官盖桑大尉主张死刑，第二法官拉杜曹长主张释放，西穆尔登投了判处死刑的一票，两票对一票，郭文的死刑将在第二天早上日出时执行。

判处郭文死刑的消息在共和国军中很快地传播开来。西穆尔登的周围开始怨声载道，他主宰着郭文的命运。人们知道向他求情无果，窃窃私语渐渐变为鸦雀无声，军中所有人都反对西穆尔登的决定，而西穆尔登自己也极为痛苦。

西穆尔登在午夜时一个人提着风灯，走进土牢。他慈父般地看着正在熟睡中的郭文。郭文醒来，同他的恩师谈着未来的理想。他们谈着，争辩着，两人的看法相距甚远。郭文认为革命是残暴可怕的，未来的理想社会才是崇高的，"九三年"是在野蛮的基础上建筑着文明的圣殿。西穆尔登认为，从"九三年"这个暂时的状态里将要产生永久的状态。这种永久的状态就是权利和义务共存、比例和累进税制、义务兵役制、平均化、消灭偏差，还有在一切之上的法律。他尊崇绝对的共和国。郭文却说："我更喜欢尊崇理想的共和国。"西穆尔登说郭文"迷失在云层里了"。而郭文却说西穆尔登"迷失在计算里了"。西穆尔登认为"在严峻的法律以外，再也没有别的"，郭文却认为"还有一切"。西穆尔登说"我只看见正义"。郭文却说他看得更高，公平比正义更高。他不要兵役，他要和平，他要从根本上消灭贫苦，首先消灭一切寄生虫，像教士、法官、兵士等。然后，利用这些财富，开垦荒地，把公共土地分给人民，使每一个人都有一块地，要善于利用大自然。男人和女人的地位平等，孩子"首先交给生他的母亲，然后交给育他的父亲，再交给培养他的教师，再交给使他长大成人的城市，然后交给最高的母亲——祖国，再交给伟大的祖先——人道"。西穆尔登要郭文回到地上来，完成可能的事。郭文总结他们两人的根本分歧是："你要的是义务兵军营，我要的是学校；你梦想把人变成兵士，我梦想把人变成公民；你要人们变得狰狞可怕，我要人们成为思想家；你要建立一个掌握生杀大权的共和国，我要建立一个有才智的人的共和国。"在革命政权尚未巩固，敌人尚在进攻的时期，郭文的理想显然是脱离实际的"乌托邦"，西穆尔登不能说服他，只得痛苦地走了出去。

　　第二天，曙光出现在地平线上。郭文来到行刑地点，首先朝圆塔顶上望去。他知道西穆尔登一定会恪尽职守地来到行刑现场。他的眼睛在平台上搜索，他找到了他的恩师。西穆尔登面色苍白，身体发冷。他身旁的人听不见他的呼吸声。郭文来到断头台脚下。他登上木台，摘下剑，递给军官，又摘下领带，递给刽子手。他像一个幻影，他从未如此俊美，一头棕发随风飘起，眼光像大天使那样英勇而无上尊严。他站在断头台上，若有所思。这里也是人生的一种最高峰。郭文在这高峰上面站着，崇高而又安详。阳光包围着他，好像他站在一团圆光里面一样。兵士们看见他们年轻的将领引颈就死，再也忍不住了。一位精兵指着断头台喊道："能替代他吗？我来。"所有的人都狂热地喊道："宽恕吧！宽恕吧！"刽子手停住了，不知如何是好。这时从塔顶传来一个声音，西穆尔登开口了，声音阴森而显得简捷低沉，但是所有的人都能听见："执行法律！"刽子手不再犹豫，拿着绳子走近郭文。郭文转向西穆尔登，向他挥手告别，然后被捆绑起来。他高呼："共和国万岁！"死于绞刑。与此同时传来一声枪响，西穆尔登对自己胸前开了一枪，子弹洞穿了心脏，血从他嘴里流出，他倒下死了。于是后者的黑暗融于前者的光明之中，这两个悲壮的灵魂一同飞上了天。

3. 赏析

　　《九三年》这部长篇小说以共和国远征军平息旺代反革命叛乱这一事件为中心，再现了 1793 年法国大革命高涨时期的伟大历史画卷。讴歌了共和国军民不屈不挠的斗争精神和军民之间的亲密关系，揭露了封建制度的种种罪恶，谴责了反法联盟和保王党人对革命的反扑和仇视，展现了革命与反革命斗争的残酷性，肯定了革命是正义的事业。

《九三年》是一部现实主义的作品，它揭示了法国资产阶级大革命发生的历史必然性，总结和探索了法国大革命的历史经验教训。作者既肯定了革命，同时又通过郭文、西穆尔登和朗德纳克这三个中心人物以及他们之间的矛盾冲突，揭示了革命与人道之间的悲剧性冲突，宣扬了人道主义思想。

人物分析

郭文

郭文是一个年轻有为、才华横溢的军事指挥官。他出身贵族，从小失去父母。大革命爆发以后，郭文放弃了子爵爵位和世袭贵族的地位，参加共和国军队，成了杰出的军事指挥官，甚至得到罗伯斯庇尔、丹东、马拉等共和国首脑人物的赞扬。他奉命指挥镇压旺代的叛乱。在战场上，他身先士卒，冲杀在枪林弹雨之中。他临危不惧，指挥若定，在道尔战役中，以1500人的队伍战胜了6000人的敌军，充分显示了他的军事才能和勇敢精神。郭文为共和国出生入死，身经百战，立下卓著战功。

郭文有一副慈悲的人道心肠，在打仗时很坚强，可是过后很软弱；他慈悲为怀，宽恕敌人，保护修女，营救贵族的妻女，释放俘虏，给教士自由。他声明不与老人、小孩、妇女、伤兵等一切力量比他弱的敌人打仗。在道尔战役中，一个匪徒身上流着血，手上还握着刀，郭文却劝他投降。匪徒刀枪齐上，使保护郭文的西穆尔登受了重伤。郭文却还要问他："你受伤了吗？"匪徒愿意死，郭文却要他活，并且说："你代表国王要杀死我；我代表共和政府要宽恕你。"郭文认为恐怖政治会损害革命的名誉，推翻帝制不是要用断头台来代替它，革命是和谐，不是恐怖。"在打仗的时候，我们必须做我们敌人的敌人，胜利以后，我们就要做他们的兄弟。"他的宽大也不是无原则的，叛军的首领朗德纳克，尽管是他的叔祖父，由于这个人策划叛乱，投靠英国，出卖祖国，郭文与他不共戴天。他以共和国远征军的名义签署了对于前侯爵朗德纳克"一经验明确属本人，立即执行枪决"的通告。他曾对西穆尔登说，他赦免了被俘获的300个农民，因为这些农民是无知的，但他不会赦免朗德纳克，因为朗德纳克罪大恶极，是祖国的叛徒，即使是他的叔祖也罢。他与朗德纳克势不两立，只能你死我活。他像猎人追捕猎物一样抓捕朗德纳克。经过3个月的战斗，朗德纳克节节败退，最终将他围困在祖传的拉·杜尔格堡垒。旺代叛乱被平息了。

郭文是人道主义的化身，既有革命的坚定性，又有面对复杂现实的灵活性。他为了人道主义不惜牺牲自己的生命，宣扬以"恕"字为核心的人道思想。当冥顽不化的朗德纳克在溃逃中听到一个母亲的悲号而动了恻隐之心，从烈火中救出被他当作人质而关押在碉堡中的3个孩子时，郭文被感动了，这个场面竟然使革命军爆发出"如雷的掌声"。郭文经过激烈的思想斗争，私自释放了朗德纳克。这个富有军事指挥才能的共和国军指挥员做出了背叛革命的事，成为千古罪人。

郭文在法庭上承认自己是有罪的。他说："一件事使我看不见另外一件事；一件好的行为，离我太近了，使我看不见100件罪恶的行为；一方面是一个老年人，另一方面是几个孩子，这一切站在我和责任之间。我忘记了那些被焚的村庄，被蹂躏的田野，被屠杀的俘虏，被惨杀的伤兵，被枪毙的妇女。我忘记了法兰西被出卖给英国；我放走了祖国的凶手。我是有罪的。"是什么使郭文忘记了不该忘记的一切，恰恰是以"恕"为核心的人道主义思想。

雨果对郭文放走朗德纳克背叛革命的行为没有谴责，而是持赞扬、肯定的态度。他把郭文的行为冠以"仁慈""善良"的美名，竭力去美化。郭文走上断头台时这样描述：这里也是人生的一种最高峰。郭文在这高峰上面站着，崇高而又安详。阳光包围着他，好像他站在一团圆光里面一样。郭文口里喊着"共和国万岁"而被处死，这个结尾，反映了雨果世界观中人道主义至上的思想。他认可革命、赞扬共和的正义性，认为革命必须要消灭自己的敌人，但他又将人道放在革命之上，追求在绝对正确的革命之上，还有一个绝对正确的人道。

西穆尔登

西穆尔登是郭文的家庭教师，是一个受启蒙思想影响很深的下层教士。西穆尔登把自己的信仰、意识、理想和智慧灌输给这个幼小的孩子，把人民的概念放进孩子的脑子里。西穆尔登无比疼爱他这个学生。郭文长大后，西穆尔登离开了他的学生，但经常想念他。

西穆尔登是雨果笔下的正面人物形象，是法国资产阶级大革命中的激进派。他正直、无私、忠勇的品质受到共和国领导人的信任与尊敬。他对封建专制制度充满强烈的仇恨，他憎恨专制政体，憎恨神权和教士身上的法衣。他渴望这个社会发生巨变，他对待革命的敌人决不手软。他说："革命有一个敌人，这个敌人就是旧社会，革命对这个敌人是毫不仁慈的。"当他被委任为共和国远征军政治委员时，他坚定地表示：假如委托我的那个共和党领袖走错了一步，我也要判处他死刑。在镇压旺代的反革命暴乱中，他"以恐怖对恐怖"，坚持以革命的暴力去摧毁反革命的暴力。他说："恐怖必须用恐怖来还击，朗德纳克很凶暴，我也要这样，我要和这个人打一场你死我活的战争。"当朗德纳克在火焰中救出3个孩子后从梯子上默默走下来时，共和国军的战士对他感到一种神圣的恐惧，纷纷后退，是西穆尔登发出的逮捕口令。朗德纳克被捕之后，他当机立断，第二天审判，第三天送上断头台。

西穆尔登对共和军战士及一般贫苦群众怀有深深的爱。当郭文劝降一个受伤流血的叛军反遭叛军偷袭的千钧一发之际，西穆尔登冲到叛军和战友之间，打倒了这个叛军，救下了战友。他的马挨了一枪，他的脸挨了一刀，摔在地上昏厥过去。等他醒过来时，才发现自己救下的战友，是自己的学生郭文。

西穆尔登为了革命事业的早日成功，他舍生忘死，一往无前。当19个叛军在堡垒里拼死顽抗时，西穆尔登向碉堡里的敌军喊话，愿意以自己的人头作为条件，来换取朗德纳克的头。尽管这个行动遭到匪徒一顿嘲笑，但敢于赴死的英雄行为表明了他对革命事业一定成功的坚信不疑。

西穆尔登忠于职守，执法无私。当他最心爱的学生违犯法纪，放走叛徒首领朗德纳克，犯下背叛革命利益的错误时，他在广大共和国军战士的哀求声中，坚决执行"任何军事领袖如果放走一名捕获的叛军便要处以死刑"的法令。尽管他内心非常痛楚，但他不徇私情，理性高于感情，铁面无情地送郭文上断头台。但是，在郭文死于绞刑的一刹那，他开枪自杀，从中可见郭文的思想已经影响了他，他对自己固有的思想有了否定的意味，在他身上，人道主义也已显现。

雨果歌颂西穆尔登为革命执法的无私的精神，认为这是革命所需要的，但又认为他是可怕的，因为在他的身上看不到慈悲、宽恕的影子。雨果对西穆尔登这个人物，肯定中有否定，赞扬中有批判。在雨果看来，封建制度是罪恶，它造成了国家的愚昧和落后，推翻封建帝制是历史的必然。要铲除封建主义，就必须革命，革命要取得胜利就要有严峻的法律和暴力的行动来保证。但它并不是理想的东西，人道才是目的。只有服从人道的革命，才是理想的革命。雨果将这些思想表达在西穆尔登同郭文在土牢里的对话中。

朗德纳克

朗德纳克是小说中的反面人物，他是法国边远省份布列塔尼的贵族。大革命前，他是布列塔尼亲王，有"七森林领主"的头衔。他长期住在巴黎，过着奢侈的宫廷生活。革命发生后，他潜逃英国。他对革命和革命人民无比仇视，对大革命摧毁的封建制度痛彻心扉，是个极端的保王党人。为了恢复旧秩序，他一方面勾结外国侵略者，出卖国家和民族的利益，争取外援；一方面利用封建宗法观念和宗教信仰欺骗布列塔尼地区的落后农民为他复辟封建君主制卖命。他亲自组织、指挥旺代的反革命叛军对新生的共和国政权进行反扑。他对平民百姓极端残忍，烧光了百姓的茅屋，枪杀了成批的俘虏，抢走了农妇弗莱夏的三个孩子，还枪伤了弗莱夏。他干尽了坏事，是一个极端顽固的反革命。就是这样一个典型人物，雨果还给他披上了"人性"的面纱。农妇弗莱夏望见了在火光中熟睡的三个孩子，发出了痛苦、悲惨的呼号，这唤醒朗德纳克身上泯灭了的人性，他居然以自己的生命为代价在烈火之中救出被他戕害的三个孩子。"屠夫"突然变成了"天使"，体现了雨果的人道主义思想在人物塑造上的运用，即使像朗德纳克这样冥顽不化的恶人，一旦良心发现，也会弃恶从善。雨果认为人道的力量可以实现社会的理想。

朗德纳克和西穆尔登身上都具有暴力的性质，只是他们的信仰和目标不同，一个是保王派，一个是共和派。朗德纳克性格残酷无情，坚信保王主义，具有不达目的不罢休的坚定，也具有成为领袖的威严和果敢。他心中并无一丝人道感情，只是在最后才人性复现。西穆尔登同样坚定不移，他坚信共和主义，特别坚信恐怖政治。他反对实施仁慈，不相信人道主义是"放之四海而皆准"的原则，对维护自己的信念一丝不苟。就是在这场消灭旺代的保王党的拉·杜尔格堡的战斗中，陷于大火中的三个孩子使朗德纳克的人性复活，朗德纳克的行为让郭文的作战原则有了动摇，郭文的行为导致了西穆尔登铁血政治的终止，朗德纳克和西穆尔登身上的暴力因素似乎可以终止了。雨果在这里正是要以人道主义来补救革命的不足，所以人性在朗德纳克和西穆尔登两个崇尚暴力者身上都有所显现。

雨果通过以上三个人物的政治观点因为农妇弗莱夏和三个孩子这条线索发生的剧情突转，认为慈悲心是人类共有的，连心肠最硬的人也会有，他对朗德纳克的描写就是体现了这一点。朗德纳克是保王派，为了国王，他是个杀人如麻的恶棍。是孩子的哭声和那个母亲的喊声唤醒他沉睡的慈悲心，他决定牺牲自己来拯救三个小孩，他的人道主义思想在复活。"他已经走入黑暗之中，再退回到光明里来。在造成罪行之后，他又自动破坏了那罪行。"他对郭文的描写更体现了人性在这个仁慈人物身上的升华。郭文震惊于朗德纳克舍己救人的人道主义精神，经过激烈的思想斗争，认为朗德纳克这个"英雄"从这个恶魔身上跳了出来，他不再是杀人者，而是救人者；不再是恶魔，变成了"光明的天使"。他赎回了过去种种野蛮的行为，救自己的灵魂，变成无罪的人。郭文认为自己应以人道对待人道，便放走了朗德纳克，体现了他以"恕"为核心的人道主义思想。郭文由此陷入对于革命和人道的进一步思考，发出这样的疑问：革命的目的就是要使人丧失人性吗？革命就是为了破坏家庭、扼杀人道吗？

与其说是郭文在沉思，不如说这是雨果在沉思。

雨果站在资产阶级人道主义的立场上，使得整部作品贯穿着资产阶级人道主义的思想。在对历史事件的描述中，人道主义思想也超越了在阶级、革命、社会等方面的叙述，特别是在人物形象的塑造中，将慈悲、怜悯品性放大，在一定程度上有损人物形象的真实。

艺术手法

《九三年》在艺术手法上较《巴黎圣母院》和《悲惨世界》有所不同。故事事件进展紧凑，闲笔和题外话明显减少，雨果的共和思想和人道主义思想很好地融合到人物的思想和行动中，成为塑造人物不可或缺的部分。从结构上说，小说环环相扣，步步推向高潮。以三个小孩的遭遇为核心，以三个主要人物的思想交锋为冲突，写得紧张而动人心弦。从情节上看，西穆尔登、郭文和朗德纳克这三个人物的思想矛盾，通过米歇尔·佛莱夏的三个小孩这条线索的情节进展，突转为人道主义思想的冲突。

雨果运用了对照手法，将主要人物西穆尔登和郭文的思想进行对照表现：西穆尔登要创造的是一个"绝对的共和国"，而郭文要创造的是一个"理想的共和国"；西穆尔登认为"革命需要一些凶猛的工作者做帮手，革命拒绝一切发抖的手"；而郭文则坚信"'恕'字是人类语言中最美的字"，认为如果一个人不能够宽恕，那么胜利也就不值得争取了。一个代表恐怖的共和政府，另一个代表宽大的共和国；一个想用严厉手段来获取战斗的胜利，另一个想用温和的办法来取胜。郭文宽待俘虏，医治伤兵，对俘虏进行说服教育，释放叛乱地区的妇女、儿童，甚至教士，这与当时国民公会的"绝不宽大"的命令是相违背的。西穆尔登坚信共和主义，不相信人道主义是放之四海而皆准的原则。郭文既有革命的坚定性，又反对恐怖政治，是人道主义的化身，是雨果歌颂的正面的理想的人物形象。

《九三年》的故事情节跌宕起伏，扣人心弦。小说以共和国远征军同旺代叛军之间的斗争为中心线索，插入了乞丐退尔马克和农妇米歇尔·弗莱夏和她的三个孩子的故事，由此使故事情节复杂而多变化。尤其是弗莱夏和她的三个孩子在小说中的推波助澜，使得故事的走向发生了转折，使得主要人物的思想发生了矛盾冲突，提出了人道主义这个核心思想，深化了小说的主题。

小说中的人物形象鲜明、突出。在人物之间的关系上，朗德纳克与郭文是叔祖父和侄孙的关系，西穆尔登与郭文是亲密的师生关系。这种人伦、长幼关系在小说情节的进展中都被严峻的阶级关系所代替，体现了革命的阶级性和严肃性。这是雨果现实主义手法的艺术成就之一。

《九三年》采用了雨果特有的浪漫手法，将无生命或非人的事物，描绘得如同有生命的物体一样神奇，动人心魄、令人惊叹。小说开篇对战舰上一门发射24磅重炮弹的大炮从炮座上滑脱了，撞坏了其他的大炮，想象为"这是物质获得了自由，也可以说这是永恒的奴隶找到了复仇的机会"。将这个场面描绘得令人叹为观止，颇有寓意，营造出残酷的、命运捉摸不定的气氛，具有浓郁的浪漫色彩。这种独具匠心的布局，增强了作品的艺术魅力。这部小说的篇幅不大，却堪与卷帙浩繁的历史小说相媲美，是一部影响深远的人道主义文学作品。

附录

雨果生平及创作年表

1802 年

2月26日,维克多·雨果生于法国东部贝桑松。其父为拿破仑麾下的一位将军。同年,6个月大的维克多开始了首次的迁徙。

1803 年

雨果全家往返于地中海各岛间。

1804 年

与母亲回到巴黎。法兰西第一帝国成立,拿破仑正式称帝。

1807 年

随母亲到意大利那不勒斯探父。

1809 年

随母亲回到巴黎。

1811 年

随母亲来到西班牙父亲身边。

1812 年

随母亲回到法国。

1814 年

拿破仑退位。波旁王朝第一次复辟。与哥哥欧仁一起被父亲送进科尔迪埃寄宿学校读书,开始写诗。

1815 年

3 月，拿破仑回到巴黎，做了"百日皇帝"。

6 月 18 日，拿破仑败阵滑铁卢。

7 月 15 日，拿破仑投降，法兰西第一帝国覆灭，波旁王朝第二次复辟。

1817 年

维克多因颂诗《读书乃人生乐事》获得法兰西学院征文奖。

1818 年

中学毕业。

1819 年

创作第一部中篇小说《布格·雅加尔》。

12 月，同大哥阿贝尔、二哥欧仁及浪漫诗人维尼等人共同创办《文学保守者》周刊。

1820 年

结识夏多勃里昂等知名人士。

1821 年

3 月，《文学保守者》周刊停刊。6 月 27 日，母亲去世。

1822 年

6 月，第一本诗集《颂诗集》出版。

8 月，获国王路易十八的赏金。

10 月 12 日，与阿黛尔在巴黎结婚。

1823 年

小说《冰岛凶汉》出版。

7 月 16 日，妻子阿黛尔生下一子。

10 月，孩子不幸夭折。

1824 年

年初，与浪漫主义保守派文人一起创办《法兰西诗神》杂志。

3月，《新颂歌集》出版。获得国王路易十八的赏金。

6月15日，《法兰西诗神》杂志停刊。

8月28日，长女列奥波尔迪娜出生。

1825 年

4月，被国王查理十世授予荣誉勋章。

5月，应邀参加查理十世的加冕典礼。

1826 年

年初，中篇小说《布格·雅加尔》出版。

11月2日，长子查理·维克多出生。

11月，《歌吟集》出版。

1827 年

2月，诗作《旺多姆广场铜柱颂》发表。

12月，韵文剧本《克伦威尔》出版，《(克伦威尔) 序》成为著名的浪漫主义宣言。

1828 年

1月28日，父亲去世。

10月21日，次子弗朗索瓦·维克多出生。

1829 年

1月，诗集《东方集》出版。

2月，中篇小说《一个死囚的末日》出版。

7月10日，为同行朗读剧本《玛丽蓉·德·洛尔墨》。不久因批判封建王权遭禁演。

1830 年

2月25日，浪漫诗剧《欧那尼》在巴黎法兰西剧院首场演出。

7月27日，次女小阿黛尔出生。

1831 年　2月，长篇小说《巴黎圣母院》出版。

11月，诗集《秋叶集》出版。

1832 年

10月，迁居巴黎皇家广场6号（现为孚日广场雨果故居）。

11月22日，戏剧《国王取乐》首演后遭到禁演。

1833 年

年初，《吕克莱斯·波基亚》首演。与女演员朱丽特·德露埃相识。

戏剧《玛丽·都铎》首演。

1834 年

杂文《文学与哲学杂论集》出版。

7月，中篇小说《克洛德·格》出版。

1835 年

散文剧《安日洛》首演。

10月，诗集《暮歌集》出版。

1836 年

2月，开始竞选法兰西学院院士。到1840年三次竞选均失败。

1837 年

6月，诗集《心声集》出版。

10月，完成叙事诗《奥林匹欧的悲哀》，被收入诗集《光影集》中。

1838 年

11月初，浪漫剧《吕伊·布拉斯》在文艺复兴剧院落成之际上演。

1840年
5月，诗集《光影集》出版。

1841年
1月7日，当选法兰西学院院士。

1842年
1月，游记《莱茵河之游》出版。

1843年
3月7日，剧本《城堡里的伯爵》首演失败。

9月9日，在旅行途中惊闻长女与其夫于9月4日在塞纳河不幸双双溺水身亡的噩耗。

1845年
4月，被国王路易·菲利普授予"法兰西贵族"的称号，获得法国贵族子爵爵位。

11月，开始创作小说《苦难》（即《悲惨世界》的初稿）。

1848年
2月，二月革命爆发，"七月王朝"被推翻，建立资产阶级共和国。

6月，法国无产阶级举行的六月起义在资产阶级血腥镇压下遭到失败。

12月，在总统大选中投票支持路易·拿破仑·波拿巴。

12月20日，路易·拿破仑·波拿巴就任共和国总统。

1849年
5月，当选立法议会议员。

8月，担任世界和平大会主席。

1850年
坚定站在议会左派一边，成为社会民主派的领袖，主张废除终身流放的惩罚制度,主张新闻出版自由。

8月,在巴尔扎克葬礼上致悼词。

1851 年

12月2日,路易·拿破仑·波拿巴发动政变,宣布实行帝制,自称拿破仑三世,建立法兰西第二帝国。

12月11日,雨果离开巴黎,被迫流亡比利时布鲁塞尔。

1852 年

1月9日,法兰西第二帝国发表政令,宣布将雨果驱逐出境。

1月至7月,雨果在布鲁塞尔写作《一桩罪行的始末》和政论小册子《小拿破仑》。

7月25日,《小拿破仑》在英国伦敦开始印刷,8月开始发行。

7月25日,被比利时驱逐。

7月31日,离开布鲁塞尔,流亡英属泽西岛。

1853 年

11月,政治讽刺诗集《惩罚集》在布鲁塞尔和伦敦同时出版。

1854 年

6月,为帮助在泽西岛的流亡者摆脱困境,带头发起募捐活动。

1855 年

10月27日,被泽西岛的当权者驱逐。

10月31日,离开泽西岛,流亡英属盖纳西岛。

1856 年

4月,诗集《静观集》出版。在盖纳西岛购置高城公馆。

1857 年

写作诗集《历代传说》。

1858 年

6—9 月，背部生疮，治疗休养。

1859 年

8 月，拒绝接受路易·拿破仑·波拿巴大赦，决心流亡到底。

9 月，诗集《历代传说》第一卷出版。

12 月 2 日，为呼吁赦免美国废奴主义领袖约翰·勃朗死刑，发表《告美利坚合众国书》。

1860 年

创作长篇小说《悲惨世界》。

1861 年

5 月，参观滑铁卢战场。

11 月 25 日，在致英军上尉的一封信中，抗议英法侵略军劫掠焚毁中国圆明园的罪行，谴责英法在华的殖民主义政策。

1862 年

4—6 月，小说《悲惨世界》十卷相继出版。

1863 年

向波兰和意大利被压迫民族和人民表示道义和物质上的援助。

1864 年

4 月，文学评论《莎士比亚论》出版。

1865 年

春，开始创作小说《海上劳工》。

10 月，诗集《街头与森林之歌》出版。

1866 年

3 月，小说《海上劳工》出版。

1867 年
发表颂扬意大利民族英雄加里波第的诗歌《盖纳西的声音》。

1868 年
8 月 27 日,雨果夫人在布鲁塞尔病逝。

1869 年
5 月,长篇小说《笑面人》出版。

9 月,赴瑞士洛桑主持世界和平代表大会。

1870 年
7 月,普法战争爆发。

9 月 4 日,拿破仑三世垮台,法兰西第三共和国成立。

9 月 5 日,雨果结束 19 年流亡生活,返回巴黎。

1871 年
1 月 28 日,普法战争停火。

2 月 16 日,当选国民议会议员。

3 月初,愤而辞职。

3 月 13 日,长子查理·维克多去世。

3 月 18 日,巴黎无产阶级起义。

3 月 28 日,巴黎公社成立。

5 月 26 日,雨果因在比利时向公社流亡者提供避难场所,后被比利时政府驱逐。

10 月,返回巴黎,疾呼赦免全体被判罪的公社社员。

1872 年
4 月,诗体日记《凶年集》出版。

11 月 21 日,开始写小说《九三年》。

1873 年
12 月 26 日，次子弗朗索瓦·维克多病逝。

1874 年
2 月，小说《九三年》出版。

1875 年
5—11 月，《言与行》出版。

1876 年
1 月 30 日，当选参议员。

3 月 22 日，在凡尔赛的参议院会议上，提出大赦公社社员的法案。

1877 年
2 月，诗集《历代传说》第二卷出版。

5 月，诗集《做祖父的艺术》出版。

1878 年
3 月，26 年前写的揭露路易·拿破仑·波拿巴政变的《一桩罪行的始末》出版发行。

4 月，反对天主教的政论《教皇》出版。

7—11 月，因身患重病，在盖纳西岛休养。

1879 年
2 月 28 日，在参议院会议上就大赦法案发言。政论《至高的怜悯》、诗集《驴颂》出版。

1880 年
7 月 3 日，在参议院会议上进行争取大赦的第三次演说。

1881 年
2 月 26 日，巴黎民众在雨果寓所前集会，为他庆贺 80 寿辰。

5 月，诗集《自由自在的精神》出版。

1882 年
再次当选参议员。剧本《笃尔克玛达》出版。

1883 年
5 月 11 日，朱丽特去世。

6 月，诗集《历代传说》第三卷出版。

1885 年
5 月 22 日，因患肺炎，与世长辞，享年 83 岁。

6 月 1 日，法国为雨果举行国葬，遗体安葬于法国伟人长眠的先贤祠。

参考文献

1. 郑克鲁. 外国文学史 [M]. 2版. 北京：高等教育出版社，2006.

2. 程陵. 外国文学基础 [M]. 北京：北京大学出版社，2006.

3. 陈应祥，傅希春，王慧才. 外国文学 [M]. 北京：高等教育出版社，2009.

4. 杨慧林，张良村，赵秋棉. 外国文学阅读与欣赏[M]. 2版. 北京：首都师范大学出版社，2008.

5. 郑克鲁. 外国文学简史 [M]. 上海：华东师范大学出版社，2009.

6. 聂珍钊. 外国文学史 [M]. 武汉：华中师范大学出版社，2010.

7. 柳鸣九. 雨果文集 [M]. 北京：北京联合出版公司，2014.

8. 穆拉维约娃. 雨果 [M]. 冀刚，译. 上海：上海译文出版社，1990.

9. 佘协斌. 雨果在中国：译介、研究及其他—纪念世界文化名人雨果诞辰200周年 [J]. 中国翻译，2002（1）：66—69.

10. 葛丽娟. 法兰西诗神：雨果传 [M]. 石家庄：河北人民出版社，1999.

11. 维克多·雨果. 东方集 [M]. 张秋红，译. 南京：译林出版社，2013.

12. 刘文孝. 外国文学的艺术发展史 [M]. 昆明：云南人民出版社，1998.

13. 维克多·雨果. 九三年[M]. 郑永慧, 译. 北京：人民文学出版社, 1996.

14. 安德列·莫洛亚. 伟大的叛逆者雨果[M]. 陈伉, 译. 北京：世界知识出版社, 1986.

15. 维克多·雨果. 雨果诗选[M]. 张秋红, 等, 译. 长春：时代文艺出版社, 2020.

16. 维克多·雨果. 雨果文集：历代传说[M]. 吕永真, 译. 南京：译林出版社, 2013.

17. 维克多·雨果. 雨果诗选[M]. 程曾厚, 译. 北京：人民文学出版社, 2000.

18. 维克多·雨果. 巴黎圣母院[M]. 郑克鲁, 译. 北京：中国友谊出版公司, 2017.

19. 维克多·雨果. 雨果散文选[M]. 郑克鲁, 译. 天津：百花文艺出版社, 1995.

20. 维克多·雨果. 雨果散文精选[M]. 周瑛, 译. 武汉：长江文艺出版社, 2013.

21. 傅雷. 雨果的少年时代（傅雷文学集）[M]. 北京：中国文史出版社, 2017.